CB139354

Herdeiro do IMPÉRIO

A HISTÓRIA DE UM MAFIOSO BRASILEIRO

JUSSARA LEAL

AUTORA BEST-SELLER DA AMAZON

Herdeiro do IMPÉRIO

A HISTÓRIA DE UM MAFIOSO BRASILEIRO

1ª Edição

Santa Catarina - 2022

Qualis

Copyright © 2022 Qualis Editora e Comércio de Livros Ltda

Todos os direitos reservados e protegidos.
Nenhuma parte desta obra poderá ser reproduzida ou transmitida sejam quais forem os meios empregados sem prévia anuência da editora.

Esta é uma obra de ficção. Nomes, personagens, lugares, datas e acontecimentos descritos são produto da imaginação da autora.
Qualquer semelhança com a realidade é mera coincidência.

Editora Responsável	Simone Fraga
Produção Editorial	
Preparação de Texto	
Assistente Editorial	Bianca Jung
Revisão Ortográfica	Jéssica Dantas Simone Fraga
Design de Capa	Renato Klisman
Projeto Gráfico	Qualis Editora
Diagramação	Marcos Jundurian
Imagens Internas	Shutterstock

DADOS INTERNACIONAIS PARA CATALOGAÇÃO NA PUBLICAÇÃO (CIP)

L435

Leal, Jussara - 1989 -
Herdeiro do império / Jussara Leal. — [1. ed.] —
Florianópolis, SC: Qualis Editora, 2022.
176 p. : il. ; 23 cm.

ISBN Impresso 978-65-87383-81-1
ISBN Digital 978-65-87383-85-9

1. Literatura 2. Romance Brasileiro 3. Erótico
4. Ficção I. Título

CDD – B869.3
CDU – 821.134.3(81)

1ª edição – 2022

Qualis Editora e Comércio de Livros Ltda
Caixa Postal 6540
Florianópolis - Santa Catarina - SC -
Cep.88036-972

www.qualiseditora.com
www.facebook.com/qualiseditora
@qualiseditora
@qualiseditora
contato@qualiseditora.com

Introdução

"O jogo do bicho é uma bolsa ilegal de apostas em números que representam animais. Foi criado em 1892 pelo barão João Batista Viana Drummond, fundador do Jardim Zoológico do Rio de Janeiro, em Vila Isabel, Rio de Janeiro, RJ, Brasil. ("Jogo do bicho – Wikipédia, a enciclopédia livre")

A fase de intensa especulação financeira e jogatina na bolsa de valores nos primeiros anos da república brasileira causou grave crise ao comércio. Para estimular as vendas, os comerciantes instituíram sorteios de brindes. Assim é que, querendo aumentar a frequência popular ao zoológico, o barão decidiu estipular um prêmio em dinheiro ao portador do bilhete de entrada que tivesse a figura do animal do dia, o qual era escolhido entre os 25 animais do local e passava o dia inteiro encoberto com um pano, que só era retirado no final da tarde, revelando-o. Posteriormente, os animais foram associados a séries numéricas da loteria e o jogo passou a ser praticado largamente fora do zoológico, a ponto de transformar a capital da república (de 1889 a 1960) na 'capital do jogo do bicho'.

Atualmente, o jogo do bicho continua a ser praticado em larga escala nas ruas das principais cidades do Brasil, mesmo sendo uma contravenção pela legislação penal brasileira."

(Fonte: Wikipédia)

COMO FUNCIONA O JOGO DE BICHO?

No Jogo do Bicho há 25 animais, numerados de 00 a 99. Cada animal corresponde a um grupo de números:

Avestruz: 01, 02, 03, 04	**Águia:** 05, 06, 07, 08	**Burro:** 09, 10, 11, 12
Borboleta: 13, 14, 15, 16	**Cachorro:** 17, 18, 19, 20	**Cabra:** 21, 22, 23, 24
Carneiro: 25, 26, 27, 28	**Camelo:** 29, 30, 31, 32	**Cobra:** 33, 34, 35, 36
Coelho: 37, 38, 39, 40	**Cavalo:** 41, 42, 43, 44	**Elefante:** 45, 46, 47, 48
Galo: 49, 50, 51, 52	**Gato:** 53, 54, 55, 56	**Jacaré:** 57, 58, 59, 60
Leão: 61, 62, 63, 64	**Macaco:** 65, 66, 67, 68	**Porco:** 69, 70, 71, 72
Pavão: 73, 74, 75, 76	**Peru:** 77, 78, 79, 80	**Touro:** 81, 82, 83, 84
Tigre: 85, 86, 87, 88	**Urso:** 89, 90, 91, 92	**Veado:** 93, 94, 95, 96
Vaca: 97, 98, 99, 00		

QUEM COMANDA O JOGO DE BICHO?

Cada "banca" possui seu próprio "bicheiro", como são conhecidos os administradores de uma unidade.

A hierarquia respeita a seguinte pirâmide:

> **Anotadores ou bicheiros:** são as pessoas que vão anotar os números dos apostadores, carimbando e recebendo o dinheiro do usuário final.
>
> **Gerentes:** pessoas responsáveis por cuidar dos anotadores – bicheiros de determinada região – e repassar aos banqueiros.
>
> **Banqueiros:** também conhecidos como bicheiros, essas pessoas são as responsáveis por pagarem as apostas aos acertadores. São a elite financeira do Jogo do Bicho.

Há vários estabelecimentos que realizam apostas do Jogo do Bicho.

"Por ser um jogo ilegal, todos costumam ser discretos e dentro de algum outro comércio, como padarias e bares." ("Jogo do Bicho Tipos de Apostas – Jogo do Bicho Brasil")

As apostas são feitas nesses "locais de fachada" e repassadas aos gerentes, que entregam os bilhetes apostados ao banqueiro, responsável por pagar os prêmios, caso haja algum ganhador.

CONTRAVENÇÃO

Simples no começo, o sistema de jogo do bicho multiplicou-se pelo território brasileiro. Câmara Cascudo, no seu "Dicionário do folclore brasileiro", distinguia o jogo como sendo "invencível" e que a sua repressão apenas ampliava sua difusão por todo o país. "Vício irresistível", escreveu o folclorista: "(...) contra ele, a repressão policial apenas multiplica a clandestinidade. O jogo do bicho é invencível. Está, como dizem os viciados, na massa do sangue".

Em "Ordem e progresso" (1959), de Gilberto Freyre, este descreveu o jogo do bicho como uma das poucas atividades sem discriminação de classes no início da república. O historiador José Murilo de Carvalho demonstrou em "Os bestializados: Rio de Janeiro e a república que não foi" que a sociedade carioca difundia a crença na sorte como uma forma de ganhar a vida sem trabalhar.

Os problemas do Jogo do Bicho com a lei começaram apenas duas semanas após seu lançamento. Assim como hoje, os jogos de azar eram proibidos no Brasil do século XIX, e todo o tipo de sorteio deveria ser previamente aprovado pelas autoridades locais. Apesar de na época ter dado o sinal verde para a operação do Jogo do Bicho, logo a polícia do Rio de Janeiro se arrependeu de sua decisão, tendo considerado que o jogo havia saído do controle, como mostra este informe público do jornal O Tempo, ainda em 1892: ("Jogo do bicho – Wikipédia, a enciclopédia livre")

"Ao Dr. 2º Delegado dirigiu ontem o Dr. Chefe de Polícia o seguinte ofício: No empenho de procurar atrair concorrência de visitantes ao Jardim Zoológico, solicitou o seu diretor para certo recreio público licença, que lhe foi concedida pela polícia, em vista da feição disfarçadamente inocente que da simples primeira descrição do divertimento parecia se deduzir. Entretanto, posta em prática essa diversão, se verifica que tem ela o alcance de verdadeiro jogo, manifestamente proibido. Os bilhetes expostos à venda contêm a esperança puramente aleatória de um prêmio em dinheiro, e o portador do bilhete somente ganha o prêmio, se tem a felicidade de acertar com o nome a espécie do animal que está erguido no alto de um mastro. Esta diversão, prejudicial aos interesses dos encantos, que com a esperança enganadora de um incerto lucro se deixam ingenuamente seduzir, é precisamente um verdadeiro jogo de azar, porque a perda e o ganho dependem exclusivamente do acaso e da sorte."

Neste momento começou a história de problemas do Jogo do Bicho com a lei, que foi marcada por idas e vindas, até a sua proibição definitiva, em 1941, quando foi promulgada a lei de proibição dos jogos de azar no Brasil. Apesar de sua popularidade e de ser tolerado por muitas autoridades, o jogo do bicho é uma contravenção no Brasil, de acordo com o artigo 58 da Lei de Contravenções Penais (Decreto-lei 3.688, de 3 de outubro de 1941). As pessoas que o exploram são passíveis de prisão e multa e os apostadores são passíveis de multa.

(Fonte: Wikipédia)

Primeiro ATO

Prólogo

"Quando rompemos as consequências
Quando a poeira abaixar, eu ainda estarei de pé
É assim que os heróis são feitos
Não se engane, este é o meu destino
Sem recuar
Sem desistir
É aqui e agora
É fazer ou morrer
Olho por olho"

Made For the Battle – Unsecret e Gaits

MAIA GALINA

O destino tem seu próprio modo de bagunçar a realidade. Nada pode controlá-lo. Nem mesmo um brado de revolta será capaz de mudar o que está destinado a ser. Você apenas tem que abaixar a cabeça e seguir o rumo que ele designou. Ele é imprevisível e não permite fugas. E pode ser extremamente CRUEL.

Ao longo da vida batalhei dentro de mim para que me tornasse uma mulher inabalável. Cresci em um universo onde reinam desconfianças, traições, jogos de poder e machismo. Durante muito tempo, analisando o cenário do jogo de bicho, eu vi como os homens tentam calar as mulheres, e como a sociedade segue insistindo em oprimir o potencial feminino. Enquanto muitas de nós se escondem, eu resolvi dar a cara a tapa e lutar contra esse sistema, mostrando que nenhuma força é capaz de me calar. Sempre confiei no meu potencial e nos meus instintos. E, acredite, isso vem de dentro de mim, visto que a única mulher que poderia ter sido meu exemplo, foi morta quando eu ainda era apenas uma criança.

Eu grito.

Grito quando percebo que só serei ouvida desta forma. Grito quando tentam me diminuir. Grito quando querem me colocar em uma posição de fragilidade. Grito quando tentam brincar com a mulher poderosa que eles acreditam ser frágil.

Quando meu pai ligou ordenando meu retorno ao Rio de Janeiro para tomar frente dos seus negócios, eu odiei, mas, também, tive a ilusão de que ele estava me convocando por acreditar em meu potencial e que eu estaria assumindo uma posição onde nenhuma mulher esteve. Eu não fazia ideia de que, por trás da desculpa de uma doença que me trouxe de volta ao Brasil, havia um interesse em que eu me casasse com um idiota escolhido pelo meu próprio pai para que, sendo o meu marido, esse mesmo idiota pudesse tomar frente dos negócios em meu lugar.

Eu, como única herdeira de Rogério Galina, fui posta como a peça principal de um jogo de xadrez, onde seria o meu marido a manipular todas as peças, contrariando tudo o que sempre acreditei e lutei.

Porém, não é apenas isso…

Enquanto meu pai imaginava estar jogando comigo, eu estava tendo outro tipo de jogo com o homem mais quente que já conheci; um jogo bastante prazeroso e divertido. O homem com quem eu estava jogando era nada mais nada menos que Bruno Negrão, filho do maior inimigo do meu pai e dono do pau mais fantástico do planeta. E isso tornou as coisas difíceis para nós, especialmente porque a nossa paixão queimava muito mais do que o ódio que deveríamos possuir um pelo outro.

Eu fui enganada por um tempo, até as coisas tomarem uma proporção diferente.

Ninguém pode deter uma mulher quando ela descobre o que realmente quer. E, como diz Honoré de Balzac[1], "Assim como a pessoa amada não pode fazer nenhum mal, a pessoa odiada não pode fazer nenhum bem." ("Amor e Ódio")

Esse é um jogo perigoso, onde a contravenção vai muito além do que se pode imaginar.

BRUNO NEGRÃO

Eu sempre soube que um homem como eu não deveria se apaixonar. Aliás, um homem como eu não merecia tal permissão, especialmente porque se apaixonar é o mesmo que colocar a vida de qualquer mulher em risco. Perigo é tudo que ofereço. Ou pelo menos acreditava nisso.

Prazer foi tudo que encontrei com ela, de forma que foi impossível não me tornar um maldito viciado em sua presença, suas risadas, seu corpo, sua mente. Eu me viciei, infiltrei-me dentro dela e a tornei também uma viciada em mim. E agora estamos exterminados.

Eu preciso acreditar nela quando tudo me leva crer no contrário. Seu pai provavelmente é o responsável pela morte da minha mãe, e eu prometi que um dia lavaria com sangue a honra da mulher que me deu a vida. Ela veio para mudar tudo e para desviar meus pensamentos de vingança. Veio e insiste em estar dizendo a verdade, que foge de tudo que meu pai me fez acreditar.

Enquanto me afogo nas dúvidas, mergulho nela profundamente, ignorando o fato de que é filha do inimigo e me deixando consumir a cada respiração.

Houve um tempo em que acreditei ser fácil viver sem amor e difícil viver sem o ódio. E então tudo mudou...

"O ódio é o prazer mais duradouro.
Os homens amam com pressa, mas odeiam com calma."

Lord Byron[2]

1 **Honoré de Balzac** (Tours, 20 de maio de 1799 – Paris, 18 de agosto de 1850) foi um prolífico escritor francês, notável por suas agudas observações psicológicas. É considerado o fundador do Realismo na literatura moderna.

2 Foi um poeta britânico e uma das figuras mais influentes do romantismo. Entre os seus trabalhos mais conhecidos estão os extensos poemas narrativos *Don Juan*, *A Peregrinação de Childe Harold* e o curto poema lírico *She Walks in Beauty*.

Capítulo 01

"Porque o sangue é mais espesso
Do que o vinho do inimigo"
Fight – Sam Tinnesz

BRUNO NEGRÃO

O crime organizado tem suas próprias regras, e eu nasci para segui-las *(ou não).*

Sou filho do maior bicheiro do Rio de Janeiro e futuro herdeiro da máfia do jogo de bicho. Esse é um negócio ilegal que vem passando de pai para filho, de geração em geração, e não há como desviar ou se desvincular. Um negócio perigoso, arriscado, como qualquer outro negócio que envolve um alto poder aquisitivo.

O "Jogo do Bicho" é um dos jogos de azar mais populares do Brasil e, mesmo sendo ilegal, possui muitos adeptos, mais do que você pode imaginar. O que é visto como entretenimento para alguns, simboliza muito dinheiro e muito poder para quem está por trás da organização. Engana-se quem acredita que o Jogo do Bicho é apenas um entretenimento. Por trás dele, há disputas sangrentas pelo poder, subornos, mortes, traições. Você ficaria boquiaberto se soubesse a fundo. Fazer parte disso coloca sua vida diretamente no topo do perigo e te torna suscetível ao risco de lidar continuamente com emboscadas e traições. Nós nunca podemos confiar em qualquer pessoa, nem mesmo confiar nos membros da nossa própria família.

Cada barão é responsável por um território. Meu pai, por exemplo, comanda toda a zona oeste do Rio e outros territórios em demais estados do país.

O esquema é dividido em bancas de jogo de bicho e máquinas caça-níqueis. Atualmente, a família **Negrão**, apenas no Rio de Janeiro, controla 1.400 máquinas caça-níqueis e 1.300 bancas. Nosso lucro mensal é em torno de R$500.000.000,00. Quinhentos milhões de reais por mês, isso mesmo. Mas, parte desse dinheiro é reinvestido, além da quantia destinada ao pagamento de propinas a policiais – que nos protegem e que mantém nossos interesses – e dos salários aos 230 homens responsáveis por nossa segurança. Um verdadeiro exército.

Para mascararmos nossos esquemas de contravenções, possuímos algumas empresas espalhadas pelo mundo, isso exige muita dedicação, cuidado e trabalho árduo.

Além das empresas, há também uma atividade extracurricular. Os mais poderosos barões do jogo do bicho atuam avidamente nas escolas de samba. Os desfiles, que para uns significa apenas diversão, para quem está de frente trata-se de uma disputa, obviamente sambistas querem suas escolas campeãs a todo custo. É aí que entram os bicheiros; eles possuem um poder aquisitivo muito alto; sendo assim, as escolas não precisam esperar dinheiro público para iniciar a organização para o carnaval. Torna-se uma troca: os bicheiros investem, sendo aclamados, ganhando o apoio da comunidade, alcançando a exposição desejada e tendo suas vontades devidamente respeitadas, enquanto as escolas conquistam dinheiro o bastante para investir em alegorias, fantasias, mão-de-obra e tentarem se tornar campeãs.

Meu pai é patrono da escola *Rosa dos Ventos* e dono de um camarote exclusivo na Sapucaí . Logo, eu também estou por trás de toda organização.

Nosso Carnaval é um dos camarotes mais famosos e bem avaliados pelos críticos. Devido à infraestrutura, à segurança e ao entretenimento oferecido, os ingressos sempre se esgotam em questão de minutos após a abertura das vendas, é disputado até mesmo pela nata carioca. Este ano eu sou o principal responsável por trás da organização, já que meu pai atribuiu mais esta tarefa para mim. Foram meses organizando o evento a distância, pois estive envolvido em muitas viagens de negócios.

Neste momento, enquanto Antônio Negrão descansa em sua mansão em uma ilha privativa em Angra dos Reis, estou saindo de um jatinho, chegando ao Brasil, após muitas horas de voo. Ser filho único de um mafioso, e seu futuro sucessor, exige muito de mim, mais até do que me sinto disposto. Ainda hoje terei que lidar com o exaustivo trabalho de comandar um camarote, mesmo que usando uma empresa de fachada como principal responsável. A parte boa é que há funcionários suficientes para lidar com toda a merda e, por isso, sei que poderei aproveitar um pouco o evento. Não consigo nem mesmo me lembrar de quando foi a última vez que tive um pouco de diversão. Aos 32 anos de idade, sou comprometido com o trabalho de forma que raramente sobra tempo para entretenimento. Por esse motivo, ocasionalmente, eu e meu pai, batemos de frente.

— Senhor! — Saulo, meu motorista e segurança particular, cumprimenta pegando minhas malas assim que desço do jatinho.

— Meu amigo, é bom revê-lo!

— Para onde iremos? — pergunta, formalmente.

— Para o hotel. Ficarei nele durante a semana de carnaval. Além de facilitar o acesso à Sapucaí, é onde os principais convidados se concentrarão. Há também toda merda de abadá e o caralho a quatro.

— O senhor parece cansado.

— Estou exausto, estressado. Tudo que queria era ficar imerso em uma banheira de hidromassagem e, em seguida, dormir por doze horas ininterruptas — confesso, exausto. Saulo dá um sorriso que exprime piedade. Eu nem ouso questionar, sinto-me digno de pena.

— Certamente haverá mulheres interessantes no camarote, senhor. Um pouco de diversão sempre ajuda a aliviar o estresse diário — ele comenta, tentando me animar.

— Faz tempo que não encontro uma mulher interessante, Saulo. Tudo tem sido fácil demais para mim nesse quesito. O fácil acabou tornando-se desinteressante.

— Seguirei trabalhando para um dia poder dizer isso, senhor — brinca, e dou dois tapinhas em suas costas.

— Sabe de uma coisa? Eu sinto inveja de você.

— De mim? — pergunta quase chocado com a minha revelação.

— Trocaria de lugar com você se isso significasse ter uma vida simples e menos arriscada. Preferia ser o motorista, o segurança, qualquer outra coisa. Ser quem sou é exaustivo, acredite. Na maior parte do tempo não vale o preço. Como diz aquela propaganda: há certas coisas que o dinheiro não paga. — Pisco um olho e me acomodo no carro.

Essa frase é extremamente verdadeira. O dinheiro não compra paz de espírito. Paga contas, proporciona luxos, e apenas isto. Ele é capaz de corromper pessoas também, mas não consigo entender que tipo de saciedade um indivíduo sente sabendo que está comprando alguém. Sinto vontade de ter algo que aconteça naturalmente, sem qualquer interesse financeiro ou qualquer coisa do tipo.

O trânsito caótico do Rio altera ainda mais meu humor. A total desordem faz com que eu perca o restante da paciência que possuo. Como um bom controlador, estar em meio ao caos me desconcerta. Além disso, está calor o bastante.

Ao chegar ao hotel, pego o cartão de acesso rapidamente e saio puxando minhas duas malas para o quarto. Porém, no meio do caminho, surge uma loira que parece alheia a vida enquanto mexe no celular. Sigo andando acreditando que ela irá se desviar de mim, mas não é o que acontece. Como um trem desgovernado, ela simplesmente colide fortemente contra o meu corpo. O baque faz com que seu celular caia no chão, juntamente com as minhas malas, visto que precisei soltá-las para sustentar a mulher em meus braços.

Sorrio da minha própria desgraça.

— Meu Deus! Milhões de desculpas! — ela diz, segurando-se em mim. Seu sotaque é diferenciado, mesmo em meio à cacofonia de conversas de alguns hóspedes que passam por nós, reparo em como seu timbre é suave. Eu quase perco o fôlego quando ela levanta o rosto e me encara. — Nossa! — exclama, observando-me enquanto suas bochechas se ruborizam. Seria cômico se não fosse trágico. Se ela soubesse o quanto estou estressado e como odeio pessoas que fazem uso do celular enquanto caminham…, porém…

Ela é muito linda.

Possui uma pintinha em cima da boca, e uma outra em baixo do olho, ambas do lado direito. Essas duas pintinhas parecem fazer toda a diferença. Linda, realmente linda. Alta, loira, com lábios devidamente esculpidos, olhos castanhos expressivos; um rosto de tirar o fôlego.

— Está tudo bem? — pergunto, mantendo-a firme contra o meu corpo.

— Oh! Claro! — diz, afastando-se como se tivesse acordado de um transe. Por razões óbvias, endireito minha postura. — Desculpe-me pelo pequeno acidente de percurso. Eu estava distraída. Sinto muito.

— Apenas tome cuidado para não se machucar. Não é aconselhável andar e fazer uso do celular ao mesmo tempo. — Ela me encara, levantando as sobrancelhas quase que em desafio.

— Obrigada pelo conselho, *pai*. — Hum! Temos aqui uma garota atrevida e sarcástica. Eu gosto.

— Por nada. Se quiser mais conselhos, minha suíte é a 1001 e tem uma linda vista para o mar.

Sorrio enquanto ela pega o celular no chão. Sem dizer nada mais, simplesmente sai andando parecendo um rompante de fúria. Eu até aproveito para olhar para trás e analisar seu corpo, já que fiquei hipnotizado o bastante com o rosto. Não consigo ver a comissão de frente abaixo do pescoço, porém, sua traseira merece nota 10, o short que ela está usando lhe caiu muito bem.

Foda-se!

Sigo para meu quarto sem mais atropelamentos e vou direto para o banho. Preciso dormir algumas horas antes de enfrentar uma noitada intensa. Espero que essa loira esteja aqui em razão do camarote, isso seria interessante.

Capítulo 02

"O problema está se aproximando
Eu posso sentir o chão tremendo
Arrepios na minha pele"
Sound off the sirens – Sam Tinnesz

BRUNO NEGRÃO

São 23h quando chego ao camarote, escoltado. Há ao menos vinte dos meus homens na segurança do evento, fora os outros de uma empresa contratada.

Sou tratado como uma verdadeira celebridade quando adentro ao local. Ao contrário do meu pai, não me sinto muito confortável em ser o centro das atenções. Fujo de fotos e, mesmo odiando, sou altamente bajulado por dezenas de pessoas. É engraçado como algumas delas pensam possuir o mínimo de intimidade comigo quando eu sequer me lembro quem são. Ainda assim trato todos com educação, já que são "clientes" do meu camarote.

Miguel, um amigo, surge empolgado ao me ver.

— Ôh, meu chegado! — ele diz vindo me abraçar. — Pensei que não viria mais.

— Estava cansado da viagem. Dormi por algumas horas. Agora vou conferir se tudo está certo e irei beber uma cerveja. Mereço, não mereço? — brinco, bagunçando os cabelos dele.

Não tenho muitos amigos. Não confio nas pessoas. Porém, Miguel está perto do que julgo ser um. Ele não tem ligação com meus negócios, embora saiba o que faço. Miguel é médico. Nos conhecemos na academia e nos identificamos, desde então passamos a ser bons amigos. Amigos, amigos; negócios à parte. É assim que conduzimos, tudo na base do respeito.

— Vá conferir a parada. Mas não demore. Há um festival de mulheres gatas aqui este ano. Eu não sei para onde atirar — comenta enquanto meus olhos passeiam pelo local e capturam a loira do hotel.

— Eu sei. — Bato nas costas dele e decido que preciso de uma bebida. Ele não tem conhecimento, mas talvez eu saiba para onde devo "atirar".

MAIA GALINA

Nasci no berço da máfia.

Eu sou uma garota rebelde, inconsequente, repleta de personalidade. Ser assim faz com que eu bata diretamente com o meu pai.

Ser filha de um dos maiores mafiosos do Jogo do Bicho do Brasil é um inferno completo, exceto pela boa vida que o grande poder aquisitivo do meu pai me proporciona. Eu gosto do luxo, gosto das melhores coisas que o dinheiro pode pagar. Porém, sempre odiei saldar o preço pelos "negócios" da minha família, principalmente quando esses "negócios" custaram a vida da minha mãe. Sempre detestei seguranças em torno de mim, ter meus passos monitorados, odeio ser controlada, sou amante da liberdade. Por isso, ao completar a maioridade, encarei meu pai e deixei bem claro todas as minhas intenções. Ele pôde escolher entre permitir que eu me mudasse para Londres sozinha, ou exigir que eu permanecesse no Rio sendo a maior dor de cabeça da vida dele e correndo o risco de ter um final trágico como minha mãe teve. Esperto como é, ele cedeu, e passei os últimos dez anos da minha vida em minha amada Londres. Durante esses anos tive a vida perfeita que sempre quis ter. Cursei a faculdade de Moda e, em seguida, cursei Negócios na **London Business School**, conhecida como a melhor "escola" de na área da Europa. Isso foi exigência do meu pai, e eu quis acreditar em todas as suas boas intenções.

Durante os últimos três anos, trabalhei no mercado imobiliário de luxo, criei uma reputação respeitosa e fiz o meu nome. Como uma *workaholic* assumidíssima, tornei-me respeitada e temida pelos meus companheiros de trabalho. Uma vez que senti a maravilha de ter conquistado meu próprio dinheiro, viver às custas do meu pai tornou-se um incômodo, por esse motivo me empenhei ao máximo para atingir todos os meus objetivos profissionais. Fiz dinheiro o bastante em minha profissão para poder bancar toda a vida boa que sempre gostei. Planejei a minha morar em Londres, mas, é claro, meus sonhos foram despedaçados semanas atrás.

Tudo parecia mágico até meu pai exigir que eu retornasse ao Brasil após o carnaval; *coisa que não aconteceria, obviamente.*

Fui relutante, persistente, teimosa como uma adolescente rebelde, inventei até mesmo um namorado que nunca existiu. Sim, eu nunca namorei. Relacionamentos nunca estiveram no meu radar. Primeiro, porque sempre tive planos maiores que exigiam toda a minha dedicação. Segundo, nunca surgiu um homem que despertasse o meu total fascínio a ponto de eu colocar todos os meus demais projetos em segundo plano. Na verdade, quando eu era pequena assisti a muitos contos de fadas e, por isso, acho que sonho com o príncipe encantado que não existe, sendo assim, prefiro ficar só. A questão é que meu amado pai venceu após usar de sua saúde para me convencer a retornar e assumir um posto que jamais imaginei que assumiria um dia por ter nascido mulher. Uma jogada de mestre dele que abalou por completo meu emocional.

Por mais que eu não goste de ser controlada e que tenha minhas desavenças com meu pai, eu o amo e ele é a pessoa mais importante do mundo para mim; a única. Uma vez que ele disse estar com a saúde fragilizada, toda minha relutância ruiu.

Se eu realmente preciso retornar, decidi fazer isso de uma maneira satisfatória, começando por curtir o carnaval carioca. Estou no Brasil há exatos dois dias, usando uma identidade falsa e aproveitando meus últimos momentos de independência. Toda a minha liberdade estará comprometida no momento em que o senhor Rogério Galina descobrir que já estou em solo carioca.

Hoje é o primeiro dia oficial de festa no camarote e no sambódromo, a animação está em mim, porém, o receio também. Não posso ser reconhecida em hipótese alguma, e acredito que não serei. Em dez anos sofri muitas transformações físicas.

Há comigo um casal de amigos que vieram de Londres para passar o carnaval após eu ter precisado usar todo o meu poder de persuasão. E são eles que estou indo encontrar quando bato em uma parede de músculos. Estava tudo perfeito até eu fixar meus olhos no rosto do homem. Como uma garota estúpida, eu apenas demonstro o choque absoluto com a beleza do cidadão.

— Nossa! — exclamo, absorvendo o impacto. Moreno, bronzeado, cabelos negros revoltos, expressivos olhos castanho-escuros, nariz simétrico, uma barba por fazer adornando seu rosto e uma boca… uma boca extremamente perfeita. O "NOSSA!" nunca fez tanto sentido. Estou inebriada pelo perfume másculo que está exalando dele.

— Está tudo bem? — ele pergunta enquanto mantém suas mãos firmes contra o meu corpo. Além de tudo, o homem tem uma excelente pegada, mesmo que seja em um sentido totalmente diferente do que estou pensando agora. A voz é espetacular; grossa, rouca, máscula, poderosa. Minha mente é fértil o bastante para imaginar todos os sons que poderia fazer em determinadas situações.

— Oh! Claro! — respondo revoltada com a minha desenvoltura em torno dele. — Desculpe-me pelo pequeno acidente de percurso. Eu estava distraída. Sinto muito.

Por algum motivo, algo me diz que não é apenas sua voz que é forte . Ele é um homem poderoso. Talvez esteja equivocada em minha análise, mas não costumo errar com frequência.

— Apenas tome cuidado para não se machucar. Não é aconselhável andar e fazer uso do celular ao mesmo tempo. — Arqueio as sobrancelhas o encarando. Ele está me tratando como uma garota imprudente?

Talvez, além de poderoso, ele seja controlador.

— Obrigada pelo conselho, *pai* — respondo de uma maneira quase infantil e vejo um resquício de sorriso querendo sair de seus lábios. Porém, ele não me dá esse privilégio. Agradeço internamente por isso. Não preciso saber se o sorriso dele é arrebatador ou não. Amo sorrisos e temo que o dele seja capaz de causar um impacto ainda maior.

— Por nada. Se quiser mais conselhos, minha suíte é a 1001 e tem uma linda vista para o mar — diz sugestivamente enquanto pego meu celular no chão. Agora sou eu quem quer sorrir, mas não o faço. Suíte 1001. Queria ser um pouco mais louca. Quem sabe após algumas bebidas eu bata na porta dele? Não estou fazendo nada e acabo de ser convidada. É sempre bom receber "conselhos".

Ainda estou impactada quando entro no elevador.

Capítulo 03

"Como uma corrente na minha pele,
me puxa para mais perto"
Follow Me – Tommee Profit

MAIA GALINA

São dez da noite quando me encontro com Jules e Brandon no saguão do hotel. Assim como eu, eles já estão vestidos em seus abadás personalizados. Jules é brasileira, Brandon europeu. Namoram há dois anos graças a um empurrãozinho que dei.

— Você está linda! — elogio minha amiga e a abraço. — Você também está ótimo, Brandon.

Brandon fala português fluente, assim como outras três línguas. É um *nerd* sexy, como costumamos chamá-lo.

— Você está radiante! — Jules diz animada.

Estou usando um short jeans curto, adornado por glitter prateado, transformei meu abadá em um top que amarra nos seios, também trabalhado no glitter prata. Meus cabelos estão soltos, e estou calçando uma sandália plataforma que julguei confortável para uma noite de diversão.

A organização desse camarote merece um prêmio. Eles organizaram desde o hotel para os clientes se hospedarem, até o transporte para o evento. Há até mesmo pessoas trabalhando na customização dos abadás.

Eu e meus amigos seguimos para uma van e logo chegamos à Marquês de Sapucaí.

— Coloque isso — Jules ordena, entregando-me um boné. Ela parece muito mais receosa que eu, isso é engraçado. Ok, é perigoso também. Meu pai tem envolvimento com uma escola de samba, então estou na toca do lobo. Para não desapontar minha amiga e garantir passar despercebida, coloco o boné e andamos apressadas até o camarote. Felizmente, minha identidade falsa não é requisitada. Há uma pulseira em meu braço que libera meu acesso rapidamente. Uma vez dentro do camarote, consigo respirar aliviada. A primeira coisa que faço é retirar o bendito boné e arrumar meus cabelos.

Pegamos bebidas e seguimos para uma das áreas do local. Sinceramente, as escolas de samba não me interessam muito, não querendo desmerecê-las e desmerecer o trabalho de todos os integrantes. Minha animação é devido à quantidade de shows programados para o camarote. Agora, por exemplo, há um DJ tocando música eletrônica, meu tipo de música preferido, e isso me deixa radiante.

Brandon é um cara muito animado, por isso se junta a mim e Jules na dança. É divertido. Disposta a não ficar sobrando, eu começo a analisar o "ambiente". Há homens incrivelmente lindos. Eu havia me esquecido do quão quente os brasileiros podem ser. Corpos sarados, pele bronzeada, eu amo isso! Identifico que estou atraindo alguns olhares e que é só questão de tempo para eu deixar de ser a empata casal.

Permaneço dançando até que capturo um par de olhos castanhos fixados em mim. Instantaneamente, meus pés quase falham na missão. Aqui está o senhor impacto novamente! Acho que esse é um ótimo apelido. Será que sentirei isso todas às vezes em que encontrá-lo?

É claro que ele está aqui, ele estava no hotel que foi reservado para o camarote. Tento não sorrir o observando, mas falho, e tenho a certeza absoluta de que acabei de ser pega em flagrante. Ele demonstra ser um homem poderoso e experiente, sendo assim, certamente sabe o que sorrisos como esse que acabei de dar significam.

— O que há? — Jules pergunta me distraindo.

— Nada — respondo dançando com ela e tomando a minha bebida. Quando volto a olhar para o local onde o senhor impacto estava, fico frustrada ao ver que se foi.

Ok. Foda-se! Não ficarei paranoica por conta de um homem que trombei no corredor de um hotel quando há uma infinidade de possibilidades ao meu redor.

A noite vai passando, a bebida vai entrando, as "amizades" vão surgindo. Alguns xavecos, uns flertes, nada tão fascinante que me faça ceder. Eu sou uma mulher que tem uma constante expectativa por coisas que me fascinam, talvez seja exigente demais. Da mesma forma que os homens se aproximam com facilidade, eu os espanto. Com alguns a conversa até rende um pouco mais, outros nem tanto.

Decido ir ao banheiro molhar um pouco a nuca. Está quente, por mais que o ambiente tenha uma boa ventilação. Ter me acostumado ao clima europeu está custando um preço agora. Após fazer xixi, lavo minhas mãos, minha nuca e arrumo meus cabelos.

Na saída do banheiro, sou agarrada pela cintura por um imbecil que não faz idcia do quão boa sou em defesa pessoal. Fui devidamente treinada desde quando ainda era apenas uma garotinha e odeio que se metam comigo sem que eu dê o mínimo de liberdade.

— Pode me soltar, por gentileza? — peço educadamente antes de precisar usar meus conhecimentos. Ele está me agarrando por trás, isso deixa tudo ainda mais fácil para mim.

— Você é a mais gostosa desse lugar — sussurra em meu ouvido, causando-me repulsa instantânea.

— Achar uma mulher gostosa não te dá o direito de tocá-la sem que ela consinta com isso — argumento. — Se quiser manter suas bolas inteiras, eu aconselho que me solte agora. — O babaca desliza uma mão até um de meus seios e, antes que eu possa me defender, ele solta um grito de dor e retira as mãos imundas de mim.

Percebo que há muitas pessoas observando a cena agora e eu me viro para me deparar com o senhor impacto, uma onda de calor percorre minha espinha quando meus olhos fixam nele. Na verdade, sei que o engraçadinho que me tocou está agora caído no chão, mas a intensidade do homem de pé diante de mim nubla qualquer acontecimento. Seu olhar parece capaz de penetrar em minha pele, seus olhos castanhos parecem mais escuros agora. Eu sustento-o e só desvio quando ele faz o mesmo.

— Retire ele daqui, pegue todos os dados e cancele a credencial para os próximos dias. — O tom da voz não é tão educado, ou gentil, quando o bonitão ordena aos funcionários, que saem arrastando o homem caído. Ele quebra a distância entre nós logo em seguida. — Você está bem? — Surpreendo-me com a preocupação.

— Sim — respondo educadamente, até me lembrar de que não sou uma mocinha indefesa. Inalando coragem, ergo mais minha cabeça e decido por dar uma resposta em uma versão melhorada. — Estava prestes a chutá-lo, até um super-herói surgir e exterminar a minha possibilidade de usar a defesa pessoal. Foram anos de treinamento, sabia?

— Esse cara deve ser bom, então, hein? Super-heróis costumam ser bons. Não? — pergunta. Seu olhar parece divertido, ao mesmo tempo que demonstra perigo. — Eles salvam as mocinhas indefesas. A não ser que você não seja indefesa.

— Não tenho uma opinião formada sobre super-heróis. Quanto a mim, não sou uma mocinha indefesa. Espero que isso não o deixe decepcionado ou cause uma ferida em seu ego — digo, já me apresentando. — Maia G… Mendonça — eu ofereço uma mão a ele.

— Bruno Cavalcanti. — Retribui em um aperto firme e demorado, que traz uma corrente elétrica para o meu corpo. Ele não solta a minha mão, tampouco diz qualquer palavra. Demora alguns segundos para que volte a falar. — Percebi que não é uma mocinha indefesa.

— Percebeu? — questiono, sentindo meu coração ricochetear fortemente. — Então por que sentiu a necessidade de bancar o herói?

— Eu a analisei em grande parte da noite — confessa, fazendo com que eu pisque apreensivamente. — Julguei que deveria estar cansada de se esquivar de tantos homens, por isso, tomei a frente. Foram ao menos uns sete antes desse. Porém, os outros foram mais educados e respeitosos — comenta, de forma simpática. — Sabe, não gosto de homens folgados, principalmente quando tocam em alguém que possui toda a minha atenção e meu interesse. — Sorrio. Bruno Cavalcanti, o senhor impacto, possui um bom poder de argumentação.

— Eu sou esse alguém? — questiono em um tom debochado. — Bom, caso seja, preciso dizer que estou decepcionada com você — informo, me divertindo com o jogo de provocação.

— Está? Por qual motivo?

— Se esse incidente não tivesse acontecido, você continuaria apenas observando os homens se aproximando de uma pessoa que tem todo o seu interesse? Acho isso um pouco contraditório. Se algo possui seu interesse, merece no mínimo um empenho da sua parte.

— Um bom jogador sabe o momento exato de dar a cartada que garantirá sua vitória. Concorda? — Os cantos de seus lábios sobem, demonstrando diversão. O filho da mãe é mais interessante do que imaginei. Ele gosta de jogar tanto quanto eu, embora o que eu vá dizer não faça muito sentido.

— Não saberia dizer. Ainda não tenho uma opinião formada sobre gostar ou não de jogos. — Sorrio e novamente vem um impacto quando o homem sorri, revelando que minhas suspeitas estavam absolutamente corretas. Arrebatador. Perfeito.

— Jurava que diria algo sobre o fato de eu ser confiante o bastante para acreditar que minha jogada garantiria a vitória. Isso não importa? — questiona, levantando as sobrancelhas e demonstrando um pouco de arrogância. O olhar de quem sabe o impacto que causa, está ali, fixado em mim e aguardando todas as minhas respostas espertas.

— Se você está tão certo sobre suas jogadas, quem sou eu para correr o risco de desacreditar? Prefiro ter o benefício da dúvida — argumento. — Aliás, enquanto a festa está acontecendo estamos aqui, discutindo sobre jogadas. É uma péssima perda de tempo, portanto, acho melhor voltar aos meus amigos.

— Acredito que seus amigos não estejam sentindo muito a sua ausência — diz apontando para um local e eu me viro para encontrá-los quase fundindo-se em um só. Ok, isso é bastante desagradável, mas eu sabia que ocorreria. É o preço a se pagar ao sair com um casal. — Decepcionada?

— Há motivos? — pergunto, voltando-me para ele. — É carnaval, festa, alegria, eles são um casal sexualmente ativo. Talvez decepção não seja a palavra certa a ser usada. Um pouco de inveja talvez. Sei que não existe inveja boa, mas se existisse, a minha seria desse tipo — explico-me, continuando o jogo. — Decepção ficaria por conta de alguns homens que simplesmente preferem um pouco de conversa fiada ou até mesmo um pouco de voyeurismo à ação. Isso é decepcionante, não acha?

— Realmente, há alguns homens que são completamente idiotas — o senhor impacto diz com um sorriso presunçoso em seus lábios hipnotizantes.

— Completamente idiotas — respondo, retribuindo um pouco do sorriso.

— Péssimos jogadores — diz, colocando um copo sobre o balcão enquanto a paciência brilha sobre mim.

— Horríveis — concordo.

— Com a sua permissão... — ele diz me puxando para seu corpo e reivindica minha boca, fazendo com que o mundo gire por completo e eu sinta o impacto do seu ato.

Não sei em que prestar atenção: em seu corpo rijo, sua pegada forte ou seus lábios que são absurdamente perfeitos. Primeiros beijos costumam ser tímidos. Mas, certamente, essa teoria não se encaixa a esse homem. Posso dizer que a atração instantânea faz todo sentido agora. Um beijo e eu já consigo pensar em algumas maneiras de me acorrentar a ele esta noite. Meu cérebro resolveu deixar de ser racional no momento em que sua língua encontrou a minha e seus lábios macios exigiram mais dos meus. Não ajuda o fato de que ele é avassaladoramente lindo. Ou talvez ajude, ainda não decidi.

Deixando os pensamentos de lado, apenas sorvo o acontecimento. Suas mãos estão quentes em torno da minha cintura, e ele está visivelmente excitado. Devo confessar que me encontro exatamente da mesma forma. Tenho uma regra pessoal de nunca ir para a cama com qualquer um no primeiro encontro, mas a ideia de manter essa regra está vacilando em minha mente agora. Alguns homens simplesmente parecem ter o poder de extrair o desejo sexual de uma pessoa, Bruno é um desses.

Quando ele afasta nossos lábios, eu decido que não obtive o suficiente.

— Mais — peço, sussurrando em seus lábios enquanto minha respiração se mantém irregular, e ele volta a me beijar. Sou eu quem o ataco agora, ignorando o fato de que estamos em público. Levo minhas mãos por dentro de sua camisa e toco sua pele quente. Minhas unhas passeiam em suas costas e sou capaz de sentir sua pele se arrepiando. Quando percebo que estamos indo longe demais, detenho minhas ações.

— Eu me mantive afastado, a observando, apenas porque queria dar um pouco mais de tempo para você aproveitar o evento — sussurra em meu ouvido enquanto seu braço contorna minha cintura, mantendo-me presa a ele. — Você poderia se divertir, conhecer caras novos, ter oportunidade de ser decepcionada por cada um deles.

— Ser decepcionada?

— Quando tentamos ignorar a atração que temos por uma pessoa e nos arriscamos em algo que não possui intensidade, tendemos a ficar decepcionados. O sorriso que deu ao me ver mais cedo respondeu às perguntas que eu nem mesmo havia feito, Maia. — Neste momento nem me importo em rebater seus argumentos. — Sou possessivo.

— Está querendo me assustar? Se for, você falhou — informo, inebriada pelo cheiro incrível de seu perfume. — Se você é um homem possessivo, saiba que está diante de uma mulher que porta da mesma característica. Mas a questão aqui é: o que isso tem a ver com o beijo que acabamos de dar?

— Seu carnaval acabou, ou talvez tenha apenas começado. Depende da perspectiva — afirma, envolvendo meu pescoço com sua mão quente. Um movimento promissor que me faz querer mais. — Não ignoro uma forte atração.

— Ainda não consegui entender aonde quer chegar.

— Houve insinuações sobre atitude, eu a tomei. Agora temos um grande problema aqui, Maia; observando-a essa noite, passou pela minha cabeça que, muito provavelmente, seremos bons juntos. Porém, a troca que acabamos de ter ultrapassou todas as minhas expectativas e não estou disposto a compartilhá-la nesse carnaval. — Suas palavras são profundamente intensas. — Você pediu por algo, eu espero que esteja com a intenção de manter, porque eu não pretendo tirar minhas mãos de você nos próximos dias. Então decida se isso simboliza o início da sua diversão ou o fim.

Engulo em seco. Sinto o ímpeto de rebatê-lo, de agir como a mulher teimosa que sou. Porém, não faço. Meu coração está ligeiramente acelerado, de uma forma assustadora. Nunca houve um homem tão decidido antes, e acabo de descobrir que essa característica é um afrodisíaco natural, é algo que me agrada mais do que deveria. Um macho alfa dominador, possessivo e repleto de atitude; não queria, mas estou imaginando como deve ser ter esse homem na cama.

— Como você disse, tudo depende da perspectiva. Eu sempre tento conduzir alguns acontecimentos de formapositiva. Mas, ainda é cedo para eu dizer se é o início da minha diversão ou o fim, não acha? Posso vir a ser decepcionada ou ficar frustrada, então não há garantias de que passar um tempo com você será divertido ou interessante — provoco.

— Garota esperta — diz, enquanto levo um dedo para dentro do elástico de sua cueca e começo a contorná-lo. Ousada o bastante para um primeiro contato, eu sei. Não tente compreender meus atos. Nem eu os entendo na maioria das vezes. — Esperta e provocadora.

— Cada pessoa possui um conjunto com as suas próprias características.

— Eu gosto das suas características. Continue com elas, e eu não responderei pelos meus atos. — Arregalo meus olhos enquanto tento esconder a surpresa com as palavras nada bucólicas. Mas, sinceramente, quem está buscando poesia quando há todo um pacote quente e decidido diante de si? Estou subitamente feliz que ele seja esse tipo.

Capítulo 04

"Eu estou do outro lado, tentando abrir a passagem
Eu posso ouvir as sirenes"
SIRENS – FLEURY

MAIA GALINA

Preciso admitir, a confiança elevada desse homem é bastante surpreendente, até um pouco invejável. Eu gosto disso, mas é um lembrete nítido de que eu preciso elevar alguns níveis em minha autoconfiança para me igualar a ele. Gosto do "igual para igual", homens com um potencial elevado são raros e, nem preciso conhecer muito esse tal Bruno para saber que ele faz parte desse time de raridades. Está explícito em tudo. Ser avaliativa é uma das minhas características mais marcantes. Parece que tenho um *feeling* especial para analisar homens.

Ainda tomada pela perplexidade e o encarando, sorrio. Um sorriso que tenho certeza que transpassa todos os sentimentos sujos que estão brincando em minha mente agora. Homens com potencial elevado me deixam em um estado de forte excitação. Porém, ainda é cedo para eu permitir que ele perceba meus pontos fracos. Acredite, é um enorme perigo deixar seus pontos fracos em evidência.

Dando um passo para trás, afasto-me sem tirar meus olhos dos dele.

— Os seus atos dependem inteiramente do meu consentimento. Ameaçar não responder por eles não muda nada, tampouco vejo como uma ameaça em potencial. — Ele sorri ao ouvir minhas palavras e balança a cabeça positivamente.

— Deveria rever seus conceitos e a maneira como decide lidar com ameaças. Nem sempre é aconselhável rir na cara do perigo — diz pegando uma mecha dos meus cabelos.

— O perigo é só uma questão de ponto de vista. O que para alguns pode parecer perigoso, para outros pode ser apenas parte de um pacote de diversão. Tudo depende do quanto a pessoa gosta e está disposta a se aventurar.

— É muito cedo para eu dizer que gostei de você? Gosto de relutância, me deixa excitado. Gosto de tudo que estou vendo aqui. Uma mulher arisca sob medida, parece gostar do perigo e é devidamente perfeita para ser domada. — Novamente sorrio.

— Não sou um animal, mas, se fosse, certamente seria indomável, senhor. De qualquer forma, me dê um motivo para estar aqui perdendo meu precioso tempo em uma conversa que não nos levará a lugar algum?

— É o que acha? — pergunta sem me dar chance para responder. — Bom, meu ponto de vista é que essa conversa está caminhando por muitos lugares e está no mínimo interessante. Gosto de dialogar quando conheço alguém. O diálogo me permite captar o que posso esperar da pessoa, para saber se minhas apostas estão certas. E, se me concede dizer, meu nível de expectativa aumentou bastante. Digamos que captei muitas faíscas aqui. — Esse homem é intrigante. Acho que nunca estive em uma conversa tão louca com um homem logo de cara. Ele me impacta a cada palavra dita.

— Ok, senhor impacto. Se me permite, vou... dançar.

— Sozinha? — pergunta puxando-me e virando-me de costas para ele, para que eu possa observar a pista. Suas mãos agora estão em minha barriga nua, queimando minha pele como se eu estivesse em brasas. — Veja seus amigos — sussurra em meu ouvido enquanto os observo. — Eles estão quentes, loucos para terem um momento de intimidade, contando os minutos para voltarem para o hotel ou então encontrarem um lugar onde possam ter mais privacidade. Repare como sua amiga parece excitada, sofrendo por não poder obter um alívio agora. O companheiro dela certamente está duro, tão desesperado quanto é possível estar. — Suas palavras saem num tom sedutor e percebo que talvez eu esteja mais excitada do que Jules neste momento. Não é só Brandon que está duro. Eu posso sentir a rigidez de Bruno contra a minha bunda. Meninas boas talvez repugnariam isso, mas eu não sou uma delas, portanto, apenas aprecio e provoco mais, esfregando sutilmente minha bunda contra ele. — Você também está ansiosa para voltar ao hotel?

— Não costumo fazer sexo com alguém que acabei de conhecer, mas, preciso confessar, não seria má ideia voltar ao hotel. Há um brinquedinho que costuma dar conta nos momentos de necessidade. — Ouço sua respiração próxima à minha orelha e um som de riso escapa dele.

— É uma mocinha difícil, então?

— Não sou uma mocinha. Sou uma mulher. Não se trata de ser difícil. Saber o meu valor e tudo o que tenho a oferecer a um homem, tornou-me uma pessoa seletiva que não costuma ir para cama com desconhecidos. Assim como você gosta de dialogar, eu gosto de me sentir segura para ir para o próximo nível.

— Não era exatamente isso que eu estava esperando de uma mulher que segundos atrás parecia tão decidida, mas posso entender. Eu poderia fingir estar admirado por essa sua resposta, poderia dizer que subiu alguns níveis em meu conceito, mas não sou um homem tradicional, logo, não dou a mínima para essa formalidade de primeiro encontro, ou segundo. Inclusive, permita-me dizer, acho patético e uma perda de tempo, da mesma forma que você disse minutos atrás que achava um desperdício de tempo estarmos dialogando. Nunca sabemos se teremos uma segunda chance, um segundo encontro. A vida nem sempre nos oferece isso. Por esse motivo, acho inútil perder tempo cultivando ou seguindo padrões ultrapassados. Se você quer algo, deve apenas se entregar ao desejo, sem pensar nas consequências. É muito mais corajoso, eletrizante — sussurra, causando mais arrepios em meu corpo. — Você pode escolher maltratar a si mesma e decepcionar a necessidade do próprio corpo, ou pode apenas escolher saciar a vontade. Eu sou capaz de sentir o cheiro da sua excitação, poderia fazer uma aposta milionária sobre a umidade em sua calcinha. Aposto ainda mais sobre como sua doce boceta deve estar se contraindo. Só de pensar, eu...

— Você fala demais, não? — Eu o corto, antes que eu possa fazer uma completa loucura diante de todas essas pessoas. O homem é realmente bom com as palavras. Só de ouvi-las, já quero tirar cada peça de roupa do meu corpo e pedir para ele me dar tudo o que parece capaz. Ele sabe exatamente o que está causando, tanto que permite que eu me afaste de seu corpo. O copo que ele colocou sobre o balcão contém um líquido que eu nem penso duas vezes ao beber. Estou quase me desintegrando de calor e desejo sexual. Esse Bruno é absurdamente irresistível.

Na adolescência, lembro-me de ter escutado um discurso quase moralizante de uma funcionária que trabalhava na casa dos meus pais. Eu me lembro dela dizer que o Carnaval era festa do Diabo, movida pela promiscuidade e pelo pecado. Pela primeira vez, esses dizeres parecem fazer sentido. Eu me sinto um tanto quanto promíscua agora, ansiando pelo pecado da carne, enquanto Bruno se parece com um Diabo tentador. Em algumas histórias dizem que Lúcifer era tentadoramente lindo e possuía o dom de cativar. Se elas forem mesmo verídicas, devo presumir que há semelhanças então.

Uma pequena parte de mim quer ser controlada o bastante para não ceder. Porém, grande parte quer que eu aproveite ao máximo e me entregue por completo ao que estou necessitada, por dois motivos: eu quero foder com ele, e pode ser que os próximos dias determinem o fim da minha liberdade.

Olho para Bruno. Seu olhar afiado como uma lâmina letal. Ele parece misteriosamente perigoso, de um jeito instigante, que dá vontade de desvendar e se aventurar. Isso é um combustível para a garota rebelde que habita em mim. Alguns riscos valem a pena.

Sorrio, certamente deixando em evidência a depravação. Antes que eu possa tomar qualquer atitude, o celular dele toca, jogando um balde de água fria em minhas intenções. Ele franze a testa ao olhar a tela e solta um suspiro, exprimindo pura frustração.

— Preciso atender, mas volto — diz. Sou surpreendida com um beijo casto antes dele sair apressado, deixando-me sedenta.

Sua ausência faz parecer que toda a atmosfera mudou. De repente, não há mais tensão sexual e tudo parece tranquilo o bastante, exceto meu corpo.

— Uau! — exclamo um pouco estupefata ao constatar a forte e marcante presença que aquele homem possui.

Respiro fundo e decido voltar a festa.

Ele não retorna em momento algum, e eu decido aproveitar os próximos dias de carnaval conforme havia planejado antes de colidir com ele.

Capítulo 05

"Se você tem o inferno para pagar
Seu milagre está em seu caminho
Se você apenas aguentar um pouco mais
Espere um pouco mais"
Ruelle – Hang on a little longer

BRUNO NEGRÃO

Frustração tem sido a palavra que define parte dos meus dias.

Sinto-me demasiadamente frustrado por ter que adiar algo a mais com a mulher mais interessante que encontrei após um longo período de decepções.

Maia me surpreendeu o bastante. Quando a encontrei no corredor do hotel, jamais imaginei que por trás daquele rostinho bonito havia uma mulher temperamental e com uma personalidade tão marcante. Fiquei instigado com a maneira como ela é direta e não titubeia ao falar o que pensa. Porém, uma ligação acaba de me deixar em estado de alerta.

Romulo, é um policial civil que presta serviços para mim. Ele só me liga quando é extremamente necessário, quando algo grandiosamente ruim acontece. Dou um suspiro frustrado e encaro a mulher que teria toda a minha atenção esta noite.

— Preciso atender, mas volto — informo. Antes de ir, eu a puxo para um beijo delicado, apenas para que saiba que está sob o meu domínio. — Pronto!

— A notícia não é nada boa — Romulo diz o que já sei. — Seu tio Paolo acaba de ser assassinado. Estou tentando resolver antes que vaze para a mídia. Devemos evitar ao máximo qualquer exposição.

— Em qual local estão?

— Em Pedra de Guaratiba — informa para o meu total desespero.

— Longe pra caralho! Foda-se! Estou indo, me mande a localização correta. — Encerro a ligação e dou um forte soco na mesa. Isso tem dedo do desgraçado do Rogério Galina! Um dia eu o matarei com as minhas próprias mãos…

Felizmente tenho Saulo para dirigir, ou já teria me envolvido em um acidente automobilístico. Direção e raiva não combinam.

Os gritos do meu pai podem ser ouvidos mesmo sem o viva-voz. Embora estejamos tomados pelo ódio, preciso admitir que não era um dos maiores fãs do meu tio. Paolo Negrão era um filho da puta arrogante que pouco trabalhava, mas gozava o bastante com o dinheiro do jogo. Porém, o meu descontentamento não é motivo o suficiente para eu permitir que Rogério Galina saia impune deste assassinato.

A morte de Paolo simboliza o início de uma nova guerra e, dessa vez, a vingança será doce. Pessoas como Rogério Galina merecem sofrer o pior e não conterei esforços para fazer com que isso aconteça. Eu vou revirar a vida do desgraçado até encontrar seu ponto fraco. Ele tem uma filha que esconde de tudo e todos. Espero que tenha sido devidamente cuidadoso em cobrir os rastros da garota.

Pedra de Guaratiba é um bairro que fica localizado na Zona Oeste do Rio. Há muitos sítios, muitas estradas desertas e, provavelmente, nunca terei respostas sobre o motivo de meu tio estar neste lugar.

O GPS nos leva a uma estrada de terra completamente deserta e sem iluminação. Ao descer do carro, encontro Romulo e mais alguns capangas me aguardando. Após cumprimentá-los, ligo a lanterna do meu celular e vou até o carro onde o corpo morto do meu tio está. Não sei dizer quem está mais baleado: ele ou a lataria do veículo.

— O que faremos? — Romulo pergunta.

— Eu não sei — confesso, tentando pensar em uma solução. — Como o descobriram?

— Senhor Antônio nos deu ordem para vigiá-lo. Parece que ele estava envolvido com uma vadia suspeita — responde, e dou uma risada.

— E por que diabos eu não sabia disso?

— Seu pai disse que você estava cuidando de outros negócios, que Paolo não era coisa sua.

— Então por que não é ele a estar aqui para resolver essa merda? — brado, revoltado o bastante. — Faça o que deve ser feito.

— Mas… ele é seu tio.

— Foda-se se ele é o meu tio. Se ele estava envolvido com pessoas erradas, merece o mesmo tratamento que damos a todos os traidores. Leve-o para a ilha e desapareça com esse carro sem deixar vestígios. E diga ao meu pai que eu mandei ele se virar para resolver essa merda! — ordeno e volto ao carro.

Não passam cinco minutos e novamente meu pai está me ligando.

— Eu não vou resolver essa merda, se é esse o motivo da ligação — aviso, irritado. — O corpo dele será levado para a sua amada Ilha de cadáveres e Romulo ocultará toda a merda sem deixar rastros. Você escolheu cuidar disso sozinho, agora se vire. Estou trabalhando na porra do seu camarote e pretendo não ter que lidar mais com qualquer outro tipo de problema até o final do carnaval.

— Você é um moleque!

— Você faz de mim um moleque. Diz que preciso me preparar para ocupar o seu lugar, mas oculta questões importantes de mim, além de me tratar como um dos seus capangas. Não me encha mais o saco hoje! — Encerro a ligação, desligando em sua cara.

Não estou satisfeito. Eu consigo sentir a adrenalina correndo pelas minhas veias, ocasionada pelo ódio. Eu sinto ódio todas as vezes em que meu pai me trata como se eu fosse um capanga qualquer, ignorando o fato de que atualmente sou eu quem comando a maior parte dos negócios. O meu orgulho é ferido a cada vez que ele age como o desgraçado que é, isso faz com que eu quase perca o controle. Na verdade, não sei por quanto tempo suportarei me manter controlado.

É por este motivo que há algum tempo tenho alguém de confiança que faz alguns trabalhos para mim, é como um investigador e informante – fora do controle do meu pai e das pessoas que prestam serviço para ele – e é para essa pessoa que ligo.

— Bruno.

— Eu quero que descubra tudo sobre a morte de Paolo Negrão.

— Retornarei em breve com todas as informações. — Ele encerra a ligação, e sorrio, sabendo que em breve obterei o que quero.

Minutos depois, decido ignorar todos os problemas que não possuem ligação com o carnaval. Minha noite acaba. Volto ao camarote e me tranco no escritório até conseguir controlar o animal que há dentro de mim.

Mais um problema nos próximos dias e o céu se abrirá jorrando sangue!

Capítulo 06

"Você me pegou dançando no escuro
(dançando no escuro)
Eu fechei meus olhos
Mas eu não vou dormir esta noite
Querida, você deveria vir comigo
Eu te levarei para o lado escuro"
Everything black – Unike Pluto

MAIA GALINA

Acordei e não recomendo.

A sensação que estou sentindo é de que fui atropelada por um caminhão de bebidas.

Sigo direto para o banheiro; um banho frio é sempre bem-vindo quando estou com ressaca. A água cai em rompantes pela minha cabeça enquanto todo o meu corpo se arrepia e se estremece em protesto. Eu odeio água fria, mas sei que é a única coisa capaz de me ajudar em uma situação como essa. Coloco um pouco de sabonete líquido nas mãos e começo a me lavar, é então que, ao sentir meu corpo sensível, lembro-me do *senhor impacto*. Eu me questiono como teria sido o restante da noite se aquela maldita ligação não tivesse nos atrapalhado. Obviamente eu teria ido para a cama com ele, mas será que teria sido satisfatório o bastante?

Há em mim um excesso de curiosidade sobre aquele homem. Dezenas de perguntas estão rondando minha mente. Teríamos dormido juntos? Ou será que ele é o tipo de homem que não sabe lidar com o pós-sexo a ponto de fugir? Quantas vezes ele é capaz de foder uma mulher em uma noite? Ele é carinhoso? Olhando para ele você jamais dirá que aquele homem pode ser carinhoso. Se as aparências estão certas, ele é rude, impiedoso, brutal. O tipo que vale realmente a pena.

Eu sou o tipo de mulher que anseia por alguém que seja capaz de me destruir na cama, alguém resistente o bastante para prolongar o meu prazer e tornar a ação duradoura. Não existe nada pior do que estar excitada e ir para a cama com um homem que não dura 3 minutos. Anseio por ser devidamente explorada e fodida. Estou farta de ser decepcionada sexualmente.

Deixando as divagações de lado, termino o banho e vou me vestir. Lá fora o sol parece escaldante, propício para um dia de piscina. Há um mar absurdamente lindo, mas os resquícios da bebedeira da noite passada estão me impedindo de fazer qualquer atividade que exija que eu deixe o hotel. Preciso descansar e me preparar para mais uma noitada de festa. Há mais dias pela frente.

Ao deixar o quarto, logo no corredor, já encontro meu casal de amigos bastante "animados". Enquanto estou indo para o café da manhã, eles parecem estar voltando para o quarto para um outro tipo de refeição.

— Não se esqueçam que existe algo chamado atentado ao pudor — brinco com Jules. Ela quase fica sem graça, quase.

— Bom dia! Está se sentindo bem? — Brandon pergunta.

— Poderia estar melhor. Certamente ficarei bem após um café da manhã caprichado — digo, sem estender a conversa. — Bom, não quero atrapalhar vocês. Tenham uma ótima manhã sexual — despeço-me e sigo meu caminho.

Eu deveria ter trazido alguma amiga solteira. Certamente seria mais interessante, e eu não me sentiria tão deslocada por estar sozinha. Não que eu precise de companhia, mas... confesso que estou me sentindo afetada por estar só.

Após tomar um café da manhã bastante "generoso", sigo para a piscina. A área externa está praticamente vazia, isso me agrada o bastante. Dezenas de espreguiçadeiras estão espalhadas no entorno da piscina. Há momentos em que aprecio um pouco de silêncio, por isso, fico ligeiramente feliz pela privacidade que terei.

Caminho até a sacada com vista para o mar, fecho meus olhos e respiro o ar puro misturado com o sutil toque da brisa marítima. Isso faz com que meu humor melhore.

Abro os olhos e percebo o quanto observar as ondas indo e vindo é terapêutico, acalma e traz uma sensação de paz, estar diante do mar é como receber uma dose extra de energia. Eu queria que a minha volta ao Rio simbolizasse dias melhores, mas sei que não é o que vai ocorrer. Meu humor volta a se alterar quando me dou conta de que, provavelmente, serão os meus últimos dias pacíficos e de diversão. Não há uma única maneira que me leve a acreditar que viver ao lado do meu pai será tranquilo. Sinto-me no fim do meu conto de fadas e, acredite, isso não é um exagero. Mal cheguei e já estou com saudades da pessoa que eu podia ser quando não estava sob a mira dele. A Maia agora terá que ser uma outra pessoa, a personificação da filha que meu pai sempre sonhou em ter: cruel, calculista, fria, decidida... É isso que a filha de um mafioso herda, mesmo que haja uma quantia generosa como "bônus" do trabalho sujo.

BRUNO NEGRÃO

Eu tenho toda a riqueza e todo o poder que só o jogo do bicho pode proporcionar, e que muitos homens matariam para ter. Porém estou farto de viver nesse submundo, onde tudo que reina é o caos, mortes, e onde as pessoas são capazes de fazer qualquer coisa pelo dinheiro.

Em alguns momentos penso que nunca poderei ter uma vida normal; como ter filhos, me casar, me envolver sentimentalmente com alguém, poder ter a liberdade de ir e vir como grande parte das pessoas têm. Ao invés de ter tudo isso, meu destino está fadado à morte ou, se eu tiver sorte, à prisão.

Meu pai já foi preso duas vezes e saiu com uma facilidade assustadora. Seus poucos dias na prisão foram aproveitados como se estivesse gozando de alguns dias de férias em um hotel de luxo. Sua estadia foi regada de muito uísque, charutos, comidas de alto padrão e uma área enorme reservada só para si, onde podia receber visitas, fazer reuniões. Além disso, ele se tornou querido por enviar centenas de regalias aos funcionários do presídio, o filho da puta ajudava no preparo das refeições, conseguindo, assim, tornar-se querido até mesmo pelas cozinheiras. Com muito suborno e um passaporte para o juiz ter uma nova vida fora do país, ele foi solto pela segunda vez. Antônio Negrão possui uma sagacidade única, é especialista em driblar pessoas, criar conexões e contornar situações, além de possuir um cinismo que poucos são capazes de ter. Na mente dele, as pessoas possuem um preço, todos os homens podem ser corrompidos pelo dinheiro. Eu sou o oposto.

Carrego comigo pouca simpatia, sou tão rude quanto posso ser, sou um homem de poucos amigos e pouca conversa, não possuo o mínimo da desenvoltura que meu pai possui. Em compensação, sou extremamente talentoso para o mundo dos negócios, consigo acordos que até Deus duvida, sou um exímio estrategista e sou excelente em controlar pessoas, ao meu modo. Não acredito muito na tese de que o dinheiro pode comprar todos. Confio desconfiando. Nem todas as pessoas têm um preço, e há muitas coisas que dinheiro algum é capaz de pagar.

Anos por trás dessa organização me deixaram estafado. Não há descanso, não há um único dia em que eu deite minha cabeça em um travesseiro e consiga me desligar do mundo com a tranquilidade que só um trabalhador honesto possui. Apesar disso, eu continuo. Eu cumpro o que me foi designado e o que parece ser o meu destino.

Todos esses pensamentos estão em minha mente enquanto gasto energia e descarrego minhas frustrações no saco de areia na academia do hotel. Estou devidamente suado e ainda mais frustrado pela atividade não ser o suficiente para expulsar a raiva enraizada dentro de mim. Dou um último soco e jogo as luvas no chão. Pego minha garrafinha de água e bebo todo o líquido, que desce refrescando minha garganta.

— Senhor, as suas luvas. — Uma funcionária, bastante pequena e delicada, surge diante de mim, com as minhas luvas em mãos. Eu poderia pegá-las do chão onde joguei, estou farto de pessoas fazendo tudo por mim o tempo todo. Mas, a garota não tem culpa pelo meu estado mal-humorado.

— Obrigado — eu a agradeço, pegando-as, e me retiro do local, rumo à minha suíte.

Após tomar um banho, vou até a sacada do quarto, que fica de frente para a praia e para a área da piscina do hotel. Primeiro foco no mar, logo em seguida mudo-o para a piscina. Maia é a primeira pessoa que meus olhos capturam. Dou um leve sorriso e até mesmo me debruço sobre a sacada para ficar a observando.

Vejo o momento exato em que ela retira a saída de praia, ficando apenas em um minúsculo biquíni vermelho. Loira e vermelho, uma combinação quase fatal. Meu sorriso se esvai conforme meu olhar vai avaliando todo o pacote completo chamado

Maia. Se de roupa ela já era deslumbrante, ainda não tenho um adjetivo para elogiá-la de biquíni. Tudo o que não possuo é tempo para perder com distrações, porém ela me distrai sem nem mesmo se esforçar para isso. Não apenas pelo rosto ou pelo corpo perfeito; é a personalidade forte dela que me intriga, me instiga, me faz querer desvendá-la e então dobrá-la ao meu modo.

Um lampejo de raiva pulsa em meu peito ao ver um homem se aproximar, sinto-me incomodado de ver alguém tão perto de algo que decretei meu desde a noite passada. A sensação irritante permanece até vê-lo ir embora, provavelmente porque ele não ganhou o interesse dela e foi devidamente afastado. Eu gosto disso mais do que deveria.

Espero que nada consiga atrapalhar meus planos esta noite. Se tudo correr como espero, eu a terei devidamente nua sob meu corpo e então começarei a desvendá-la como quero.

Capítulo 07

"Remando em um vale arborizado
Me mostrando os movimentos a serem seguidos
É um lento verão com gosto de canela
E seu feitiço está me puxando"
Jome – Cinnamon

MAIA GALINA

Mais uma noite badalada, e estou disposta a aproveitar ainda mais do que aproveitei ontem. A primeira coisa que eu, Jules e Brandon fazemos é pegar bebidas, logo em seguida seguimos para a pista. Há um DJ tocando funk carioca. O ritmo parece envolver a todos. Para todos os lados que olho há pessoas rindo, dançando, flertando, divertindo-se. Rio de Janeiro é assim, os cariocas parecem ser as pessoas mais felizes, dispostas e animadas do mundo. É como se fosse sol o tempo todo.

Está quente e, embora tenha bastante ventilação no camarote, meu corpo parece em brasas. Terei que me adaptar à mudança drástica de temperatura de um país para o outro.

Estou me divertindo quando sinto a sensação de estar sendo observada. Não preciso vê-lo para saber que é ele, o senhor impacto. Ele foi um babaca ontem à noite, por isso, não está nos meus planos cair em sua lábia e desperdiçar mais uma noite o aguardando. Dançando, tento me distrair da sensação quase esmagadora.

Ocasionalmente, um homem surge flertando comigo. Para a tristeza dele, não sou o tipo que cai em cantadas baratas. Para mim, um bom flerte precisa vir acompanhado de uma conversa que seja no mínimo interessante. Gosto desses joguinhos de paquera porque através deles eu consigo captar a essência do meu pretendente. Fico frustrada algumas vezes nessa noite por só ter atraído atenção de homens que possuem conversas rasas.

Ok, é carnaval. A maior parte das pessoas estão interessadas em pegação, sexo casual, azaração. O erro está em mim. Eu não deveria me importar tanto com profundidade em pleno carnaval. Não demora muito para que eu consiga entender o motivo de tanta frustração e tanto desinteresse da minha parte.

Logo no primeiro dia de festa colidi com Bruno e o apelido "senhor impacto" nunca antes fez tanto sentido. Ele realmente me causou um grande impacto em todos os sentidos, inclusive na profundidade e sagacidade que ficou tão evidente em cada palavra que saiu de sua boca. Fiquei frustrada com ele, e agora parece que estou buscando em outra pessoa algo tão intenso, quanto a pequena troca que tivemos. Não é impossível, mas parece difícil conseguir isso em pleno carnaval. No fundo, estou curiosa o bastante para desvendar aquele homem, por mais babaca que ele tenha sido em desaparecer na noite passada. É por este motivo, único e exclusivamente por este motivo, que decido encontrá-lo. Não há tempo para enrolação, e nunca fui amante de fugir das minhas próprias vontades por ser o certo a ser feito ou não.

Minha busca é muito sem graça, já que o encontro no mesmo local de ontem, acompanhando cada um dos meus passos. É quase irritante a maneira como ele se porta, parecendo ser o dono e proprietário do mundo, o homem que não precisa se esforçar para conseguir algo ou se desculpar por agir como babaca.

Por que diabos ele não pode se aproximar de mim? Era ele quem deveria ter ido ao meu encontro e se desculpar, seria o mínimo gentil.

— Você é um babaca!

— Boa noite para você também, Maia — responde com um sorriso cafajeste. — Estava aqui a observando. Estava questionando quanto tempo mais você perderia com flertes baratos. Não me parece ser o tipo de mulher que gosta de moleques.

— Perdi bastante tempo na noite anterior aguardando você, nem mesmo recebi uma satisfação e um pedido de desculpas. Perder tempo com flertes baratos é o de menos, já que desperdicei mesmo foi meu tempo com você — sorrio e bebo um pouco mais da minha bebida.

— Desculpe-me por ontem. Um tio faleceu, e precisei me ausentar. Não gosto de enrolação, Maia, tampouco sou um moleque. Quando quero algo, é quase impossível que qualquer telefonema afaste o meu propósito. Me ausentei apenas porque foi um caso mais complexo que exigiu a minha presença.

— Sinto muito pelo seu tio. Meus pêsames à sua família — digo minha sincera condolência, mas, de repente, algo parece não fazer sentido. — Por que está aqui se divertindo já que o seu tio acabou de falecer? — questiono, movida pela curiosidade.

— Ele não era tão importante, ou querido, por mim. Só precisei ir para resolver burocracias que deveriam ter a atenção do meu pai. Enquanto ele está em uma viagem, sou eu quem fico responsável pela parte chata de ter que lidar com alguns acontecimentos — explica, num tom desgostoso.

— Oh! Temos aqui um filhinho do papai? — pergunto brincando.

— Você não imagina o quanto — responde sem qualquer resquício de brincadeira. Acho até que falar do pai o deixa nervoso. — E você? É uma filhinha do papai?

— Prefiro não estragar a minha noite falando sobre o meu pai. Nossa relação não é das melhores.

— Algo a mais em comum, Maia. — Ele me dá uma piscadela, coloca meu copo sobre o balcão, segura minha mão e sai me puxando pelo camarote a fora.

Parecia impossível haver algum lugar mais privado aqui, porém Bruno me leva para um local onde há pouquíssimas pessoas. Ele se encosta em uma parede e fica me observando de um jeito intrigante. Por alguns segundos, fico parecendo uma tola, sem ação; uma menininha inexperiente que está prestes a entrar nas garras do lobo mau.

Ele parece gostar de testar os meus limites e minhas ações. E eu decido agir. Dou um sorriso enquanto prendo meus cabelos em um coque. Quando termino, eu me aproximo mais, deslizo meu polegar pelos seus lábios perfeitamente esculpidos e o beijo.

Calor latente.

Arrepios imediatos.

Adrenalina correndo forte pelo meu corpo.

Tudo isso torna-se quase demais quando ele desliza as mãos pela minha cintura, de forma delicada e não menos intensa. Enquanto ele parece sob controle, eu pareço descontrolada o bastante, inclusive meus gemidos escapam sem que eu possa impedi-los. Grudo meu corpo por completo ao dele, quase nos transformando em um só. O beijo desse homem, os lábios completamente carnudos envolvendo os meus, levam-me a uma nova onda de luxúria. Por um momento, eu me esqueço de onde estamos. Minhas mãos deslizam por dentro de sua camisa e sinto sua pele quente, tomada por arrepios. O contato das minhas unhas em suas costas faz com que ele prenda meus cabelos e seus dedos adentre por eles, puxando-os de uma maneira deliciosamente excitante.

Já a mão que permanece em minha cintura deixa de ser delicada, dando lugar a um aperto firme, exigente, possessivo. Ele é devidamente forte e eu me imagino levando tapas deliciosos em minha bunda.

Sinto-me mergulhando em um vulcão. Bruno agora traz sua mão até as minhas costas e puxa meus cabelos, fazendo com que nossos lábios se afastem. Estou ofegante, desesperada e prestes a cometer um atentado ao pudor. Nunca estive com um homem que me fizesse querer arrancar as roupas em público. Eu mal consigo me conter, tampouco me afastar de seu corpo rijo.

— Você me faz querer dobrá-la sobre o primeiro balcão que eu encontrar.

— Não me oporia a isso — respondo, fazendo-o sorrir.

Será que estou parecendo pateticamente desesperada? Esse homem é o próprio diabo! Quando você se dá conta, está envolvida na névoa de luxúria implorando-o para dobrá-la da forma como quiser. É por isso que me distancio um pouco, fazendo com que ele me solte. De repente, estou com sede e todo meu corpo parece estar se sentindo negligenciado.

— Um cavalheiro não expõe uma dama dessa maneira. Embora a ideia de dobrá-la sobre o balcão seja tentadora, aprecio a privacidade — diz ele, sem pestanejar.

Ele é realmente um cavalheiro. Enquanto eu estava prestes a ser ousada nos movimentos de minhas mãos, ele se manteve controlado. Não ousou deslizar as mãos por outras partes do meu corpo, manteve o mínimo de movimentos, e talvez seja isso que me deixa mais insana sobre ele.

— A dama estava prestes a expor o cavalheiro — confesso perdida no olhar que quase parece letal.

— A dama precisa de um bom castigo por não saber como se portar em público. Eu consigo pensar em alguns, inclusive.

— Oh! Eu deveria lhe dar uma boa resposta agora, senhor impacto, mas me manterei calada porque a ideia de ser castigada não me parece tão ruim — provoco, dando uma piscadinha

— Eu adoraria levá-la embora agora, mas...

— Mas é enrolado o bastante para fazer isso. Ou faz parte de um jogo? Acha que postergar me levará ao limite? — Ele desliza suas mãos pelos meus ombros nus de uma maneira que quase não dá para sentir. Novamente estou arrepiada, engolindo em seco a vontade de agarrá-lo uma segunda vez.

— Você testa meu modo cavalheiro com essa língua afiada.

— Estou cansada de conversa fiada — confesso, afastando-me mais. — Preciso de uma bebida. Quando resolver parar de me enrolar e agir como um homem decidido, me proc… — Ele não me dá tempo de terminar a frase. Após dizer um grande "FODA-SE", ele repete o ato de sair me puxando, dessa vez para fora do camarote.

Capítulo 08

"Você se levanta, eu caio
Eu me firmo, você rasteja
Você se contorce, eu me transformo
Quem será o primeiro a queimar?"
Black Sea – Natasha Blume

BRUNO NEGRÃO

Há quanto tempo não ajo como um garoto rebelde?

No passado tive a minha fase; da adolescência até os meus vinte e poucos anos, eu costumava agir como um *badboy* inconsequente. Bebidas, mulheres, os melhores carros, as melhores armas, tudo que o dinheiro do Jogo do Bicho podia me proporcionar. Eu desafiava meu pai, e ele não ousava me controlar, apenas dizia que um dia eu iria me cansar de tudo isso e seguiria seu legado. Embora ficasse revoltado, Antônio Negrão confiava em mim, estava certo sobre o meu futuro. Ele é um homem extremamente sábio, obviamente. O que esperar de um homem que construiu um império?

Desde que assumi a minha posição e tomei a frente dos negócios, deixei de lado a rebeldia e passei a me portar como um verdadeiro homem de negócios, com toda responsabilidade que o poder exige. Um homem que lida com tantas empresas e tanto poder aquisitivo não pode se dar ao luxo de se perder por qualquer rabo-de-saia.

Não preciso conhecer mais de Maia para me certificar de que ela não se encaixa nesse termo vulgar, porém posso dizer que ela me faz querer agir como um rebelde, dando preferência a ela ao invés de ficar neste lugar cuidando das minhas obrigações. Embora tenha uma equipe cuidando de tudo, eu deveria permanecer e fazer o meu trabalho, mas, levando em conta o quanto me esforcei nos últimos dias, a diversão está no pacote de coisas que mereço.

A diversão, neste caso, é adulta e tem nome: Maia.

Saio do camarote pela saída de trás. Os seguranças se agitam ao ver a determinação e a pressa com a qual estou me locomovendo.

— Senhor!

— Está tudo bem. Estou apenas indo para o hotel. Preciso apenas de Saulo, para que eu possa pegar o carro.

— Senhor, não é bom que saia sozinho — um dos seguranças diz, e detenho meus passos, encarando-o de uma maneira nada amigável.

— Não preciso de uma babá. Preciso do carro, agora. Ficarei grato se providenciar isso. — Com um aceno de cabeça, ele se afasta. Maia está atenta a tudo, e isso não me agrada. Há curiosidade dançando em seus olhos.

Em dois minutos Saulo surge entregando-me a chave do carro. Ele não diz nada, mas há reprovação em seu olhar. No fundo sabe que suas palavras serão inúteis, assim como sei que é bastante provável que serei devidamente seguido por parte dos seguranças até chegar ao hotel. É inevitável.

Ando com Maia até o carro. Quando chegamos, abro a porta para que ela se acomode e dou a volta..

— Coloque o cinto — peço e a ouço dar uma risada.

— Não gosto de cinto, *papai* — responde como uma garota petulante. Ela é provocadora ao extremo e ser assim exige que eu lute com a fera que habita em meu interior.

— Eu posso fazer você gostar de um outro tipo de cinto — digo promissor. — Agora, por favor, coloque o cinto para que possamos ir. Quanto mais tempo enrolar, mais tempo ficaremos aqui e acho que é desperdício o bastante.

Relutante, ela coloca o cinto, e eu contenho um sorriso.

Ligo o carro e dou partida.

— Por que tantos seguranças? — pergunta fingindo despretensão.

— Lido com muito dinheiro. Eles são um mal necessário.

— Entendo — diz, pensativa.

— Algum problema com seguranças?

— Sendo bem sincera, odeio, mas estou destinada a eles. Meu pai é superprotetor. Talvez eu seja a filhinha do papai, mesmo odiando isso com todas as minhas forças. Não gosto de como me sinto quando estou cercada de homens tentando garantir minha proteção.

— E como se sente?

— Me sinto uma criança, sendo que já tenho uma certa idade e sou capaz de me cuidar sozinha. — Sorrio. Ela mal sabe o perigo que corre saindo comigo. — Duvida? — questiona ao me ver sorrir.

— Não disse que duvido. Só estou sorrindo.

— Ok. Certamente você possui uma arma no carro ou presa em sua perna — diz, assertiva o bastante para eu encará-la repleto de curiosidade.

— No porta-luvas — informo, e ela sorri vitoriosa. Que tipo de mulher é ela? Questiono-me enquanto a vejo abrir o compartimento e pegar uma das minhas armas.

O sorriso morre assim que ela pega a arma nas mãos.

— Como você tem essa arma? — questiona bastante séria. — É... proibida e está no topo das mais perigosas do mundo. — Como ela sabe? — É uma SR-1. Essa arma é capaz de perfurar todos os tipos de coletes à prova de balas, é russa, proibida no Brasil e em diversos países.

— Como entende de armas? — Agora sou eu quem estou curioso.

— Sempre gostei de armas, desde pequena. A curiosidade me levou a pesquisar. Como conseguiu?

— Tenho contatos — respondo, observando-a mais atentamente. — Já que entende tanto sobre armas, deve saber o quão perigosa e letal essa pode ser. É melhor deixá-la devidamente guardada e fingir que nunca a viu.

— Quem é você?

— Bruno Cavalcanti, 32 anos, empresário e o melhor sexo que você irá ter. — Tento descontrair o clima. — Não é porque possuo uma arma letal que sou perigoso. Ao menos não serei para você. Está segura comigo, Maia. Provavelmente até mais do que pode imaginar.

— É você quem está correndo perigo por sair comigo. — Ela guarda a arma, e eu acelero.

No meio do caminho, noto uma moto com duas pessoas seguindo meu carro. Isso faz com que um sorriso surja em meu rosto. Parece até um castigo por ter ignorado a segurança.

— Por que está sorrindo? — Maia questiona, observando-me. Ela percebe que há algo errado quando me vê acelerar atento ao retrovisor.

— Há uma moto nos seguindo — respondo, observando-a arquear as sobrancelhas. — Acho que precisaremos da arma, mesmo que meu carro seja blindado. — Ela pega a arma e me entrega, parece apreensiva, e eu acabo ficando também, apenas pelo fato de tê-la em risco.

A moto se aproxima mais e, por mais rápido que eu esteja indo, ela atinge uma velocidade maior. Eles entram na frente do carro, e sou obrigado a frear, por falta de local para ultrapassagem.

— Oh, merda! Eu sou jovem para morrer! — Maia diz quando os vê descer da moto, ambos com as armas apontadas para nós. Eles se aproximam mais, e um som estridente de puro desgosto sai da minha garganta. Quando penso em agir, eles simplesmente fixam o olhar em mim, parecem me reconhecer, e então saem correndo de volta para a moto. Maia fica boquiaberta olhando deles para mim e de mim para eles, enquanto eu apenas sorrio e entrego a arma de volta para ela, observando-os fugir. Eu a compreendo, parece inacreditável que algo assim tenha acontecido, porém, não é a primeira vez e, provavelmente, não será a última. — O que acabou de acontecer aqui?

— Não faço a mínima ideia, senhorita. Preparada para ir?

— Eu não faço ideia.

— Eu faço — digo a ela e acelero rumo ao hotel, agora sem mais interrupções.

Capítulo 09

"Aposto que agora você sente isso, amor
Especialmente porque nos conhecemos há apenas um dia
Mas eu tenho que resolver essa merda, amor
Estou exorcizando demônios, que estão por aí agora

Agora, piso no acelerador como se estivesse fugindo da polícia
Oh, que desculpa fajuta
Você escolheu dançar com o diabo e você teve sorte

A água está ficando mais fria,
me deixe entrar em seu oceano e nadar"
Chase Atlantic – Swim

MAIA GALINA

Dezenas de questionamentos estão passando em minha cabeça, talvez eu esteja levando as coisas muito a sério, especialmente após o quase assalto que sofremos. É intrigante que os bandidos tenham simplesmente decidido ir embora, assim, do nada. Porém, sinto que preciso relaxar. É apenas um pouco de sexo casual, não há necessidade de desvendar todos os mistérios por trás de Bruno. É algo que ficará no carnaval.

Pensando dessa forma, relaxo, mesmo sabendo que aquela arma esconde segredos e que ele não foi totalmente sincero comigo.

Dissipo os pensamentos e passo a observá-lo no controle da direção. Meu ventre se contrai conforme o analiso. O homem é realmente lindo, seu rosto é perfeito em todos os ângulos, além disso, estou curiosa para vê-lo completamente nu. Meus batimentos aceleram na medida em que meus pensamentos se tornam inapropriados. Quanto mais nos aproximamos do hotel, mais ansiosa fico. Preciso vê-lo em ação, mesmo que esteja receosa em ser decepcionada sexualmente.

Oh, por favor! Deus! Esse homem não pode ser decepcionante! Seria altamente injusto! Ele precisa ser tudo o que estou esperando ou mais, estou cansada de me sentir frustrada.

Quando chegamos no hotel, sinto uma descarga de adrenalina em meu corpo. Bruno segue agindo como um perfeito *gentleman*, o que me faz questionar sua conduta entre quatro paredes.

Ele abre a porta para eu descer, segura minha mão e caminha decidido pelo hall do hotel rumo ao elevador. Quando a porta se abre, faz questão que eu entre primeiro. Subimos em um silêncio desconfortável. Através do painel, sigo os números que nos levam até a cobertura e, quando o elevador anuncia nossa chegada, um frio percorre minha coluna.

— Parece nervosa. — Ele quebra o silêncio enquanto me conduz até sua suíte.

— Impressão sua — respondo, querendo rir em completo nervoso. Por que estou tão nervosa sendo que minutos atrás estava quase exigindo sexo em público? Não consigo entender o que mudou, mas sei que há algo diferente agora. Ele parece perigoso o bastante, nos mais diversos sentidos. Não sou a Chapeuzinho Vermelho, inocente e inofensiva, porém não gosto de ser surpreendida por acontecimentos inesperados. Gosto de estar no controle, e Bruno parece ter reivindicado tudo para si.

Paramos diante da suíte, e ele dá um sorriso promissor antes de abrir a porta. Sou surpreendida com o requinte e a organização, além do cheiro másculo preenchendo todo ambiente.

Um cheiro marcante de Bruno.

Estou agora no "covil", e ele está me olhando tão feroz quanto parece ser.

— Uma bebida? — oferece ao trancar a porta.

— Sim, por favor.

— Qualquer bebida?

— A mais forte que tiver — respondo, surpreendendo-o.

Enquanto ele serve uísque em dois copos, decido explorar o local. Caminho até a área externa e fico impactada com a vista perfeita para o mar. Não é apenas a paisagem a minha frente que arranca o meu fôlego. Há uma pequena piscina de vidro, atrativa o bastante, duas espreguiçadeiras e até mesmo uma mesa de dois lugares. Isso parece muito mais que apenas uma suíte.

Debruço-me sobre o parapeito e logo sinto a presença de Bruno atrás de mim. Ele se aproxima mais e me entrega o copo, então me viro para observá-lo, com um sorriso no rosto.

— Estava certo sobre a vista da suíte — comento enquanto bebo um pouco do uísque, sentindo-o queimar meu corpo internamente.

— Sempre estou certo. — Arqueio as duas sobrancelhas e o vejo deslizar o olhar por todo meu corpo. — Está quente esta noite — comenta me fitando.

— Excessivamente — respondo, no sentido dúbio. — Um banho de piscina seria refrescante o bastante?

— Eu vi você hoje de manhã, na piscina do hotel.

— Viu? Eu não o vi.

— Eu estava aqui, exatamente onde você estava segundos atrás. Debruçado, observando-a. Vermelho combina com você — comenta, elogiando meu biquini.

— Eu sei. Vermelho é a minha cor . E a sua é preta. — Sorrindo, ele vem se aproximando até eu estar presa contra o parapeito. Eu o vejo pegar um cubo de gelo de seu copo e sou surpreendida quando ele desliza a pedra pela minha jugular. Um delicado movimento que acende o fogo que estava sendo dissipado pelo nervosismo.

Ele se afasta, deixando-me inebriada o bastante para não esboçar reação. Fico parada, observando-o beber todo o líquido de seu copo e deixá-lo sobre a mesa. Quando dou por mim, meu copo se junta ao dele e nem mesmo o vi retirá-lo da minha mão.

Quando ele volta, percebo o quão dominante pode ser. O *gentleman* ficou do lado de fora do quarto, pois ele traz uma mão até meu pescoço quase brutalmente, como se fosse me sufocar, e reivindica minha boca em um beijo que me faz querer arrancar todas as roupas.

Eu me perco na maciez de seus lábios e deixo que minhas mãos corram por suas costas, por dentro da camisa. A cada vez que o arranho, ele pressiona mais o corpo contra o meu, esmagando sua ereção contra o meu short. Necessitada de sentir uma maior fricção, desço as mãos, porém Bruno afasta seus lábios dos meus e me impede de seguir adiante.

— Eu disse que admiro a privacidade — repete a mesma frase que me disse anteriormente.

— Estamos em um local privado — argumento, mantendo o contato das minhas mãos.

— Acho que não, Maia. Está deixando se levar pela luxúria e nem se dá conta que ao retirar seu short qualquer pessoa que passe na orla poderá vê-la.

— Você é irritante. Já te disseram isso?

— Acho que esse é o xingamento mais leve que recebi — responde sorridente. — Você é o tipo exibicionista?

— Não me importaria em montá-lo naquela espreguiçadeira — digo apontando para o local. — Inclusive, estou pouco me importando se serei vista ou não. Na verdade, já estou ficando frustrada com esse jogo, senhor Bruno — confesso perdendo a paciência e o empurrando para o quarto. — Não deveria se importar com a minha exposição. Não somos namorados, noivos ou um casal em potencial.

— Decepcionante que pense que por este motivo posso expor um momento de intimidade com você aos olhos de outras pessoas.

— Eu posso ser decepcionante em alguns momentos, assim como você — rebato e logo estou presa contra uma parede. — Uau!

— Você quer sentir meu pau se esfregando mais próximo da sua boceta? — pergunta em meu ouvido. — O short está atrapalhando isso, não é mesmo? Isso está te deixando frustrada o bastante?

— O bastante — respondo ofegante.

— Agora você pode ficar nua para mim. Completamente. — Ele me liberta e se afasta o suficiente para que eu consiga retirar as minhas roupas. Nem mesmo se esforça para me ajudar. Seu interesse total está em observar como faço isso com tanto desespero.

Retiro as minhas sandálias, chutando-as para longe e vejo-o seguir meus movimentos. Retiro minha blusa, ficando apenas com meu sutiã tomara que caia vermelho. Seus olhos mudam de intensidade e ficam mais sombrios. Acho que ele realmente gosta de vermelho. Confirmo isso ao retirar meu short, expondo minha calcinha delicada e pequena, vermelha. Ameaço retirá-la, mas ele me detém.

— Ainda não.

— Que tipo de mulher está acostumado a lidar? — questiono. — Não sou obediente. — Ele sorri e então retira sua camisa, expondo um incrível peitoral bronzeado e uma barriga repleta de gomos. Minha boca se enche de água enquanto meu ventre se contrai ao vê-lo chutar os sapatos e a calça. Preto é a cor dele. A cueca boxer em seu corpo pode confirmar isso muito bem. Há um incrível volume marcando-a, recheando-a. E eu mal tenho tempo de admirá-lo um pouco mais. Sou grudada novamente contra a parede e agora consigo senti-lo mais, como queria. Amo que sejamos altos e que nossas partes sejam capazes de se conectar tão bem. Moendo sua ereção em minha boceta, ele desliza seus lábios pelo meu pescoço. Admiro muito as preliminares, mas ele me faz odiá-las neste momento, quando o quero enterrado em mim com a máxima urgência.

Eu gostaria de dizer a ele para que deixasse toda essa enrolação de lado e fosse direto ao ponto, mas mudo de ideia quando ele retira meu sutiã e seus lábios capturam um dos meus mamilos. Quase me envergonho pela forma como passo a gemer. Desavergonhada, despudorada e necessitada. Se ele é tão bom em sugar meus mamilos, estou ansiosa para saber como será a desenvoltura de sua boca em minha boceta.

Sua língua molhada circula meu seio enquanto seus lábios se fecham em torno dele, eu poderia facilmente gozar só com essas carícias. Sua mão livre desce até a minha calcinha e ele a puxa para o lado, trazendo um dedo e enterrando-o quase que profundamente em mim. Rude e brutal. Que homem infernal!

— Você é demasiadamente apertada e está tão molhada que meu dedo deslizou todinho de uma só vez. — Sorrio, exprimindo toda a vulgaridade que habita em mim. — Gosto que demonstre ser safada e que não tenha pudor. Admiro que seja diferente do que demonstra ser, que faça jus à frase em que diz que as aparências enganam.

— Eu quero mais — peço, e ele me dá, movimentando seu dedo em um vai e vem delicioso enquanto reivindico sua boca para mais um beijo insano.

Quero protestar quando ele retira o dedo, porém sou pega pelas pernas e conduzida até a cama, onde ele afasta todos os meus protestos ao me deitar e rasgar as laterais da minha calcinha. É quase intimidante a maneira como ele abre as minhas pernas e fixa seu olhar em minha intimidade. Não fujo ou me envergonho, simplesmente as abro mais e deslizo meus dedos em minhas dobras, tocando meu clitóris e queimando sob o olhar dele.

Meus movimentos cessam quando ele retira a cueca e expõe o que acabo de julgar como uma das maravilhas do mundo. Seu pau salta para fora da cueca, grosso, pesado, de um tamanho incrível. A grossura é o que mais me faz desejá-lo. Já o imagino dentro de mim, expandindo, alargando, pesando, preenchendo todos os espaços.

— Eu o quero dentro de mim…

— Você terá, mas só após eu provar o sabor dessa doce boceta — responde afastando meus dedos e deslizando sua língua por toda a minha carne. Agarro no lençol abaixo de mim ao sentir o impacto da lambida deste homem. Alguns são frescos e delicados demais no sexo oral. Bruno não. Ele parece sentir fome de boceta, tanto que me devora, quase arranca gritos de mim. Quando ele fecha seus lábios em meu clitóris, meu corpo inteiro passa a tremer e minhas mãos voam direto para seus cabelos. Eu me contorço de prazer, digo as mais loucas palavras desconexas e imploro por mais. Torno-me tão insana e incontrolável, e só piora quando ele se afasta no momento em que meu corpo está prestes a atingir um pouco de alívio.

— Não… volte… eu acho que odeio você agora. — Ele está ostentando um sorriso presunçoso quando sai da cama para pegar um preservativo. Quando o vejo terminar de deslizar o látex em torno de sua extensão, fico de pé e o empurro até a cama. O maldito dificulta tudo para mim quando se senta e coloca as mãos atrás de si. Eu o monto, seguro sua extensão em minha mão e o guio até minha entrada, sem ajuda. Só a ponta já é o suficiente para me fazer gemer, e Bruno impulsiona sua pélvis para cima, fazendo com que seu pau me preencha mais. — Você é um desgraçado!

— Você tem uma boca suja do caralho, Maia!

— Gostei de ouvi-lo dizer "caralho" — provoco, gemendo.

— Vai gostar de sentir todo o meu caralho enterrado em você — diz trazendo as mãos em meu quadril e puxando meu corpo para baixo, causando uma invasão completa.

Quase perco o fôlego enquanto meu corpo tenta se ajustar a ele. É muito melhor do que imaginei que seria e até mesmo doloroso. Pareço uma virgem sendo deflorada, mas sou apenas uma mulher que nunca teve algo tão grosso dentro de si.

O encaro enquanto me acostumo com a invasão, e ele me fita de volta. Seu olhar parece possuir uma força misteriosa, um magnetismo diferente. Nossos corpos estão devidamente conectados, mas a sensação que sinto é que não são apenas eles... Nada do clichê do amor à primeira vista, mas há algo diferente aqui, como se eu já o conhecesse ou... não sei explicar. Ao mesmo tempo em que me perco no olhar e no rosto perfeito, sinto um arrepio percorrer meu corpo. Não um arrepio de tesão, mas de medo. É o perigo que vem à minha mente. Eu pagaria muitos milhões para saber o que está se passando na cabeça dele enquanto me encara tão intensamente quanto o estou encarando.

Perigoso ou não, ele é um risco que quero correr esta noite.

Contraio minha boceta em torno dele, e suas mãos agarram minha bunda. É tão bom que afasto da mente todos os pensamentos e me entrego ao prazer. Liberto a devassa que habita em mim e sento nele da forma como bem quero, em alguns momentos lentamente, em outros enlouquecida.

Completamente entregue, permitindo que meu corpo dite minhas ações, eu aproveito cada segundo. Bruno me faz conhecer novos tons de prazer...

Capítulo 10

"O mundo estava pegando fogo
e ninguém poderia me salvar, a não ser você
É estranho o que o desejo fará as pessoas tolas fazerem
Eu nunca sonhei que conheceria alguém como você"
WICKED GAME – VULPINE FEAT ANNACA

BRUNO NEGRÃO

A maneira como Maia se entrega ao prazer me encanta. Uma linda mulher bem resolvida e despudorada, que não esconde o quanto gosta de sexo e que se entrega por completo. É por isso que os orgasmos estão fluindo. Não sou apenas eu trabalhando neste propósito, mas é Maia buscando, tornando tudo extremamente prazeroso para ambos.

Espero ela se recuperar de um orgasmo e retiro-a de cima de mim, deitando-a de barriga para baixo na cama. De joelhos, eu me embebo da linda imagem de sua traseira empinada. Há uma bela tatuagem na linha de sua coluna que eu desconhecia. Uma frase escrita "Hasta La Raiz", que significa "Até a Raiz". Bonita, de extremo bom gosto e intrigante o bastante. De repente, pego-me curioso para descobrir a simbologia que esta frase tem para ela. Porém, deixo para depois e decido continuar de onde paramos.

A palma da minha mão direita descansa em suas costas, mantendo seu tronco preso à cama, enquanto uso minha mão esquerda para impulsioná-la a ficar de joelhos, empinando por completo a bunda para mim. Quando ela entende como a quero, sinto-me confortável a retirar a mão e explorar a abertura de sua boceta. Há outro lugar em que eu gostaria de explorar, mas não é o momento. Ainda não tive o suficiente de Maia.

Eu a preencho, recebendo um protesto misturado com um gemido de prazer. Faço movimentos controlados e certeiros, arremetendo contra ela, enquanto passeio com as mãos em sua cintura. É ela quem me faz perder o controle quando começa a se mexer com força. Agarro seus cabelos com uma mão e dou um forte tapa em sua bunda com a outra.

— Aiiii... — protesta enquanto geme, e eu bato outra e outra vez. Maia se torna quase incontrolável. Eu gostaria de tratá-la com mais dignidade neste primeiro momento, mas ela se mostra devassa o bastante para eu libertar o monstro que adora foder mocinhas safadas com total perversão.

Durante os próximos minutos, torno-me insano sobre ela. Eu a sufoco segurando-a pelo pescoço, marco sua bunda com a força das minhas mãos, puxo seus cabelos fortemente e machuco sua boceta com meu pau. Quanto mais ela geme, mais eu a fodo impiedosamente e mais ela parece gostar.

Vamos parar no chão, onde ela me monta desesperada.

— Mais, mais…

— Está no controle. Eu quero que me dê muito forte essa bocetinha — incito, e ela faz o que mando, num ritmo que me leva ao limite. Ela goza, e eu permito liberar meu próprio gozo, enchendo o preservativo com a minha porra. Meu lado irracional adoraria ter enchido a boceta dela, mas o racional está no controle.

Ela cai sobre meu corpo, e percebo que há muito tempo não tive esse tipo de momento carinhoso pós-sexo com uma mulher. É gostoso, mesmo que pareça sentimental. Enquanto ela mantém a cabeça escondida no vão do meu pescoço, apenas remexo em seus cabelos e espero até que minha respiração se normalize.

— Isso foi… um grande impacto — sussurra um pouco manhosa.

— Um grande impacto positivo ou negativo?

— Oh! Bastante positivo. Até que você não foi decepcionante. — Isso me faz rir.

— Esperava que eu fosse decepcioná-la sexualmente?

— Infelizmente, mas não é culpa sua. É culpa exclusivamente das últimas experiências sexuais que tive — explica, meio languida. — Acabei me acostumando a sair frustrada. Na verdade, ando preferindo me divertir sozinha…

— Eu gostaria de vê-la se divertir sozinha.

— Não sou capaz de me mover agora ou de introduzir qualquer objeto em minha vagina. — Dou uma gargalhada alta ao ouvi-la e tento me levantar do chão com ela em meus braços. Felizmente meu bom porte físico ajuda. Eu a coloco sobre a cama e vou até o banheiro descartar o preservativo. Em seguida me junto a ela.

É um pouco estranho. Ela esteve frustrada sexualmente nas últimas vezes em que fez sexo, e eu estive frustrado fodendo prostitutas de luxo. Não havia um pós-sexo digno. Simplesmente o ato terminava, eu pagava pelo serviço e a garota ia embora, simples, descomplicado.

Com Maia está sendo diferente. Eu me acomodei na cama, e ela se aconchegou em meu corpo, jogando uma perna por cima da minha, um braço sobre a minha barriga e fazendo meu próprio braço de travesseiro.

— Me diga mais sobre você, além do fato de ser uma máquina sexual. — Sorrio com o pedido.

— Não há muito o que dizer. Sou um homem simples, que trabalha excessivamente, vive constantemente estressado e mal tem tempo para se divertir.

— Assim parece chato. Porém, minha vida está prestes a se tornar uma grande chatice, não posso julgá-lo.

— Qual a sua história?

— Meu pai é altamente controlador. Consegui me manter afastada durante alguns anos, após ameaçar ser um pé na bunda dele se me obrigasse a ficar no Brasil, consegui que ele permitisse que eu me mudasse para Londres. Estudei negócios, tornei-me bem-sucedida, independente. Construí toda uma vida lá e tudo parecia mágico demais até ele exigir meu retorno, alegando problemas de saúde. Como filha única, não tive opção. Por mais que tenhamos nossas desavenças, ele é meu pai e precisa de mim para ajudá-lo e, provavelmente, para tomar conta dos negócios. — Ela solta um suspiro de insatisfação. — Não conseguimos fugir por muito tempo do que estamos destinados a seguir.

— Eu sei — concordo, pensativo. — Ele sabe que voltou e está curtindo o carnaval?

— Ele me mataria. Isso é patético, não é? Tenho vinte e oito anos.

— Eu tenho trinta e dois, nem por isso consigo escapar do controle do meu pai. — Sorrio. — Como você mesma disse, não conseguimos fugir por muito tempo do que estamos destinados a seguir.

— Ok, deixemos a conversa profunda de lado — ela fala se afastando e levantando-se da cama. Fico a observando nua, linda, segura com o próprio corpo e livre; tentadoramente sexy. — Preciso voltar para a minha suíte. Ficar aqui pode ser perigoso.

— Perigoso?

— Você é irresistível e eu prezo pela saúde da minha vagina. — Além de todas as qualidades, Maia é espirituosa.

— Sendo assim, acho que você deve ir mesmo. Eu só consigo pensar em fodê-la em cada canto desta suíte. — Ela me encara portando um sorriso sedutor enquanto se veste.

— Eu mal sinto as minhas pernas, senhor impacto. Talvez possamos fazer isso daqui a algumas horas. Agora preciso de um banho na hidromassagem e uma boa noite de sono para recuperar a energia. Talvez um relaxante muscular seja bem-vindo — diz jogando a calcinha rasgada em meu rosto. — Me deve uma calcinha. Adeus, Bruno. Obrigada por todos os orgasmos.

— Eu quem a agradeço. Obrigado por me dar tão gostoso, senhorita Maia. — Ela solta um gemido e sai apressada, como se estivesse realmente fugindo de uma enorme tentação.

Sorrindo, trago sua calcinha em meu nariz e inspiro o cheiro delicioso de excitação. Essa mulher é uma incógnita.

Tudo o que posso garantir é que ainda não obtive o suficiente. Eu a quero aqui, nesta cama, ao menos mais uma vez. Ainda estou pensando nela quando recebo um e-mail com todas as informações sobre a morte do meu tio Paolo. Ao que parece, Rogério Galina se livrou desta vez, não foi ele quem ordenou o assassinato e sim o proprietário de um dos puteiros que o bonitão frequentava. Parece que ele fez uma quantidade alta de dívidas e enrolou o homem o suficiente para que ele perdesse a paciência. É aquilo que dizem: "aqui se faz, aqui se paga". Infelizmente (ou não), tio Paolo pagou com a vida (que não valia grandes coisas).

Capítulo 11

"Serei a melhor que você já provou
Vou ficar em sua mente
Eu vou te deixar me desejando"
Cravin – Stileto

MAIA GALINA

Acordei.

Novamente não recomendo!

Na verdade, recomendo sim. Pareço ter sido atropelada por vagões de trem, mas há muito tempo não me sentia tão saciada sexualmente. Não que eu esteja cem por cento satisfeita. A madrugada serviu para aumentar ainda mais o meu apetite sexual e eu adoraria mais algumas rodadas de sexo com o senhor impacto, mas…

Você entendeu, tenho certeza que sim.

Vou praticamente rastejando para o banheiro, onde tomo um banho frio e cumpro meu ritual de *skincare* e higiene pessoal. Há enormes espelhos espalhados por todo banheiro e, através deles, vejo marcas da noite passada em meu corpo. Minha bunda está devidamente avermelhada, assim como minha nuca. Viro me de frente e percebo chupões em meus seios. Eu deveria ficar brava, mas não acontece. Ao contrário, pego-me sorrindo e mordendo meu lábio inferior como uma devassa completa. Suspiro frustrada com o tipo que me tornei. Eu tenho classe e, de repente, resolvi esquecer os modos refinados para agir como uma verdadeira mulher promíscua.

Não que seja ruim agir assim. Temos o direito de nos libertar quando nos sentirmos confortáveis, sem amarras impostas pela sociedade. É só que… talvez eu tenha exagerado com um homem que acabei de conhecer. Porém, não vou me arrepender. Inclusive, buscarei outra oportunidade para ser devidamente consumida por ele. Tudo que é bom merece ser repetido uma segunda vez.

Um pouco mais animada, visto uma roupa e sigo para o restaurante do hotel, em busca de um caprichado desjejum.

Encontro Jules, sozinha, sentada em uma das mesas. Quase pulo de alegria por poder desabafar sobre a madrugada tórrida que tive. Eu me junto a ela e peço meu café da manhã, ela me encara com um semblante estranho.

— Você parece diferente — constata curiosa.

— Diferente como?

— Há um brilho em seus olhos. Onde foi na noite passada? Brandon e eu a procuramos por todo camarote. — Seguro um sorriso, pressionando meus lábios fortemente. — Oh!

— Precisei vir para o hotel mais cedo.

— Você transou! — ela quase grita enquanto olho para todos os lados para me certificar que ninguém tenha escutado.

— Não sei se posso chamar aquilo de uma transa. Foi além. Muito além de uma simples transa.

— Oh!!! — exclama olhando para alguém que está atrás de mim. Logo sinto o cheiro do perfume que quase me faz gemer. — Ok. Eu devo me retirar?

— Bom dia, senhoritas. Não precisa se retirar — responde, educadamente. — Maia, vim apenas me certificar de que está bem — Bruno diz, e fico de pé para cumprimentá-lo. No momento em que o abraço, perco meu apetite no café da manhã.

— Acho que estou bem — respondo me afastando. Ele está vestindo uma camisa grafite, usando um Ray Ban em seus olhos, e eu nem me arrisco a verificar a parte de baixo... se eu ousar, me lembrarei do quão magnífico é o pau dele. Seu olhar varre meu corpo de uma maneira indecente e inapropriada, e eu quase desisto de ser educada em minha avaliação. O senhor privacidade parece diferente agora.

— Certo. Me passe o número do seu celular, por gentileza — pede, e eu dito os números prontamente enquanto ele digita em seu aparelho. Quando termina, despede-se e sai. Permaneço de pé observando sua imponência até mesmo na forma de andar. Grande parte das mulheres estão fazendo a mesmacoisa, com acréscimo de trocar cochichos sobre ele.

— Uau! Acho que vi faíscas. Não precisa nem mesmo me dizer que foi com ele que passou a noite. Está evidente — Jules comenta assim que me sento. — Ele é absurdamente lindo e tem uma cara de malvado, perigoso, não sei explicar. Parece quente!

— Ele vai além do quente — digo suspirando e decido tirá-lo do meu sistema. — Ok, é carnaval! Vamos aproveitar meus últimos dias de liberdade! — exclamo, sem parar de pensar nele. — Onde Brandon está?

— Dormindo, completamente destruído. Podemos ir até a praia.

— Não acho uma boa ideia. Por mais que eu tenha mudado um pouco o visual, não quero me arriscar tanto. Prefiro a segurança do hotel. Que tal passarmos o resto da manhã na piscina?

— Perfeito!

BRUNO NEGRÃO

— Não foi Rogério quem mandou matar seu tio — meu pai comunica pelo telefone. Sorrio, vangloriando-me por ter descoberto esta informação antes dele. — Mas, isso não diminui a minha raiva. O desgraçado está arrendando máquinas caça-níqueis por 300 mil por mês — relata irritado. — Há rumores circulando que um dos arrendatários tentou dar a volta no faturamento de uma das máquinas e teve os dedos das mãos esmagados. Além disso, ele está em busca de mais homens para segurança de uma nova banca.

— Ele ainda foderá tudo, e aí não seremos os únicos interessados em sua morte. Toda a cúpula fará disso um propósito — comento, constatando o obvio. — Quem é o responsável pela morte do meu tio? — pergunto, fingindo interesse.

— Um filho da puta, dono de um puteiro. Seu tio possuía uma dívida imensa lá e se negava a pagar. Foi como um acerto de contas, e não estou disposto a me vingar — pontua, finalizando o assunto. — Vamos falar de quem está vivo. Deixe que a alma do seu tio descanse no inferno. — Sorrio do seu humor obscuro, meu pai parece não se importar com a morte do próprio irmão e, em algum momento nesta conversa, irei falar sobre isso. — Ouvi rumores de que Rogério está fodido de saúde e que sua filha assumirá os negócios. — Dou uma risada ao ouvir tal absurdo. Rogério manteve a filha protegida durante muitos anos e agora a colocará à frente dos negócios? Não é pelo fato de ser mulher que estou rindo, e sim por parecer absurdo demais ele colocar alguém que, muito provavelmente, não sabe com o que está prestes a lidar.

Quando se é filho de um chefe da contravenção, você é treinado desde muito jovem para lidar com os negócios e com o perigo. Não creio que a filha dele tenha sido treinada durante todos os anos em que esteve isolada da civilização, a não ser que ele tenha executado alguma espécie de plano mirabolante a ponto de ocultar tudo isso muito bem.

— Não acho que essa seja uma boa ideia. De qualquer maneira, quero que ele se foda — afirmo. Nada me tira da cabeça que foi ele o responsável pela morte da minha mãe. Eu deveria tê-lo matado, porém, sou justo demais para tirar a vida de alguém sem ter provas suficientes. Desde que minha mãe foi brutalmente assassinada venho buscando respostas, escondido do meu pai, mas nunca consegui obter nada. Para ele, a morte dela pareceu insignificante, como se ela não fizesse o mínimo de falta. Para mim foi como ter meu coração arrancado. Quando ela se foi eu deixei de acreditar no amor. Ela era a única pessoa que me mantinha preso a esse sentimento. — Você parece bem para quem acabou de enterrar em seu cemitério particular o irmão — comento, irritando-o.

A frieza do meu pai para lidar com a morte é algo que me assombra e me assusta. Para ocultar corpos, ele tem um próprio cemitério na casa da Ilha, mas não um cemitério comum. Ele criou uma espécie de poço com um mecanismo que não deixa rastros quando os corpos são eliminados. É por isso que não piso naquele lugar desde que fiz essa descoberta. Posso ter herdado a contravenção, mas não carrego uma única morte comigo. Se depender de mim, só carregarei a morte da pessoa que matou a minha mãe. Enquanto não tenho a confirmação, permaneço limpo.

— Ele era um filho da puta que estava fodendo tudo. Foi avisado dezenas de vezes. Morreu por conta própria. Foi escolha dele e cada escolha é uma sentença.

— Mas é necessário dar satisfações ao restante dos familiares — argumento, cobrando dele uma postura mais humana.

— Tomarei frente quando eles derem falta. Por enquanto, a morte do seu tio só mostra o quão insignificante ele foi. Insignificante o bastante para que ninguém dê falta dele. — Tão mórbido quanto pode ser. — Avise à comissão que eu espero que ganhem no dia da apuração. Não vou aceitar uma derrota. Estarei no carro principal no desfile das campeãs. — Meu pai possui um amor singular pelo carnaval. É a festividade onde há espaço para artistas, políticos e até mesmo pessoas como nós. Além de adorar se exibir, ama mostrar o quão poderoso e rico é. É ovacionado pelas pessoas como se fosse um deus. Uma vitória é excelente para inflar ainda mais seu ego e aumentar sua popularidade que já é grande o bastante e ultrapassa os limites do aceitável.

Cansado de ouvir sandices, encerro a ligação. É impressionante como um simples telefonema deixa o ambiente mais pesado e altera meu humor.

Sigo com Saulo para a Marquês, para verificar como estão as coisas e receber relatórios da noite passada.

— Senhor, parece tenso. Não se divertiu ontem à noite? — pergunta enquanto dirige.

— A noite foi fantástica, meu amigo. Inclusive estou mais que interessado em repeti-la. A parte ruim é ter que despertar para a realidade quando eu gostaria de permanecer trancado em um quarto com aquela mulher por pelo menos três dias.

— Então foi mesmo satisfatório.

— Maia é uma mulher diferenciada. É determinada, descomplicada, decidida, não tem vergonha em dizer o que pensa e o que quer.

— Ela tem o mesmo nome da herdeira do Rogério Galina — comenta, pontuando a coincidência.

— Sim. Conheci Maia Galina na infância, quando nossos pais eram amigos. Era obrigado a brincar com ela — revelo rindo pelas lembranças. — Eu a fazia chorar constantemente. A garota era extremamente chata, mimada e pedante. É por isso que não consigo sentir firmeza no rumor de que ela está voltando para assumir o lugar do pai na cúpula. Se ela se tornou mais do mesmo, é o tipo que está preocupada com a cor do esmalte que irá usar.

— Seu pai me disse sobre isso. Maia não é um nome comum.

— Não é, mas o sobrenome da Maia que saí ontem é totalmente diferente. Está sugerindo algo?

— Não. Foi apenas um comentário — responde, porém não sinto que foi uma resposta sincera.

Além de ter conferido o registro de Maia no hotel, em busca do número da suíte em que está hospedada, a filha de Rogério Galina jamais frequentaria um camarote do maior inimigo do pai, tampouco se envolveria comigo. Ele não é corajoso o suficiente para usar a própria filha em algum tipo de jogo doentio. Rogério pode ser louco de colocá-la na cúpula, mas nunca seria louco de colocá-la em um envolvimento direto com o filho de Antônio Negrão.

De qualquer forma, quando volto ao hotel, decido fazer uma pequena conferência para garantir que estou certo; afinal, a confiança é algo frágil demais para mim, acredito que confiar em alguém significa dar poder a esta pessoa. Estou levando essa questão um pouco a sério desde que decidi passar meu carnaval com uma só mulher, que despertou mais do que o meu interesse momentâneo, diferente das demais com quem me envolvi nos últimos tempos.

Felizmente, as respostas que obtenho garantem que a mulher que está dormindo comigo é Maia Mendonça.

Capítulo 12

"Me dê sua mão
Eu vou te mostrar coisas que você nunca fez
Segure minha cabeça
Eu vou fazer você se sentir como nunca
Tire suas roupas
Me dê sua confiança
Olhe nos meus olhos e confesse sua luxúria"
Do it for me – Rosenfeld

MAIA GALINA

Após passar grande parte do dia na piscina, decido ir para a suíte dormir um pouco na tentativa de recarregar as energias para mais uma noite de festa.

Quando insiro o cartão de acesso ao meu quarto, ouço uma pessoa me chamar:

— Senhora Maia? — Viro-me e encontro uma funcionária do hotel, vindo em minha direção com uma sacola em mãos.

— Sou eu.

— Boa tarde, senhora Maia. Desculpe-me por incomodá-la. Há uma encomenda para a senhora — diz entregando-me a sacola, e eu a encaro em busca de respostas. — O senhor Bruno quem enviou.

— Oh! Sim! — exclamo surpresa. — Muito obrigada.

— Por nada. Tenha uma boa tarde, senhora. — Ela se vai, e eu entro mais que depressa na suíte, movida pelo bichinho da curiosidade.

Abro a sacola e encontro uma luxuosa caixa branca adornada com um laço de fita vermelho. Um cartão está preso por um adesivo, mas o deixo de lado e vou direto ao ponto: o conteúdo da caixa.

Quando a abro, sorrio. Bruno me enviou um conjunto de lingerie vermelho. Há na caixa uma calcinha delicada de renda vermelha, que é presa por tiras nas laterais, e um sutiã sem bojo de renda, que abusa da transparência. No canto da caixa há um delicado botão de rosa vermelho, e isso me faz pegar o cartão para lê-lo.

Com uma grafia impecável, Bruno diz:

> *"Vermelho é a cor que corresponde a um dos limites visíveis do espectro solar, simboliza o poder, a excitação, o perigo. Vermelho é a cor do elemento fogo, do coração e do sangue. O vermelho, quando em contato com a sua pele, é poesia."*
> ***Bruno.***

Romântico, poético, delicado, cortês.

O que eu poderia esperar? Ele é um *gentleman* completo, e esse bilhete é só uma reafirmação.

Guardo o bilhete em minha bolsa, coloco a rosa em um copo com água, e guardo a lingerie para ser usada mais tarde. Se o vermelho em contato com a minha pele vira poesia, Bruno em contato com o meu corpo é um poema.

Curiosamente, a cor do abadá para o terceiro dia de festa é vermelho. O meu está devidamente customizado com cristais Swarovski. Meu short jeans também possui um toque delicado de brilho. Em meus pés há uma sandália plataforma vermelha e por baixo de toda essa roupa há a lingerie que ganhei. Dou um último retoque em meu batom vermelho antes de sair para encontrar Jules e Brandon.

— Uau! — Jules exclama ao me ver, e eu sorrio, observando-a. Ela está absurdamente linda e o vermelho lhe caiu bem, quebrando um pouco do jeitinho menininha.

— Você está incrível! Deveria usar vermelho mais vezes — digo, e Brandon concorda com a minha opinião.

— Você está como uma mulher fatal — elogia, admirado.

Ficamos alguns minutos conversando até sermos encaminhados para a van que nos levará ao sambódromo. A "viagem" é longa devido ao trânsito infernal do Rio de Janeiro, conversar com Jules e Brandon é o que ajuda a manter o meu humor.

Há mais pessoas na van e passo a prestar atenção na conversa quando ouço o nome BRUNO.

— Ele é sério o bastante. Não parece fazer o tipo pegador. Acredito que ele seja bastante discreto, pois as mulheres se jogam em cima dele e nunca o vi com qualquer uma. Ou talvez seja gay — uma outra comenta.

— Ele foi visto aos beijos ontem, no camarote. Minha amiga quis cortar os pulsos — a terceira do grupinho diz rindo. — Não acredito na possibilidade de ele ser gay. Acho que é apenas seletivo, exigente. Esse homem deve ser um arraso na cama. Ele tem cara de malvado e rude.

Sorrio. Malvado e rude talvez descreva bem. Lembrar da noite passada faz com que meu ventre se contraia e que o calor aumente. Ele oscila entre rude e cavalheiro, mas o lado malvado sobressai. Só em lembrar de Bruno em ação sou capaz de ouvi-lo dizer "sua doce boceta".

Todas as mulheres deveriam ter o privilégio de passar uma noite com esse homem. Os orgasmos múltiplos garantidos, assim como é garantido sair do quarto parecendo ter levado uma surra. Talvez seja insano e errado dizer isto, mas esta sem dúvida é o tipo de surra que eu gostaria de levar diariamente. Ficaria feliz por carregar marcas sexuais em meu corpo, lembrando-me do quão bem fodida estou sendo.

— Maia?

— Hum… — respondo a Jules.

— Não vai descer? — pergunta, e me dou conta de que chegamos.

Entro no camarote com o propósito definido: ir ao bar tomar algumas bebidas e tentar acalmar o calor que estou sentindo. Antes de tomar um drinque refrescante, bebo três doses de tequila para abrir uma noite de festividade.

Seguimos para a área da boate, onde um DJ está tocando música eletrônica. O local é iluminado apenas por luzes de led, desde o piso até o teto. A decoração completa do camarote é incrível, todos os ambientes são de tirar o fôlego devido ao extremo bom gosto, porém a decoração da área da boate é a minha preferida, talvez pela baixa iluminação. Eu me esqueço da vida enquanto danço e bebo. Quando uma versão *remix* da música *Love me Again* do cantor *John Newman* começa a tocar, até mesmo Jules esquece da existência de Brandon, juntando-se à minha loucura. O repertório escolhido pelo DJ é fantástico, uma música melhor que a outra. Por todos os lados há pessoas pulando, cantando e dançando. Agora está tocando *Blame*, também do *John Newman*, em uma versão *remix*, e eu descubro que sou fã desse cantor.

Esse é definitivamente o melhor carnaval que já tive. A alegria dos brasileiros é contagiante e diferente.

Tudo parece perfeito, até começar o *remix* da música da minha vida. Congelo meus pés e tento engolir o nó que se forma em minha garganta. *Hasta La Raiz*, a música que me faz lembrar da minha mãe e que é tatuada em minha pele.

Continuo atravessando rios
Andando por florestas, amando o Sol
Todo dia continuo tirando espinhos
Do fundo do meu coração
À noite, eu continuo acendendo sonhos
Para limpar com a fumaça sagrada cada lembrança
Quando eu escrever o seu nome
Na areia branca com fundo azul
Quando eu olhar para o céu
E você aparecer na forma cruel de uma nuvem cinza
Uma tarde, suba um alto monte
Olhe para o passado, vai ver que eu não te esqueci

Eu te levo dentro de mim, até a raiz
E por mais que cresça, você vai estar aqui
E ainda que eu me esconda atrás da montanha
E encontre um campo cheio de cana
Não haverá maneira, meu raio lunar
De você ir embora
Penso que cada momento sobrevivido ao caminhar
E cada segundo de incerteza
Cada momento de não saber
Compõem a fórmula exata para este tecido

Que eu carrego sob a pele
Assim te protejo
Você continua aqui dentro

Hasta la raiz, mama!

Perdi a minha mãe quando completei sete anos de idade. Eu a perdi brutalmente, após ser assassinada com um tiro certeiro em seu coração, brinde das atividades de contravenção do meu pai. Atividades que agora farão parte da minha rotina, se eu quiser me manter viva. Pensar dessa forma faz com que algo ruim se agite dentro de mim. Se o poder depender de todo ódio que carrego em meu ser, é provável que eu me torne a maior mafiosa do país.

Sentindo a necessidade de voltar a respirar, deixo a boate e volto à parte principal do camarote. No bar bebo mais algumas tequilas, até uma mão forte me impedir.

— Acho que já bebeu o suficiente — Bruno diz.

— Você, provavelmente, está me confundindo com a sua filha — respondo tomando o copo de sua mão e bebendo todo o líquido.

— Não tenho filhos, mas, se tivesse, é bem provável que eu não precisaria repreendê-los. Iria educá-los desde o berço para não precisar castigá-los.

— Está sugerindo que não fui bem-educada? — pergunto rindo.

— Estou sugerindo que talvez eu tenha que castigá-la por estar ultrapassando os limites.

— Oh! Que dominador! — debocho sorrindo e passo com um dedo em seu peitoral, por cima da camisa. — Isso é excitante. Eu adoraria ser devidamente castigada, mas odeio homens que insistem em querer me dominar fora de quatro paredes, portanto, ficará para a próxima. Se houver próxima. Minhas concessões são restritas ao quarto, talvez ao banheiro…

— É? Senhorita espertinha! — Ele sorri. — Tenho certeza de que sou capaz de mudar isso.

— Em pleno carnaval? Acho difícil. Há mulheres que possuem um instinto indomável. Eu faço parte do grupo seleto, especialmente no carnaval — digo e peço mais uma bebida para o barman. O infeliz não me entrega, pois Bruno dá um único olhar para ele que é capaz de colocar medo no mais forte guerreiro. — Você está brincando? — pergunto, incrédula.

— Ainda não, mas adoraria brincar.

— Não seja um babaca exterminando a imagem que criei de você — alerto e me lanço ao balcão, jogando parte do meu corpo sobre ele e pegando a maldita bebida. Faço questão de virá-la encarando fixamente os olhos de Bruno. Por fim, ainda passo a língua em meus lábios e sorrio, vitoriosa. — Você tem uma SR-1, eu tenho uma P-96M. — Dou uma piscadela para ele e saio andando.

Minha caminhada dura quatro passos, até o senhor impacto me arrastar rumo a um dos banheiros do camarote, esquecendo a fixação por privacidade. Ele tranca a porta com a chave e avança sobre mim com total desespero. Eu retribuo tão desesperada quanto.

Levo as mãos até a barra de sua camisa e a puxo. Ele me ajuda na retirada e joga a peça longe. Cuidadosamente, retiro meu abadá e meu short, sob o olhar abrasador que esse homem possui. Quando seus olhos descem até minha calcinha, vejo como seu pomo de adão sobe e desce, rapidamente. Ele fecha as mãos em punhos, faz um sutil movimento com o pescoço, e então estou contra a parede.

— Quando comprei esse conjunto, não imaginei que ficaria tão bem em você, Maia. Você está incrivelmente bela. — Eu amo que ele me elogie tão facilmente.

Sua boca desliza pelo meu pescoço e sorrio, sentindo a luxúria de forma crua. Enfim um homem que me faz perder a compostura o bastante para que eu consinta ser devorada dentro de um banheiro de um camarote.

Arfo quando suas mãos se fecham em meus seios, num aperto dolorosamente excitante.

— Onde está a merda da sua fixação por privacidade? — pergunto em seu ouvido. — Um banheiro de um camarote parece privativo o bastante para você enfiar seu pau em mim?

— Olhe a boca! — Sorrio com a repreensão, e ele me beija, fazendo com que eu seja obrigada a me calar. É incrível como cada terminação nervosa do meu corpo reage a ele. Eu amo a maneira como o excesso de luxúria é capaz de fazer com que eu me sinta viva. E eu gozo disso com muita gula, cometendo mais um dos pecados capitais.

Levo minhas mãos no botão da calça de Bruno e o abro, juntamente com o zíper. Deslizo a peça para baixo e conduzo minhas mãos até seus glúteos, apertando-os e causando um atrito maior de seu pau em minha intimidade.

— Você cheira tão bem... — sussurra em meu ouvido e, de repente, fica de joelhos. Ofego quando ele beija minha barriga, deixando sua barba por fazer roçar em minha pele. Ele vai descendo até a barra da minha calcinha e a puxa para baixo com os dentes. Agarro em seus cabelos quando ele usa os braços para afastar minhas pernas e aproxima seu rosto, inspirando o cheiro da minha boceta. Logo sua língua desliza pela minha fenda, fazendo com que um gemido alto escape de mim. Em meus 28 anos de vida, nunca recebi um sexo oral de pé, não sei se sou capaz de me manter desta forma por muito tempo. Minhas pernas ficam bambas a cada movimento perfeito que Bruno faz com a língua e os lábios. Eu me perco entre apoiar as mãos nas laterais do meu corpo e agarrar a confusão de cabelos que ele possui. O maldito usa as mãos para agarrar minha bunda e aprofundar ainda mais sua ação.

Os espasmos em minha barriga começam, tornando-me fraca de um jeito que só o tesão é capaz de me deixar. Meu corpo explode em prazer. Enquanto vejo estrelas brilhando diante de mim, Bruno percebe que estou em outra dimensão e se levanta de uma só vez, apoiando-me e beijando minha boca com fervor, fazendo com que eu volte a realidade. Estou inebriada o bastante quando começam a bater na porta, interrompendo a melhor parte que estava prestes a começar.

— Que inferno! — protesto, e ele dá um sorriso cafajeste.

— Precisamos ir. Admiro a privacidade.

— Admira mesmo? Infeliz! Você tem um dom incrível de me irritar. — Eu o empurro e começo a vestir minhas roupas. Minha paciência é extremamente limitada.

Quando termino de me arrumar, ele já está devidamente pronto, como se nada tivesse acontecido. Assim que me olho no espelho, percebo o quanto está evidente o que estávamos fazendo, mas não perco tempo tentando parecer mais digna. Vou andando rumo a saída e, antes que eu possa destrancar a porta, Bruno agarra minha mão, cruzando nossos dedos, e nos guia para fora, sob olhares curiosos de dezenas de mulheres.

Poderia soar como a caminhada da vergonha, mas, ao invés disso, soa como a caminhada da vitória. Qualquer uma delas gostaria de estar no meu lugar e, pobrezinhas, não sabem o que estão perdendo.

Capítulo 12

"Eu preciso ouvir o doce som dos seus gemidos
Venha dar uma volta, baby, me dê suas coxas
Eu prefiro garotas que não têm medo de chorar"

I WANT TO – ROSENFELD

MAIA GALINA

Não tenho vocação para namorar, tampouco tenho vocação para pagar de namorada. A forma como Bruno está me tratando parece séria demais para quem só está em busca de diversão. Eu até tento protestar, mas… há todos esses beijos e essa pegada que me deixam um pouco inebriada.

Argh É extremamente chato existir alguém que quebre facilmente as barreiras que você construiu durante anos. Ele disse que eu não seria de mais ninguém neste carnaval e está cumprindo a promessa. Na verdade, está fazendo com que eu realmente não queira ser de mais ninguém. Eu me pergunto se sentirei falta dessa pegada quando o carnaval acabar. Será que teremos encontros casuais? Quanto terei que fugir dos seguranças do meu pai para ter o mínimo de liberdade?

A noite vai passando e privacidade é a palavra que parece ter sumido da mente de Bruno. Passamos grande parte do tempo trocando beijos avassaladores e carícias discretas. Repetimos o mesmo ritual da noite passada, mas, dessa vez, quem vai dirigindo o carro é um motorista particular.

— Vou devorar cada pedacinho de você, Maia. Amanhã me sentirá a cada passo que der, a cada vez que respirar — diz em tom promissor. Meu ventre se contrai, sedenta para que sua promessa seja devidamente cumprida. Eu quero ser devorada, endeusada, fodida da maneira insana que ele faz. Quero que essa noite dure o máximo de tempo possível, apenas para obter tudo o que ele quer me dar e tudo que preciso que ele me dê.

— Não aceito nada menos que isso, Bruno Cavalcanti — provoco. Um sorriso safado cresce em seu rosto e me tira o fôlego. Como este homem é bonito! Ele se inclina o suficiente para alcançar meu pescoço, onde deposita um beijo lento e delicado, causando arrepios em minha pele. Pressiono minhas pernas fortemente, na tentativa de aplacar o desejo crescente. Não ajuda. Não quando tudo que quero é deixá-las bem abertas para ter minha boceta usada da melhor maneira.

Quando ele se afasta, seu olhar encontra o meu e mantemos o contato. Há intensidade e faíscas, acrescidas de palavras que não precisam ser ditas. Acho que já demos o suficiente ao motorista, agora precisamos manter a classe até termos a privacidade que tanto necessitamos.

— Darei o meu melhor para não te decepcionar, senhorita — diz, portando um meio sorriso.

A chegada no hotel é no mínimo embaraçosa. Há pressa, desespero. Por uma fagulha de segundo é até mesmo engraçado, mas a graça termina assim que entramos na suíte. A atmosfera muda, fica carregada de tesão e algo mais. Sobressalto em ansiedade quando o ouço fechar a porta com chave. Viro-me e o encaro, encontrando olhos famintos. Isso é insano pra caralho!

Ele nota minha avaliação e aproveita para se despir. Sua camisa é a primeira peça a sair de seu corpo perfeito. Logo em seguida, são seus tênis e suas meias que voam longe, para então chegar em uma das partes que mais desejo; suas mãos vão até o fecho da calça, que ele faz questão de desprender em uma lentidão agonizante. Eu o observo abrir e então deslizar a peça, que trava quando atinge a ereção incrível. Não consigo piscar ou respirar, sigo observando como ele ultrapassa o obstáculo e chuta a calça para longe. Quando encaro seus olhos, sinto que acabei de perder a minha dignidade completamente, portando-me como uma iniciante que parece nunca ter visto um homem se despir.

— Gostando do que está vendo? — questiona, mesmo sabendo que não precisa de pergunta alguma, pois a resposta está estampada em meu rosto.

Sentindo a necessidade de recuperar minha autoconfiança recém-esquecida, sorrio arqueando as sobrancelhas, demonstrando sutilmente um desafio. Sei que posso causar nele o mesmo que ele causou em mim. Sei também que posso fazer com que ele não resista como consegui resistir

Mantendo meus olhos fixos nos dele, retiro meu abadá, ficando apenas com o sutiã vermelho que ele me deu esta manhã. Ele sorri, parecendo tanto admirado quanto esfomeado. Não retiro a peça. Sigo para meu short, abrindo-o e deslizando pelas minhas pernas, jogando-a sobre o amontoado de roupas do Bruno. De calcinha, sutiã e minha sandália plataforma, eu me aproximo dele. Levo uma mão até sua protuberância e a aperto, sentindo-o pulsar. Passo a língua por seu pescoço e então caio de joelhos aos seus pés, pronta para proporcioná-lo um bom momento. Levanto minha cabeça o suficiente para conseguir observá-lo, passo a língua lentamente em meus lábios e levo as mãos no cós da cueca, que começo a descer delicadamente, tomando um cuidado especial em arranhá-lo com as minhas unhas afiadas durante o processo. Seu pau salta livre, duro, magnífico. A excitação está presente até mesmo na umidade em sua glande rosada, e faço questão de lambê-lo.

— Delicioso — elogio, antes de fechar minha boca em torno de parte do seu pau.

Bruno solta um grunhido de satisfação e logo uma de suas mãos está em meus cabelos, agarrando-os fortemente. Ele toma o controle para si, socando seu pau melado em minha boca de forma como bem quer, como se estivesse fodendo a minha boceta. Em alguns momentos sinto ânsia, mas luto para seguir o levando forte. Ele parece um animal feroz, soltando sons insanos. E, quando menos espero, ele me puxa, fazendo com que eu fique de pé e colida diretamente com seu peitoral.

Com uma habilidade incrível, ele arranca o sutiã do meu corpo e rasga a calcinha que me deu. Sinto seu pau em contato com a minha boceta, aumentando a necessidade de tê-lo dentro de mim. Minhas costas encontram a parede. Bruno desliza as mãos em minhas coxas, apertando-as forte, de forma que sei que deixará marcas.

— Quero essas coxas em volta de mim, Maia. Agora. — Eu deveria rebater, mas obedeço, como uma vadia necessitada. — Isso não vai ser delicado. Eu farei você gritar. — E eu grito. Seu pau me invade de uma só vez, abrindo-me brutalmente. Sinto dor; uma dor que gosto e aumenta o tesão. Agarro suas costas como apoio, arranhando-as no processo, sentindo cada arremetida precisa. Travo por completo as pernas em sua cintura, e o sinto ainda mais intensamente dentro de mim. — Eu quero fodê-la diariamente, Maia. Você deixaria?

Não o respondo. Estou delirando de prazer, sorvendo sensações avassaladoras que roubam minha capacidade de raciocinar e falar.

— Eu quero que responda quando eu falar com você — exige, com uma voz grossa. — Ouviu? — Sua petulância me acorda.

— Eu quero que pare de falar e apenas siga me fodendo, idiota! — Ele para os movimentos, invocando minha fúria.

— Responda — ordena, fitando-me. — Responda, querida. Responda para que eu possa seguir fodendo essa doce boceta apertada.

— Eu quero que me foda agora e quando quiser — eu o respondo e me aproximo de seu ouvido. — Você mete muito gostoso em mim, Bruno... agora apenas continue — sussurro, e ele faz o que pedi. Ele toma uma nova velocidade que parece impossível. Tão forte, voraz, implacável. Ele falou a verdade quando prometeu que eu o sentiria pelos próximos dias. É incapaz de não acontecer.

Toda mulher deveria ser comida desta maneira ao menos uma vez na vida.

Eu chego ao clímax, gemendo, gritando, delirando. Felizmente ele sustenta meu corpo quando me torno incapaz de segurá-lo. Ele goza, rosnando como um macho alfa, enchendo-me com sua porra, pressionando-me mais contra a parede. Ele não para de se mover, apenas diminui o ritmo. Apoio minha cabeça em seu ombro e espero que tudo se acalme entre nós, mas isso demora a acontecer. Há uma energia insana nos envolvendo.

Sinto-me destruída quando ele me leva até a cama e retira minhas sandálias. Já ele, parece disposto a muito mais do que acabamos de fazer. Daqui o observo caminhar de maneira confiante pelo quarto, pegar um copo de uísque, colocar duas pedrinhas de gelo e enchê-lo com o líquido âmbar.

— Aceita? — oferece, se aproximando. Ele molha dois dedos e me faz chupá-los. — Quero você — afirma, me observando. — Quero muito você.

— Estou aqui.

— Vou limpá-la e então pegarei tudo o que eu quero de você — diz promissor, fazendo um friozinho se apossar da minha barriga.

Na privacidade da suíte, sou devidamente devorada. Ele cumpre todas as promessas e vai além. Dessa vez também deixo marcas em seu corpo. Tirar a camisa de manhã não será uma possibilidade. Não volto para a minha suíte essa madrugada. Bruno me convida para ficar, e tomamos um delicioso banho de banheira, onde voltamos a nos pegar como se não tivéssemos obtido o suficiente um do outro. Quando vamos para a cama, não duro mais que 30 segundos, simplesmente me aconchego a ele e à coberta, e adormeço. Tomada pelo cansaço, porém, saciada de uma maneira que ninguém jamais conseguiu me proporcionar.

BRUNO NEGRÃO

Não consigo me lembrar da última vez em que acordei com uma mulher em minha cama. A sensação é boa, além de Maia ser uma bela visão. Seus cabelos loiros estão caídos feito cascata sobre o travesseiro. Seu corpo está parcialmente coberto pelo edredom. *"Hasta la raiz"*. As partes descobertas tornam a visão sensual, a imagem se transformaria em uma belíssima obra de arte nas mãos de um pintor. Há leves marcas vermelhas em sua pele e, conforme eu disse a ela em um bilhete, o vermelho nela é como poesia. Cada pedacinho faz parte de um verso do que fizemos horas atrás; a harmonia das palavras sendo substituída pela das ações. Aquilo foi poesia, por mais voraz e insano que tenha sido. Cada toque, cada som, cada orgasmo… poesia, melodia, arte.

Há muito tempo não sentia tal conexão. Não que isso vá resultar em uma relação. Nossos dias estão contados. Na vida que levo não há espaço para o amor. Porém, Maia me faz querer aproveitá-los ao seu lado até o último instante. Não apenas pelo sexo, mas pela inteligência, pelas conversas maduras, pelo seu modo decidido e ao mesmo tempo rebelde de ser.

Sempre digo que não tenho muito tempo a perder me divertindo com mulheres, meus encontros são rasos e resumem-se apenas a um propósito: foder. Porém, "perder tempo" com Maia tem sido prazeroso e intenso, com mais profundidade do que imaginei que teríamos.

Deixo-a na cama e vou até o telefone solicitar que preparem o nosso desjejum. Enquanto aguardo que o tragam, verifico as mensagens em meu celular e me alegro ao perceber que está tudo sob controle.

Quando o serviço de quarto chega, peço que coloquem tudo sobre uma mesa. Em seguida, decido acordá-la.

Deslizo meus dedos delicadamente pela linha da sua coluna. Ela solta um som sutil que é o suficiente para que meu pau endureça. Conforme vou deslizando meus dedos, seu corpo vai acordando para a vida. Arrepios, movimentos, sons. Eu gostaria de tê-la de bruços para fodê-la ao meu modo, marcando seu corpo, fazendo-a gritar e implorar. E eu faço isso.

A receptividade não me surpreende. Essa mulher parece ter um apetite sexual incontrolável, como o meu. E eu aproveito cada segundo.

— Conte-me sobre sua tatuagem — peço enquanto tomamos o café da manhã. Noto seu semblante mudar. A alegria de segundos atrás é substituída por uma imagem de dor. Eu juro que imaginei que remetesse a algo sexual, mas estava enganado.

— *Hasta la raiz* é uma música que minha mãe cantava para mim quando eu era criança. Ela dizia que sempre me levaria com ela e me protegeria até a raiz, mesmo quando eu crescesse e mesmo que mil coisas acontecessem. Eu sempre estaria com ela, até a raiz — diz com os olhos brilhando em lágrimas.

— E onde ela está?

— Ela morreu quando eu ainda era criança e agora sou eu quem a levo comigo, até a raiz. A tatuagem é uma maneira de mantê-la comigo, em minha pele.

— Eu sinto muito. Também perdi a minha mãe e nunca mais fui o mesmo.

— Depois que ela se foi, passei a ser criada pelas empregadas, estava sempre cercada de pessoas, mas ninguém nunca foi capaz de substituí-la — confessa, triste. — Meu pai estava ocupado demais com os negócios e aumentou significativamente a proteção em torno de mim, de uma forma sufocante. Quando cresci, eu o ameacei — ela sorri. — Ou ele me deixava ir embora do país, ou eu me tornaria o pior pesadelo dele.

— E você conseguiu?

— Sim. Ele sabe que eu faria de tudo para atormentá-lo. Sou indomável desde pequena, tenho uma personalidade muito forte e marcante. Quanto mais ele tentava me prender, mais eu recebia isso como um desafio para ir embora.

— E para onde foi?

— Londres. Passei os últimos dez anos sendo feliz, livre, estudando, trabalhando, tendo a independência que sempre almejei. Estudei negócios, trabalhei no mercado imobiliário de luxo, e tudo parecia muito perfeito até ele exigir minha volta — diz visivelmente contrariada. — Ele ainda não sabe que retornei. Quero aproveitar os meus últimos dias de liberdade. Após o carnaval minha vida sofrerá uma mudança radical. Meu pai está doente, e terei que assumir a empresa dele.

— E está aproveitando como pretendia? — Ela dá um sorriso repleto de devassidão, provocadora de um jeito que me faz querer domá-la. Ela disse que é indomável, eu adoraria o desafio de provar o contrário.

— Parece que sim. Não estava nos planos foder tanto…

— Você tem a merda de uma boca tão suja! — exclamo, sorrindo. — Já teve essa boceta fodida o bastante?

— Oh! Eu adoro quando diz boceta! —confessa quase em um sussurro. — Você é sempre tão educado e formal.

— Há momentos em que a formalidade é exigida e há momentos em que ela não deve ser levada em consideração. É por isso que admiro a privacidade, senhorita Maia. No conforto que a privacidade oferece eu posso ser quem sou por trás da fachada que parece impenetrável e posso dizer todas as coisas sujas.

— Eu prefiro sua versão sem cortes, a da privacidade — diz, dando uma piscadela.

— Arrume-se.

— Está me expulsando? — pergunta arqueando as sobrancelhas.

— Não faria tal absurdo. Estou pedindo que se arrume para que possamos dar um passeio. Já que quer aproveitar os últimos dias de liberdade, faremos isso em grande estilo — digo, levantando-me.

A Costa Verde vista do alto, mais precisamente de dentro de um helicóptero, é extremamente bonita. Maia parece concordar, pois está olhando com pura admiração, sem perder um único detalhe de cada local que sobrevoamos.

Não demora para chegarmos em Angra. Pousamos na marina e seguimos direto para a lancha, que já está nos aguardando.

— Os *jet skis* também são seus? — ela questiona enquanto o marinheiro termina de fazer alguns procedimentos.

— São. — Ela morde o lábio inferior, contendo um sorriso. Nem mesmo precisa dizer nada para que eu saiba o que está se passando em sua cabeça.

— Possui licença para pilotar? — indago a ela que nega com a cabeça. — Ok. Sabe pilotar?

— Maravilhosamente bem. — Arqueio as sobrancelhas com a resposta e decido correr o risco.

Sorrindo, solicito ao marinheiro dois coletes e decido contar com a sorte, cometendo um pequeno ato de imprudência. Maia, sem tirar a saída de praia, veste um e eu o outro, então aponto para que ela se acomode em um dos *jets*, e faço o mesmo no outro. Enquanto ligo o meu, Maia simplesmente dispara pelo mar, sem se importar com habilitação ou com regras que deveriam ser seguidas ao menos dentro da marina. Eu vou atrás, e embalamos uma corrida insana quando a alcanço. Eu sinto um tipo de liberdade diferente quando estou a bordo do *jet*, é como se nada pudesse me alcançar. Nunca compartilhei um momento como este, mas me sinto bem por estar fazendo com esta mulher que possui um espírito aventureiro. Maia me diverte e me distrai, e essa, sem dúvida, tem sido a melhor parte desse encontro inesperado. Ela é interessante de mil e uma maneiras.

A alta velocidade em que estamos faz com que a água espirre em meu rosto. O vento é bem-vindo, bagunça os meus cabelos e posso ver que bagunça os de Maia também, que estão devidamente esvoaçantes agora. Não consigo ter uma visão perfeita de qualquer paisagem diante de mim que não seja a água e a bela mulher que está próxima a mim, mantendo a velocidade.

— Você foi um pouco imprudente, senhorita — repreendo, enquanto a ajudo a desatar as fivelas que prendem o colete em seu corpo.

— Isso é bem ruim. Talvez eu mereça um castigo, senhor impacto. O que acha? — Apenas sorrio, sem dar qualquer resposta. Nada que eu disser agora será apropriado para o local em que estamos. Decido apenas fazer uma pergunta:

— Quer ser castigada? — Seus expressivos olhos castanhos me encaram. Há desafio neles. Aliás, tudo em Maia é desafiador, e isso me deixa insano.

— Depende do castigo. Tenho certeza de que consegue pensar em algo...

— Não tenha dúvidas — respondo, impedindo-a que termine a frase, mantendo-a curiosa.

Maia é tão sexy e inteligente. Estou ansioso para descobrir o que há sob a camada de roupa que está cobrindo seu corpo.

Dispenso o marinheiro e decido conduzir nosso passeio, com o propósito de termos mais privacidade. Creio que iremos precisar. Maia se acomoda ao meu lado enquanto nos conduzo rumo a uma das muitas ilhas paradisíacas que Angra possui. Nossa primeira parada é nas Ilhas Botinas, que são duas pequenas ilhas de pedra, quase gêmeas. Um local paradisíaco, de mar calmo, areia branca e águas cristalinas, onde é formada uma piscina natural que nos permite atravessar entre ambas.

Ancoro a lancha e então consigo o que tanto quero: descobrir o que há por baixo da saída de praia de Maia.

Observo cada detalhe, sem deixar que nada passe batido aos meus olhos. Ela desfaz o nó que prende a peça em seu corpo e revela um minúsculo biquíni vermelho por baixo. Engulo em seco e a vejo sorrir, sabendo que acaba de causar um impacto. O tom vermelho contrasta em sua pele clara e combina com algumas marcas que deixei em determinados pontos. Meu pau está rijo em minha bermuda, e não há chance de conter a ereção, especialmente quando ela se vira de costas, expondo sua bunda magnífica para mim, e se joga ao mar.

— Não vem? — grita. — Está uma delícia.

Seria louco se rejeitasse esse convite.

Eu me jogo ao mar e nado até ela. Estamos próximos à faixa de areia que separa as ilhas. A maré está baixa, caso contrário, não conseguiríamos dar pé. Maia vem até mim e me dá uma chave de perna, fechando-as em torno do meu quadril. Ela esfrega sua boceta fogosa descaradamente em minha ereção, e eu aperto sua bunda, puxando-a mais para perto e intensificando o ato.

— É o que você quer? — pergunto, após ouvi-la gemer. — Gosta mesmo de trepar comigo, menina bonita. Estou adorando isto.

— Então me foda, aqui, agora... afaste meu biquíni para o lado e enfie esse pau em minha boceta.

— Essa sua boca é suja demais, eu já disse. — Retiro uma das minhas mãos de sua bunda, libero meu pau e afasto seu biquíni para o lado. Brinco com a minha ereção em seu clitóris e a pressiono em sua entrada. A água está tirando toda a lubrificação, deixando-a mais apertada do que já é. Sei que vou machucá-la, e a maneira como ela se mostra disposta me faz querer isso. — Vou machucá-la agora... quer isso mesmo? Vou ferir essa boceta se disser que sim.

Ela acena positivamente, e eu arremeto mais forte, lutando contra a dificuldade. Demora para que eu consiga empurrar dentro dela, e quando consigo, um grito escapa de sua garganta. Ela se torna levemente melindrosa em seguida, gemendo e dizendo que está doendo. Isso me deixa maluco. Quanto mais ela age assim, mais eu a fodo impiedosamente. Ela gira os quadris, fazendo com que sons escapem de mim. É uma tortura não gozar, esperar pelo seu prazer parece uma penitência.

— Você é tão gostoso...

— Então me dê mais. Mais forte. Rebole mais — incito, e ela faz. Estou delirando de prazer com essa mulher em meus braços. Tomamos um ritmo frenético, desesperado. Meu corpo toma o controle, e Maia se entrega, ignorando a dor e gozando em torno do meu pau. Suas unhas cravam as minhas costas, e eu arremeto mais forte, implacável, até gozar dentro dela.

O pós parece ainda mais incrível. Algo que só tenho experimentado com ela. Sua testa está colada na minha, e ambos tentamos reestabelecer nossas respirações. Eu me pergunto onde essa química irá nos levar, porque eu irei atrás dela, isso é tão certo quanto qualquer outra coisa que eu já tenha feito. Algo como isso merece ser repetido, mesmo que não seja com a frequência que gostaria.

— Eu nunca senti tanto prazer antes… — ela declara minutos depois, ainda em meus braços. — Obrigada por me proporcionar dias incríveis.

— Sou eu quem devo agradecê-la. Você é maravilhosa, Maia, e estou adorando me perder e me encontrar em você. O prazer é todo meu.

Ainda inebriado, eu a convido para voltar à lancha, e seguimos rumo a mais um passeio regado de prazer e luxúria.

Capítulo 14

"O prazer que anseio, não posso evitar
Estou preso em suas correntes
Oh, isso me deixa louco
Eu não vou contestar
Seu toque é enviado por Deus
Como um feitiço que não consigo me libertar"
Poison Ivy – Hemi Moore

MAIA GALINA

Talvez eu seja uma bela vadia, mas mereço o perdão. Bruno me envolveu em sua teia de uma forma que passei a não conseguir nem mesmo querer sair. Abandonei meus amigos e estive em uma aventura louca com ele nos últimos dois dias. Fizemos um passeio de *jet ski*, em uma corrida maluca e sem propósito, nos portando como adolescentes selvagens, repletos de adrenalina, falta de juízo e coragem. Logo depois, ele me levou para um passeio de lancha e transamos na cabine e no meio do mar. Fomos ao camarote para mais uma noite de festa e só nos afastamos quando ele precisou atender ligações importantes.

Eu cedi a ele tudo o que não cedi a qualquer outro homem e nem mesmo sei explicar o motivo por ter feito isso. Houve a colisão no corredor, o encontro no camarote. Desde a primeira troca de palavras houve faíscas. Eu gostei do jeito dele. É raro encontrar homens que sejam tão interessantes, inteligentes, diretos e que demonstrem poder desde as palavras. Não sou sentimental, não sou sonhadora, mas, neste exato momento, enquanto arrumo minhas malas, estou sentindo um pesar imenso por ter que ir embora. Todo carnaval tem o seu fim, mas, pela primeira vez, eu gostaria que não acabasse tão sedo.

Quatro dias!

Quatro malditos dias e eu me apeguei ao senhor impacto. Por um lado, é bom que tenham sido apenas poucos dias, assim será mais fácil tirá-lo do meu sistema. Por outro? É um inferno completo, porque ele realmente vale a pena.Nos assemelhamos, temos gostos em comum e no sexo parecemos ter sido criados um para o outro.

O que fizeram com Maia Galina? Que patética estou! Ele me disse que viaja muito a trabalho. E eu estive perto de propor encontros casuais quando ele estiver na cidade. Eu driblaria facilmente os capangas do meu pai só para ir para a cama com aquele homem novamente. Pensar nisso me irrita. Uma mulher de 28 anos que não pode ser livre da forma como bem entender. Isso é absurdo! Sinto-me perto de atravessar uma regressão. Dez anos da minha vida serão jogados fora e voltarei a ser a garota de 18 anos que deixou tudo para trás.

Não sei se estou disposta a permitir que isso aconteça…

Após estar devidamente pronta e com as malas arrumadas, solto um suspiro frustrado. Mais cedo eu me despedi de Jules e Brandon. Foi preciso usar toda frieza que carrego comigo para não chorar. Mesmo sendo completamente diferente de mim, Jules foi essencial nos últimos dez anos, tornamo-nos inseparáveis.

Não gosto de mostrar minhas fraquezas. Fui criada para ser inatingível e inalcançável. Por isso, visto minha armadura de mulher durona, pego minha bolsa, solicito que venham buscar minhas malas e sigo decidida.

Perfeito!

— Merda!

— Eu me lembro de ter dito que não é aconselhável andar por aí fazendo uso do celular. — Sorrio ao ouvir a voz. Mais uma colisão com o senhor impacto.

— E eu me lembro de ter dito "obrigada pelo conselho, *pai*". Enfim, você sabe o que deve fazer com seus conselhos — respondo levantando meu olhar ao recolher o celular do chão. Ele está lindo, de tirar o fôlego. Está vestindo uma camisa branca que se ajusta perfeitamente em seus braços, um jeans claro e tênis branco. Em seu pescoço há um cordão de prata que me faz querer puxá-lo, porém me contenho.

— Eu deveria colocar algo nessa boca para impedi-la de falar asneiras, mas acredito que esteja de saída e que não tenha tempo para ser castigada. — Aceno positivamente com a cabeça, enquanto tento reprimir um arrepio ao imaginar quão bom seria.

— Isso não seria um castigo, senhor Bruno, porém, infelizmente, estou indo embora. Nos despedimos mais cedo, mais ou menos... — Sorrio, relembrando da manhã tórrida. — Obrigada por me proporcionar dias incríveis e orgasmos arrebatadores.

— Deveria controlar o que diz em lugares públicos — ele me repreende. — Não tive minha quota de você, Maia — afirma com seu olhar letal e perigoso. O fogo parece dançar em seus olhos, deixando-os ainda mais reluzentes, oscilando com uma profundidade sombria. — Você está indo, mas esse não é um adeus. É um "até logo".

— Você perguntou se quero que seja um "até logo"? — Meu questionamento tem puro tom de provocação.

— Não preciso — diz com total segurança e confiança. Eu me pego rindo, porque ele se parece bem comigo. Meu riso é interrompido pelo toque do meu celular. Atendo, sendo informada de que meu táxi chegou.

— Preciso ir — digo, o abraçando, inspirando o maldito perfume delicioso que ele tem. Eu me afasto e o encaro. — Novamente, obrigada por tudo — digo e me viro para ir até o elevador. Bruno fica parado, me observando. Quando o elevador chega ao andar, sorrio uma última vez. — Eu espero que esse "até logo" seja realmente breve. Mal posso esperar para tê-lo enterrado em mim. A propósito, você é extremamente gostoso! Adeus, senhor impacto!

Adentro no elevador, porém, quando as portas estão se fechando, Bruno o invade, parecendo tão perigoso quanto um leão faminto que anseia devorar sua presa, e me beija de uma maneira inapropriada para o local. Incapaz de afastá-lo, apenas o incito a continuar.

Nos separamos quando paramos no térreo, e então eu tento parecer o mínimo apresentável. Meu Deus! Eu quero muito esse homem!

— Até breve, Maia.

— Até breve, Bruno. — Sorrio e sigo meu destino. O "até breve" faz cintilar a ansiedade em mim.

O táxi me deixa no aeroporto, onde me torno uma verdadeira atriz, encenando a minha chegada de Londres, após destruir meus documentos falsos.

Leio uma placa escrita MAIA GALINA e reviro os olhos ao ver Josué, o imbecil que era meu segurança há dez anos.

— Bem-vinda, senhorita Maia.

— Foda-se, Josué! — Sorrio pegando o papel de sua mão e o rasgando. Em seguida, entrego-lhe minhas duas malas e passo a segui-lo até o estacionamento. Fico feliz por ele não se atrever a falar comigo. Mal sabe ele que estou mil vezes pior do que costumava ser. Só em vê-lo sinto vontade de estrangulá-lo.

O trajeto é demorado e altera ainda mais o meu humor. Meu pai deve estar esperando a menininha mais ou menos obediente que o deixou há dez anos, mas não faz ideia da mulher em que eu me transformei.

Quando chegamos na incrível mansão de Rogério Galina, eu sinto que poderia matar meu próprio pai. Mas, ao invés disso, decido dar uma amostra grátis do que está por vir. Se eu não me posicionar agora, serei consumida por ele e por todos os seus capangas.

— A menina dos meus olhos! — Trajando um impecável terno preto, aparentando menos idade do que tem, vejo Rogério Galina pessoalmente após um longo período de chamadas de vídeo. Reparo em seus cabelos, que agora possuem mais mechas grisalhas que se misturam com o preto, dando uma aparência incrível para ele. Sua aspecto parece bom e não de uma pessoa que está doente. Não o respondo, ao invés disso foco nos funcionários que estão parados na porta principal. — Você está linda! Linda e... loira?

— Quem são essas pessoas? — questiono andando rumo a entrada.

— Não vai me dar um abraço, *bambina*? — Odeio que ele me chame assim.

— Pai, por favor, estou exausta. E você sabe muito bem que eu preferia estar em um convento a estar aqui. Em um convento eu seduziria o padre e seria feliz pecando da melhor maneira. Quem são essas pessoas?

— Regina, Margot e Lucineia são as empregadas. Roger é o mordomo, quem controla toda a casa. E aquele ali — diz apontando para um homem que deve ter a minha faixa etária, bastante bonito por sinal. Ele tem os cabelos negros, olhos expressivos, seu rosto é adornado por uma barba por fazer, é alto, tem o corpo que aparenta ser atlético — é Marcelo, o homem em quem mais confio e que espero ser o seu braço direito. — Uma gargalhada escapa de mim enquanto entro dentro de casa.

— Não preciso de um braço direito. Tenho meu próprio braço, papai. A propósito, não vou morar aqui. Quero um apartamento e não abro mão da minha privacidade — informo, ditando as regras. — Podem ir todos. Obrigada pela recepção e me desculpem por não estar com paciência para festejar. — Os funcionários se dissipam, exceto um.

— Podemos conversar sobre isso, Maia — o tal Marcelo diz, surpreendendo-me pela audácia e pela coragem. Quem é ele?

— Nós podemos conversar sobre a maneira mais fácil de eu rasgar sua garganta com uma faca de dois gumes e enviá-lo para o inferno. Ou, se preferir, posso ser boazinha e disparar um único tiro certeiro. — Sorrio. Pode não parecer, mas meu sorriso é muito amigável e fofo neste momento. — O que escolhe?

— Maia, controle-se. Você está exaltada o bastante. Acho que deveria descansar — meu pai aconselha.

— Eu voltei, papai, como você queria. Mas não pense que serei controlada pelos seus capangas. Você disse que, como sua única herdeira, eu teria que assumir o seu lugar. Farei isso. Serei a pior, ou melhor, dependendo do ângulo em que se vê, mas não vou permitir ser controlada. Antes de conseguir me controlar, o senhor estará morto. O mesmo vale para você, Marcelo. Mal te conheço e já consigo pensar em mil e uma maneiras de exterminá-lo da terra — aviso. — Vou descansar. Vocês não sabem o quanto a viagem foi cansativa… — Sorrio, deixando-os assustados com a minha chegada.

Quando você não se posiciona, as pessoas se sentem confortáveis para te posicionar de acordo com as necessidades e expectativas delas.

Capítulo 15

"Estou caminhando em direção ao castelo
Eles querem me fazer sua rainha
E há um velho homem sentado no trono
Dizendo que eu provavelmente não deveria ser tão má"
CASTLE – HALSEY

MAIA GALINA

Estar de volta a esta casa deveria me causar aquela sensação gostosa de reencontrar o lar após uma longa viagem. Não é o que acontece. Estar aqui me causa quase claustrofobia, além da terrível sensação de sentir estar sendo observada o tempo todo.

Tantos anos vivendo em outro país, em outra cultura, transformaram-me em uma outra mulher e agora carrego comigo a desconfiança de tudo e todos, em especial a desconfiança que sinto pelo meu próprio pai. Ele tentará me enrolar de todas as formas possíveis, fará com que eu acredite que terei minha liberdade respeitada, e mais uma série de coisas incríveis. Por trás da aparência de pai que respeita os limites da filha, haverá um homem seguindo todos os meus passos e estarei sendo devidamente monitorada.

Por sorte deixei de ser inocente há alguns bons anos. Nem mesmo quando eu possuía apenas 17 anos de idade Rogério Galina conseguia me controlar e me manter sob seus capangas. Quando disse ser indomável, não foi uma mentira.

É manhã. Após fazer minha higiene matinal, visto meu robe e desço em busca de um bom café da manhã. Há uma mesa devidamente posta na cozinha, mas não há ninguém aqui, felizmente.

Eu me acomodo e começo a me servir. Ovos mexidos e bacon têm todo o meu amor. Quando começo a comer, sou surpreendida pelo tal Marcelo se acomodando ao meu lado como se fosse parte da família ou tivesse sido convidado a se juntar a mim.

— Bom dia! — cumprimenta com um ar de felicidade.

— Por que diabos está tomando café da manhã aqui como se fosse um membro da família?

— Precisa se acostumar com a minha presença, Maia. Seu pai me tem como membro da família. Além disso, trabalharemos juntos. Tenho muito a ensiná-la. Não há como fugir do que foi designado. É melhor que abaixe a bola…

— Quem pensa que é para poder falar comigo desta maneira? Acho que é melhor você abaixar a bola. Não faz ideia com quem está lidando. Nem mesmo meu pai sabe — alerto. — Não me acostumarei com a sua presença porque ela é completamente indesejável para mim — informo, levantando-me e indo direto para o escritório do meu pai. Não bato na porta, simplesmente adentro ao local como um tornado.

— Bom dia, filha! — ele me cumprimenta com ar de superioridade e um leve toque de cinismo.

— Você está fazendo algum tipo de jogo comigo? Eu não quero aquele cara atrás de mim, não o quero sentado na mesa comigo nas refeições. Não preciso de qualquer pessoa para me ensinar sobre os seus negócios sujos. Basta que você me repasse as informações e eu tomarei frente do que quer que precise. Eu cresci nesta maldita máfia. Até os meus dezoito anos estive bem próxima do mundo da contravenção. Acho que aprendi com o melhor...

— Há muitos negócios, Maia. Marcelo está aqui para ajudá-la.

— Eu quero ter o mínimo de liberdade, pai. Não preciso de uma sombra quando já tenho a minha própria. Se acha que ele tem informações a me repassar, podemos marcar reuniões formais. Não o quero sentado comigo em uma mesa nas refeições. Se você insistir nisso, esquecerei do seu maldito estado de saúde e nunca mais terá notícias sobre mim.

— Ok. Tudo bem. Marcaremos reuniões se é melhor para você. Não estava esperando que fosse voltar tão diferente, Maia, mas estou disposto a ser maleável e permitir que algumas questões sejam resolvidas de forma que a agrade — diz soltando um suspiro de contrariedade. — Eu a quero comigo na apuração das escolas de samba. Quero que me acompanhe de perto. É um grande negócio e quero que mantenha isso, Maia. Aconteça o que acontecer, siga o meu legado. — Sou tomada por um mal-estar ao ouvi-lo falar desta maneira. Parece que estou sendo preparada para a sua morte, mas... embora tenhamos muitas diferenças, ele é a única pessoa que possuo e não sei se estou preparada para perdê-lo. Posso ameaçá-lo de morte, mas o quero vivo. O simples fato de saber que seu coração está batendo me conforta. Por um momento penso em abaixar a guarda, porém, não o faço. Quanto desta doença é real? Eu preciso descobrir se tudo não faz parte de um plano para me manter por perto. Meu pai, como bom contraventor, gosta de jogar com as pessoas.

— Há mais uma coisa. Não quero morar aqui. Estou te informando que irei em busca de um apartamento.

— Maia...

— Não estou pedindo permissão, papai. Estou informando, como disse anteriormente. Tenho vinte e oito anos de idade, preciso da minha liberdade. No mais, por enquanto é só. Estarei na apuração com o senhor e manterei seu legado — informo, deixando-o. Porém, antes que eu consiga sair do seu escritório, ele me puxa pelo braço.

— Eu não esperava ter que agir desta maneira, mas está indo longe demais, Maia — esbraveja. — Não confunda liberdade com libertinagem. Você acha que esteve livre todos esses anos, mas não esteve. Só foi embora porque eu permiti, e não porque resolveu bancar a rebelde. Eu permiti porque mantê-la distante traria mais tranquilidade a mim do que exigir que permanecesse e seguisse sendo uma dor de cabeça — ele grita enquanto engulo em seco, sentindo-me diminuída. — Eu estive de olho em você durante todos esses anos fora e permiti que fizesse da sua vida o que bem entendesse. — Eu me surpreendo com sua fala. Ele está dizendo que nunca fui verdadeiramente livre como pensei ser. Isso cai como um choque e arranca de mim qualquer chance de argumentar agora. — Sei dos seus passos, sei da carreira incrível que construiu, inclusive me senti orgulhoso dezenas de vezes e ainda me sinto. Parabenizo todos os seus avanços, filha, mas agora é hora de usar todo o aprendizado que obteve para cuidar dos negócios que construí. Mantenha-se controlada, não quero que sua chegada se torne uma guerra entre nós. — Ele me solta, e eu saio apressada rumo ao quarto, onde passo o restante do dia trancada, inclusive nos momentos das refeições. Aproveito a reclusão para pesquisar apartamentos pela internet. Não sei se sou capaz de permanecer sob o mesmo teto que meu pai, mesmo o amando sobre todas as coisas.

À noite, um telefonema inesperado salva o meu dia.

— Boa noite, senhorita Maia. — A agitação surge ao ouvir a voz, minha respiração torna-se irregular enquanto aspiro o ar frio do ar-condicionado. De repente, nem mesmo os 15 graus são páreos para o calor que passo a sentir.

— Boa noite, senhor impacto! Já com saudades? — pergunto, ajeitando-me na minha cama.

— Se eu disser que sim? — Ouvir sua voz faz com que eu consiga imaginá-lo bem diante dos meus olhos. A perspectiva me anima o bastante.

— Não precisa se dar ao trabalho de dizer. Não me ligaria à toa, para trocar receitas — provoco.

— Quero fodê-la novamente — diz, direto ao ponto. Eu passo a sentir um tipo de prazer doentio ao ouvi-lo.

— É o seu dia de sorte. Eu adoraria foder com você, Bruno. Na verdade, eu pagaria por isso. — Ele dá uma risada do outro lado da linha que é quase contagiante.

— Não precisa pagar para sentar no meu pau, Maia. Ele está implorando pela sua doce boceta. — As duas últimas palavras são responsáveis por minha vagina ficar ligeiramente úmida. Algo dentro de mim se contorce de desejo. — Não vai dizer nada?

— Acho que você iria gostar de sentir o quanto minha doce boceta está molhada agora.

— Não sou um homem que gosta de sexo pelo celular, mas abriria uma exceção se fosse chamada de vídeo. — A gargalhada sai fácil de mim, como se todos os meus problemas tivessem desaparecido com essa ligação. — Embora sua gargalhada seja muito gostosa, eu prefiro os seus gemidos e até mesmo suas palavras sujas. Quero vê-la novamente, amanhã.

— Amanhã tenho um compromisso com meu pai, infelizmente. Talvez à noite eu consiga um tempinho para trepar com você.

— Quero que jante comigo, às 20 horas, em meu apartamento. Passarei o endereço por mensagem. Durma bem, Maia. — Ele desliga o telefone na minha cara, sem me dar tempo para respondê-lo.

Eu o quero , mas temo prosseguir com esse arranjo. Isso não pode ir muito longe, sou uma maldita mafiosa que não pode trazer um alguém para essa vida suja.

Mas… eu preciso de mais uma dose daquele homem. Ninguém nunca foi tão devastador na cama quanto ele.

Quarta-Feira de Cinzas.

O início da quaresma, o período do ano em que meu pai, com toda a pureza que não possui, faz questão de evitar o consumo de carne vermelha.

Fora do simbolismo católico, a quarta-feira decreta o fim do carnaval e, para muitos, o início do ano novo. Inclusive, cinza é uma cor que combina o bastante para a despedida de dias de pura diversão. Que Deus me perdoe, mas, do ponto de vista de uma foliã, sempre detestei esse dia e, especialmente hoje, estou detestando mais graças ao meu amado pai.

Meu pai não é um monstro completo. Por exemplo, seu amor pela escola de samba transcende o amor pela popularidade. Rogério Galina gosta de fazer pessoas felizes, desde que não cruzem seu caminho de uma forma negativa. O bicheiro temido por muitos, sempre esteve envolvido em causas sociais, sempre foi apaixonado por crianças ao ponto de criar escolinhas de futebol, escolas de balé, oficinas de arte, até mesmo apoio para que as mães pudessem trabalhar tranquilamente. Meu pai sempre ajudou a todos que bateram e batem em sua porta, incluindo políticos e famosos. Sua fama de bom samaritano é maior que a fama de contraventor, por incrível que pareça. Ele tem respeito de policiais, de algumas emissoras de TV, é respeitado e admirado por pessoas que te deixariam de queixo caído. Uma vez o encontrei tomando chá com um dos bispos mais importantes do Rio de Janeiro, eles pareciam velhos amigos, trocando risadas e confissões. Porém, nada se compara ao carinho e ao respeito que ele tem de todos os integrantes da escola de samba da qual é patrono. *Império do Rio* é um dos maiores amores de Rogério Galina, algo em que ele deposita muito do seu tempo e muito do seu dinheiro. Ele investe pesado e faz questão de acompanhar todo desenvolvimento da escola durante o ano. Não mede esforços para oferecer o melhor a todos que fazem parte da sua paixão.

E é por isso que me encontro vestida com a camisa da escola, esperando-o na sala para irmos ao sambódromo participar da apuração. Além da camisa, estou usando um jeans justo, tênis, um boné e óculos de sol gigantes que quase cobrem todo o meu rosto, visando evitar uma exposição maior da minha pessoa.

Tudo parecia ir bem, até Marcelo surgir. Ele é realmente muito bonito, porém peguei antipatia desde o primeiro momento em que meus olhos caíram sobre ele. Há algo nele que não gosto. Talvez, em breve, eu descubra ter um sexto sentido apurado. Olho para ele e não consigo sentir verdade, tampouco lealdade em sua relação com o meu pai. Não o conheço para julgar, mas sinto que há mais interesse por dinheiro do que ele transparece. Na verdade, ele parece querer mais que dinheiro: poder. Serei surpreendida se estiver certa. Meu pai não costuma se enganar muito facilmente com as pessoas.

Já percebi que Marcelo me trata como se eu fosse parte do grupo de mulheres que foram denominadas como o famoso "sexo frágil". Em sua cabeça eu devo ser apenas uma garota mimada que está revoltada e quer se rebelar contra o pai. É bom que ele pense tão pouco de mim. Quanto mais ele acredita que sou apenas uma garota rebelde, inofensiva e que posso vir a ser controlada, mais eu estarei de olho em suas fraquezas, jogando como uma boa jogadora deve jogar. No primeiro deslize, estarei o mandando diretamente para o inferno, com uma passagem só de ida. Não há fragilidade em mim, não há sentimentalismo. Fui treinada para ter o sangue frio sempre que necessário for e, já disse, sou ótima em ler pessoas. Minha leitura desse homem está bastante pesada.

— Deixe-me adivinhar... — digo, segurando um sorriso cínico. — Você também irá conosco na apuração?

— Há alguns anos não perco uma única apuração — responde sorrindo. — Não se preocupe, não irei importuná-la. Seu pai me informou sobre as suas exigências. É uma pena que pense que sou seu inimigo, Maia Galina.

— Não penso que é meu inimigo. Apenas não quero que seja meu amigo, muito menos meu "braço direito". Você pode ser no máximo um informante, a pessoa que me passará informações que preciso saber. No mais, mantenha a distância e poderemos ter uma relação respeitável. Caso insista em uma proximidade, eu o decretarei como meu inimigo e isso não será nada bom, tampouco bonito.

— Permita-me dizer algumas palavras — diz, dando um sorriso que não gosto. — Você possui um instinto assassino, isso é fantástico, porém, perigoso. Tente controlar sua fúria ao menos diante das demais pessoas. Você é a herdeira do império do seu pai, a segunda maior mafiosa do país, perdendo apenas para Antônio Negrão, as pessoas precisam respeitá-la e esperam o mesmo tratamento que seu pai dá a elas. Deixe sua fúria para os momentos em que realmente precisar mostrá-la. — Um riso escapa de mim ao ouvir as asneiras que ele acabou de dizer com total seriedade, como se estivesse me dando dicas preciosas.

— Não sei de onde veio ou qual o seu histórico, mas sei de onde vim. Eu nasci no berço da máfia. Enquanto meu pai se reunia com pessoas importantes e planejava crimes, eu estava sentada ao seu lado, brincando de boneca, porém, atenta a tudo. Quando disse sobre me passar informações, não quis dizer sobre me ensinar como devo agir ou me portar — rebato. — Sabe, Marcelo, eu daria tudo para voltar para Londres, seguir trabalhando no mercado imobiliário, sendo a Maia que eu podia ser quando estava lá. Mas, por obra do destino, eu nasci filha de Rogério Galina. Uma vez que você nasce filha de um mafioso, você se torna parte disso e não há uma escolha ou qualquer maneira de me desvincular. Se eu não posso escolher, se estou destinada a ser herdeira tanto do dinheiro quanto dos negócios do meu pai, precisa saber que darei meu sangue. Ah... já ia me esquecendo de um detalhe — digo, sorridente, porém ameaçadora o bastante para que ele seja capaz de entender. — Geralmente, as pessoas são seletivas com quem compartilham uma amizade. Eu sou seletiva na arte de escolher os meus inimigos. Não me subestime ou cruze a linha que nos separa.

— Você é boa em suas palavras, Maia, mas não parece animada o bastante para comandar os negócios — diz, contendo um sorriso. Há um certo tom de deboche que me irrita ainda mais. Eu sinto vontade de estrangulá-lo ou de cortar seu pescoço. — Isso não é nada bom.

— Não é sobre estar animada ou não. É, simplesmente, sobre acordar todos os dias e fazer o que deve ser feito, querendo ou não. Não preciso estar animada, só preciso estar disposta — sorrio. — Sinto lhe contrariar, mas eu, Maia Galina, nasci com excesso de disposição.

— Filha, tudo bem?

— Tudo, papai. Só estava contando um pouco de mim à Marcelo, mas acredito que ele já tenha obtido o suficiente. — Sorrio, fingindo simpatia.

— Fico feliz que estejam tentando se dar bem.

— Você não faz ideia, papai — afirmo, encarando Marcelo com um olhar ameaçador. — Podemos ir?

— Sim, querida.

Capítulo 16

"Todo esse êxtase
Bem aqui, desde sempre
Se rasgou em pedaços
Toda essa cor
Em seu último suspiro
Exalou o escuro e cinza"

THE LAST DAY – MOBY

BRUNO NEGRÃO

A apuração das notas das escolas de samba é uma das poucas coisas que gosto no carnaval. Gosto da forma como é eletrizante acompanhar de perto, comemorar cada nota 10 recebida, fazer somas, comparar com a pontuação das demais escolas – em especial comparar com as notas da Império do Rio, escola cujo patrono é Rogério Galina.

Já me encontro na Sapucaí, aguardando a chegada de meu pai. Estou no local reservado para nós, acomodado em uma cadeira, tamborilando uma caneta e observando o mar de pessoas passando à frente, seguindo rumo às mesas das escolas. Apenas uma grade nos separa da área reservada para a Império do Rio. Todos os anos meu pai e Rogério se provocam durante toda a apuração e, certamente, este não será diferente.

Não demora muito para que Saulo me avise da chegada dele. Logo o vejo. Meu pai possui um estilo despojado, veste-se como um malandro e se porta da mesma forma. Ele é um tanto quanto espalhafatoso, e isso me incomoda imensamente.

— Filho! — exclama ao me ver, dando-me dois tapinhas no rosto.

— Pai! Chegou cedo — zombo. — Não trouxe uma das piranhas que estavam ostentando com o seu dinheiro?

— Me respeite, moleque! — Ele ri, como se fosse uma brincadeira da minha parte. Não é. — Já soube que o camarote foi um sucesso e tudo correu bem. Fez um bom trabalho, mesmo que não tenha cumprido minha ordem de permanecer no local. — Uma das coisas que me irrita é ele ter informantes que delatam cada um dos meus passos. Ele tenta me controlar como se eu fosse um fantoche em suas mãos. Por mais que eu saiba me esquivar, driblar todos eles, sinto um gosto amargo sempre que demonstra saber de cada ação minha.

— Infelizmente não sou muito bom em cumprir ordens, pai. O importante é que, como o senhor mesmo disse, tudo correu bem. Contratei profissionais renomados e, por isso, apenas por isso, pude me ausentar horas mais cedo.

— Eu deveria deixar seu primo tomar frente dos negócios. Ele parece mais interessado.

— O senhor pode fazer isso. Ele parece mais interessado realmente. Luís Felipe tem fome de poder e de dinheiro. Resta saber se ele é capacitado o bastante. — Sorrio, dando dois tapinhas em seu ombro, e volto a me sentar.

Entregar o poder a Luís Felipe seria o melhor para mim. Eu poderia desaparecer no mundo e tentar ter uma vida normal, longe de todo o perigo e toda a contravenção. Mas, seria o passaporte direto para ele descobrir que foi meu pai o mandante da morte do meu tio – pai dele – anos atrás. Essa questão arruinaria tudo. Além disso, não jogarei o império que construímos nas mãos de uma pessoa desqualificada. Há muito dinheiro, e toda a sujeira que não pode ser descoberta. Nunca jogarei meu pai aos lobos.

Luís Felipe é observado de perto por meus capangas. Não confio nele, por isso, nossa relação baseia-se em um jogo de mentiras. Eu jogo com ele, afeto-o psicologicamente, mantenho-o perto o suficiente para monitorá-lo, mas não o suficiente para que o contrário aconteça. Ele acha que temos o mínimo de intimidade, mas tudo na relação que construímos é falso, desde quando ainda éramos crianças. Meu pai é o tio rico, enquanto o pai dele não conseguia ocultar a inveja e a fome pelo império que o irmão construiu.

Meu pai dá boa vida para todos os familiares, mas todos juntos não possuem 5% do que ele possui, e isso, ocasionalmente, nos causa problemas, como traições. Antônio Negrão costuma ser tolerante para muitas coisas, exceto para traições. Não há nada que ele abomine mais do que ser traído. Para ele, uma traição não merece perdão. Não importa quem tenha o feito, ele torna-se impiedoso e cruel.

Estamos todos sentados aguardando o início da apuração quando meu celular toca. O nome da minha tia surge na tela, e isso nunca é indício de algo bom. Eu atendo receoso:

— Tia.

— Eu preciso de ajuda — ela diz aos prantos. — Estão alvejando meu carro. Assim que desci começaram a atirar, fui atingida na perna, mas consegui voltar para o veículo.

— Onde você está?

— Próximo ao Hotel Windsor Marapendi — comunica e encerra a ligação em meio a sons de disparos de tiros.

— O desgraçado do Rogério está chegando — meu pai avisa ficando de pé.

— Preciso ir — aviso. — Saulo vem comigo.

— O que houve?

— Tia Tânia foi baleada e estão alvejando o seu carro — informo, ficando de pé e saindo apressado.

Ligo para o chefe da segurança e comunico o ocorrido. Certamente haverá alguém que possa socorrê-la sem que precise esperar por mim. Por sorte os carros de todos os membros da família possuem blindagem especial, ou não sobraria nada dela.

Enfim, mais um dia "normal" na vida da família Negrão. É por esse, e por outros motivos, que evito a todo custo me relacionar mais intimamente com uma mulher. Talvez, jantar com Maia hoje seja um grande erro.

MAIA GALINA

Há ao menos 20 seguranças em torno de nós, enquanto caminhamos para o espaço reservado da Império do Rio. Poderia facilmente me comparar a uma estrela de Hollywood, que precisa de escolta. Mas, ao invés de ser uma atriz ou algo desse tipo, sou filha da contravenção. Sendo assim, toda segurança é necessária, até mais do que se eu fosse famosa por um trabalho honesto.

Eu havia me esquecido de como é ser o centro das atenções. Não sou a garota que gosta de fazer o que eles dizem "política da boa vizinhança", por isso, ergo minha cabeça e sigo com meus passos firmes até chegarmos ao local. Minha postura é a minha blindagem.

Ao lado da nossa tenda está Antônio Negrão. Ele possui uma postura de malandro, bastante diferente da postura do meu pai. É popular, querido por muitos, respeitado e temido, se me lembro bem. Parece que isso não mudou.

— Meu amigo Rogério Galina! — ele exclama com um tom debochado, fingindo estar feliz pela chegada do meu pai. — Fiquei sabendo que sua filha voltou para tomar conta dos seus negócios. Não acha arriscado colocar um império nas mãos de uma mulher? — A frase toca diretamente em mim, e tanto me irrita quanto me diverte.

— Acha que não sou capaz? — pergunto, aproximando-me da grade que divide nosso espaço. — Prazer, Antônio Negrão. Sou Maia Galina, a filha do Rogério, a mulher que você citou.

— Ora, ora! Você cresceu, menina! Embora esteja coberta o bastante, dá para ver como se tornou uma linda mulher! — elogia, varrendo meu corpo com seu olhar que me causa repulsa. — Não quis ofendê-la, princesa. Sabe como é, nunca houve uma mulher na cúpula. Geralmente, quando alguém como eu e seu pai tem uma filha mulher, essa filha se casa e é o marido dela quem toma frente dos negócios.

— Não tenho marido, senhor Negrão. Aliás, tampouco tenho pretensão de ter. Acho que essa regra de filha mulher não poder tomar frente dos negócios está um tanto quanto ultrapassada — afirmo. — Não preciso que homem algum ocupe o lugar que me pertence. Não há mais espaço para tradições que já estão, no mínimo, antiquadas. Talvez seja difícil para você compreender, visto que se parece mais como uma múmia. — Sorrio, e ouço gargalhadas atrás de mim. — Me diverte a maneira como pensam tão pouco das mulheres, mas, olhando por outro ângulo, é melhor que pensem assim. Com a minha sutileza e com a falta de credibilidade das pessoas em mim, posso vir a conquistar mais do que você está preparado para descobrir. Acredite ou não, minha atuação não será substancial. Talvez eu quebre a banca do inimigo.

— Você não sabe de nada, mocinha. Mas, não serei eu a te contar. — Ele ri. — Rogério, sua filha é tão engraçada quanto você. É uma pena que meu filho não esteja aqui. Ele iria adorar conhecê-la. Se fôssemos bons amigos, você poderia prometê-la a ele. — Esse homem é um infeliz.

— Como? — pergunto enquanto meu pai se aproxima e segura meu braço. — Acha que meu pai pode escolher e ordenar com quem devo me casar? — pergunto, tomada pela perplexidade. — Você estacionou no século passado?

— Filha…

— Esse homem merece ter as bolas arrancadas! — exclamo enquanto ele parece se divertir às minhas custas.

Quando percebo que sua intenção é nos tirar do sério, dou as costas e me sento em uma das cadeiras. Marcelo fica de pé, conversando com alguns responsáveis pela escola, e meu pai se junta a mim.

— Maia, não caia na pilha dele — meu pai aconselha. — Não temos mulheres na cúpula. As coisas funcionam exatamente como ele disse. Se não temos um filho homem para ser o sucessor, é o marido da filha quem assume esse lugar. As mulheres atuam na máfia, mas não de forma direta.

— Eu amo a história da Máfia Italiana e a forma como as mulheres conseguiam mostrar-se mais inteligentes que um bando de homens! Você sabe que não aceito nada disso que está sugerindo, não é mesmo? Voltar ao Brasil já está sendo o meu limite, papai. Se ousar arrumar qualquer merda de casamento para mim, eu vou incendiar o Rio de Janeiro — ameaço, irritadíssima.

— Não farei isso. Eu a conheço o bastante, embora eu ache que Marcelo seria…

— Não termine a frase e não ache que, usando da sutileza que você não possui e armando joguinhos, eu vá me interessar por aquele babaca! Eu o matarei com as minhas próprias mãos, papai — esbravejo e encaro Antônio Negrão. Ele é diabólico e, a partir de agora, farei de tudo para acabar com os seus sorrisos presunçosos.

Meu pai se manteve o tempo todo portando um semblante furioso. Piorou quando, logo no início da apuração, perdemos pontos em três quesitos importantes, que poderiam definir a escola campeã. A cada abertura de envelopes e revelação de notas, eu vi meu pai vibrar ou amaldiçoar. Morrendo de dor de cabeça, em meio a gritos insanos, tomada pelo mau humor e sem ter para onde correr, optei por ser uma mera observadora dos acontecimentos.

Meu humor piorou significativamente quando a merda da escola de samba na qual Antônio Negrão é patrono, venceu. Rosa dos Ventos é a campeã do carnaval carioca!

— Aquele desgraçado! — meu pai amaldiçoa assim que chegamos em casa. — Eu não quero que se meta com ele, Maia. E isso é uma ORDEM! Não se meta com aquele homem, por nada! Você não sabe do que ele é capaz…

— Diga-me então. Até hoje não sei o motivo de terem ido do amor ao ódio. Eu me lembro muito bem da amizade que vocês tinham quando eu era criança.

— Você só precisa saber que ele é capaz de tudo, Maia, é inescrupuloso. Antônio Negrão só pensa no próprio umbigo, não pensa nem mesmo no próprio filho. Um homem de honra deve amar e proteger a família sob todas as coisas, e Negrão simplesmente a desonrou, destruiu a família por conta do ego e da vingança. Se o filho dele soubesse… — diz e se cala, como se tivesse alguma informação obscura o bastante.

— Soubesse?

— Não se meta com ele, Maia — avisa novamente. — Se eu desconfiar que está tramando algo contra ele, você perderá todas as brechas que estou te dando.

— Brechas? — pergunto rindo. — Ok, papai. Não vou discutir com o senhor hoje; não mais. Estou cansada de me impor. Preciso de algumas horas de paz, para recuperar a minha essência. A energia em torno do senhor é pesada o bastante, quase sufocante — digo e subo para o meu quarto, sobrecarregada de cargas negativas.

Descobrirei o motivo por trás da inimizade da família Negrão com a família Galina. Desvendarei o segredo que meu pai parece ter guardado. Mas, não farei isso hoje. No momento só quero descansar e aguardar o tal endereço que Bruno ficou de me mandar. Eu preciso de sexo para relaxar!

Capítulo 17

"Em suas mãos,
há um toque que pode curar
Mas nessas mesmas mãos,
há o poder para matar"
Man or monster – Sam Tinnesz

MAIA GALINA

Eu espero até as 21h por uma mensagem ou uma ligação de Bruno, algo que não acontece.

Geralmente não costumo marcar encontros, por isso, não me recordo de ter lidado com um homem que não cumpriu o que estava combinado, não me lembro de ter levado o famoso "bolo". Preciso ressaltar que o sabor deste é amargo e me deixa totalmente frustrada, muito mais do que deveria ficar. A grande verdade é que gostei excessivamente daquele homem. Tudo nele. Desde a beleza abundante à inteligência, e mais. A compatibilidade sexual talvez seja o grande X da questão, da qualidade à frequência.

Mal cheguei à casa do meu pai e a convivência já está ruim o bastante. A expectativa pela ligação de Bruno, querendo ou não, encheu-me de esperanças de que ao menos em uma área da minha vida eu poderia obter prazer e diversão.

Nem mesmo pensei no que inventaria para conseguir sair sem seguranças e sem monitoramento caso o encontro fosse de fato acontecer…

Frustrada, mas portando o mínimo de obstinação, decido dormir. Meu único propósito agora é conseguir acordar cedo e ir em busca de um lugar onde eu possa me sentir em casa. Preciso muito sentir que, ao menos um pouco, ainda posso estar no controle da minha própria vida.

É provável que eu esteja falando em uma língua difícil de ser compreendida. Ao menos é isso que penso assim que desço as escadas e entro na cozinha para tomar o café da manhã. Marcelo e meu pai estão acomodados à mesa. Meu pai, contrariando o meu pedido, abre um sorriso ao me ver.

— Bom dia, *bambina*!

— Eu odeio muito forte quando me chama de *bambina*, papai — respondo forçando um sorriso. — Bom, temos companhia, novamente — digo com desprezo infiltrado em cada uma das minhas palavras.

— Minha presença será constante, Maia. Espero que se acostume — Marcelo diz como se tivesse poder o bastante. — Acho que já pôde descansar o suficiente da viagem. Talvez seja um bom dia para começarmos...

— Não é um bom dia — eu o corto. — Hoje tenho planos que não envolvem lidar com você e toda merda suja. — Dirijo o olhar a meu pai. — Pai, hoje sairei para encontrar um lugar para mim e só voltarei quando tiver algo definido. Conto com a sua compreensão.

— Maia, não estou certo sobre você ter um outro lugar.

— Mas eu estou e isso é tudo o que importa, papai. Espero que registre isso em sua cabecinha linda de cabelos brancos. Só funcionarei bem a partir do momento em que tiver o meu próprio lar.

— Você está conduzindo as peças sem qualquer resquício de seriedade, Maia — ele repreende. — Hoje as coisas são um pouco mais fáceis do que costumavam ser no passado, quando comecei. Mas não significa que são menos perigosas e que não corre riscos. Você precisa de informações e atualizações, precisa saber com o que está lidando, ao invés de se preocupar em arrumar um outro lugar para dar o fora daqui e colocar sua segurança em risco.

— Papai, estou sendo forçada a estar aqui — digo. Sempre irei jogar na cara dele esse "detalhe" que está fodendo com a vida que eu poderia ter. — Dei a minha palavra em relação a seguir o seu legado e defender os seus negócios sujos, mas não disse que seria sua prisioneira. Eu ficaria feliz se deixasse tudo nas mãos desse... do Marcelo. Seria bom para todos, visto que ele parece estar cem por cento inteirado sobre o submundo e possuir um interesse muito maior do que o senhor é capaz de enxergar, papai. Seria um contraventor de primeira linha!

— A única maneira de escapar disso é se casando e entregando o poder ao seu marido... — sugere, me fazendo gargalhar.

— Oh! Devo me casar com Marcelo? — questiono rindo. — Bom, ele é bem gato, papai — digo analisando um Marcelo que parece louco para voar em meu pescoço. — Olhando assim, talvez ele seja capaz de me satisfazer...

— Maia! — meu pai esbraveja.

— Mas não estou interessada. Além de não querer um casamento, não gosto de homens submissos, e tenho a leve impressão de que ele é capaz de se submeter a qualquer coisa por dinheiro — concluo. — Diga-me, Marcelo, você veio de uma família fodida e, para obter tudo o que nunca teve, é capaz de vender a alma para o diabo? Imagino que a pobreza seja capaz de fazer alguns estragos em pessoas fracas... pobrezinho. No momento em que se casar comigo, viverá no mais completo inferno. Me certificarei de tornar a sua vida...

— Maia Galina! — Rogério Galina soca a mesa, fazendo com que seu café respingue na toalha branca luxuosíssima e me calando.

— Viu? Papai, o melhor para todos nós é que eu tenha o meu próprio canto. Não me importo de nos reunirmos com frequência, contanto que eu tenha um lugar onde eu me sinta bem e tenha a minha privacidade respeitada. Não suporto descer todas as manhãs e encontrar esse projeto de contraventor sentado em nossa mesa e nos acompanhando nas refeições.

— Licença, senhor Rogério — Marcelo diz, limpando sua boca em um guardanapo de pano e se retirando, visivelmente revoltado.

Fico rindo e tamborilando meus dedos na mesa, sob o olhar assassino de meu pai.

— Você está certa. O melhor é que arrume um lugar para você, Maia. Tem a minha autorização. — Ele se levanta também, deixando-me. E assim eu consigo tomar meu café da manhã em paz.

Tenho a leve impressão de que meu pai achou que eu seria uma marionete, fácil de ser manipulada e que seguiria o ritmo que acha correto. Ele não faz ideia do quão difícil tornarei sua vida. Não sou submissa, não é fácil me manipular e sou incontrolável. Tomarei frente dos negócios, mas sempre lutarei para manter o controle sobre o restante da minha maldita vida.

Antes de sair de casa, verifico alguns imóveis pelo site de uma imobiliária renomada, deixando devidamente separados os que aparentam suprir as minhas necessidades. Já chego no local praticamente decidida. Eu me encantei por um apartamento na Barra da Tijuca, de frente para o mar, e esta será a minha primeira visita do dia. Se tudo der certo, será a última, também.

— Senhora Maia, este apartamento linear encontra-se em um andar alto, pega sol de manhã e há a linda vista para o mar e para a Pedra da Gávea — a corretora diz o que eu já havia visto no site. — Este é um condomínio de alto luxo composto de: Hall de entrada; sala em dois ambientes com piso frio e ligada a uma bela varanda com linda vista para o mar; lavabo; quatro quartos, sendo duas suítes master e uma canadense, todos em piso de tábua corrida e com armários, e a suíte principal com closet, Copa e cozinha planejada com armários e área de serviço. Porteira fechada, todos os móveis e tudo que se encontra dentro do apartamento torna-se do comprador. É um prédio familiar, bem administrado e bastante concorrido.

Vou verificando cada cômodo. Tirando o lavabo, em todos os demais banheiros há banheiras gigantes de hidromassagem, meu ponto fraco. Um dos quartos foi transformado em um escritório e o outro em uma sala de maquiagem. É definitivamente um apartamento que me atende bem, porém, o que me faz comprovar isso é a vista deslumbrante para o mar. É de tirar o folego. A varanda é gigante e parte dela é *gourmet*; conta com uma bancada com churrasqueira, vinícola e uma mesa de quatro lugares. Mais à frente há dois sofazinhos elegantes, para quem quiser se sentar, ler um bom livro e apreciar a vista. Eu me sinto em casa neste ambiente e acredito que posso ser feliz aqui. Quem não seria? Até me esqueço do alto valor e me pego sorrindo, sonhadora como nunca fui.

— Eu gostei muito deste lugar. Superou as minhas expectativas.

— Há outros prédios, reservamos visitação para a senhora — a corretora diz.

— Acho que não preciso mais visitar outros apartamentos. Esse aqui parece ideal para mim. Senti uma energia boa neste local — comento analisando minuciosamente alguns detalhes na varanda. Percebo que terei que me desfazer de algumas plantas, pois não gosto de excessos. — É esse.

— Nossa! — a corretora exclama, feliz por saber que irá ganhar uma grande quantia de comissão. — Permita-me dizer, nunca vi uma pessoa se decidir tão rapidamente, em especial uma mulher, visto que somos um pouco indecisas — comenta, absurdamente sorridente.

— Eu costumo ser bastante decidida, raramente fico indecisa — explico, também sorrindo e demonstrando simpatia. — Enfim, é esse.

— Perfeito! Enviarei a documentação por e-mail para darmos entrada no processo de compra. Obrigada por escolher a nossa imobiliária, senhorita Maia. — É claro que ela precisa agradecer, acaba de fechar uma grande comissão, visto o valor do imóvel. De qualquer forma, eu trabalhei no mercado imobiliário e a compreendo, além disso, gosto de ter um tratamento especial.

Por um momento me esqueço de tudo e me sinto verdadeiramente livre, até descer e dar de cara com Josué na porta do condomínio, esperando-me. Faço uma careta.

— Que inferno!

— Eu sinto muito, senhorita. É apenas pela sua segurança — ele diz apreensivo.

— Como se eu não pudesse cuidar da minha segurança sozinha… — rebato com raiva. — De qualquer forma, sei que não tem culpa, Josué. Não me agrada vê-lo, mas não é nada pessoal. Você entende isso, não entende?

— Com certeza, senhorita Maia. Imagino que seja realmente ruim ficar sendo monitorada 24 horas.

— É péssimo, mas não acho que isso vá durar por muito tempo. Sou boa em persuasões, caro Josué. Melhor ainda em driblar meu pai e as demais pessoas que ousam me controlar direta ou indiretamente. Além disso, posso ser bastante generosa com quem é generoso comigo… — jogo uma nada delicada indireta e ele apenas acena positivamente com a cabeça, sem me dar qualquer resposta.

É preciso agradar os inimigos em determinadas situações. Qualquer pessoa que ousa me controlar, torna-se inimigo. Ele é meu inimigo, mesmo entrando de gaiato neste navio.

BRUNO NEGRÃO

Rosa dos ventos é a campeã do carnaval!

Isso significa que está vindo uma bolada de dinheiro, além do prestígio. Eu deveria estar feliz, mas, ao contrário disto, estou puto. Minha amada tia, para não dizer o contrário, foi alvejada porque reagiu a um assalto e isso não teve a mínima ligação com os negócios do meu pai. Eu gostaria de saber quando me tornei o defensor da família, aquele que tem de deixar tudo de lado para ir salvar os parentes que se metem em confusão.

Estou na quadra, em um camarote com vista total para a pista onde centenas de pessoas comemoram bebendo, dançando, comendo às custas de Antônio Negrão. Um gasto insignificante que nem mesmo interfere em nossa contabilidade. Meu pai está radiante, não poderia ser diferente. Ele é vaidoso e, neste momento, está sendo aclamado por todos. Enquanto o observo ser carregado como um deus, penso em um futuro onde não me imagino fazendo absolutamente nada disso. A discrição faz parte de quem sou, para desgosto dele. Se dependesse de Antônio Negrão, eu seria sua cópia em todos os sentidos e é visível como ele se sente contrariado por sermos opostos. Quantas pessoas dariam tudo para ocupar o lugar que ocupo? Colocando desta maneira, parece que sou o filho ingrato, mas não sou totalmente. Faço o que deve ser feito, mas recuso o prestígio e detesto todos os puxa-sacos que tentam lamber a minha bunda como lambem a bunda do meu amado pai.

Enquanto todos comemoram, meus pensamentos se voltam para Maia. Eu deveria encontrá-la em alguns minutos, mas sinto-me incapaz de fazer isto. Eu gostei dela muito mais do que deveria, por este motivo é melhor não levar as coisas adiante. Eu a quero de uma maneira insana e quase incontrolável, mas preciso ter controle sobre meus sentimentos e desejos, não posso permitir que eles me guiem. A minha realidade não é para Maia. Quem eu realmente sou é algo que posso conseguir esconder por um tempo, mas não posso fugir, tampouco poderei recuperar qualquer dano que for causado a ela por se envolver comigo.

Esses pensamentos e a realidade levam o restante do meu humor.

No caminho para casa, decido exterminá-la da minha mente. Paro em um luxuoso clube e tento me distrair com duas mulheres opostas às características físicas de Maia, porém, enquanto elas trabalham duro em mim, tudo o que vejo e o que sinto é uma loira. Uma maldita loira.

Tirá-la do meu sistema será mais difícil do que imaginei.

— Não ficou na comemoração por qual motivo? — meu pai questiona assim que me sento à mesa, para tomar o desjejum.

— Bom dia para você também — cumprimento ironicamente. — Eu fui foder algumas bocetas.

— Algumas? Você não parece devidamente feliz esta manhã.

— Saulo pode confirmar onde estive durante parte da noite, papai — informo, sentindo a raiva crescer. — Eu não controlo seus passos, não controle os meus. Não vai me perguntar sobre tia Tânia?

— Do jeito que ela é tola, não deve ter sido nada tão grave.

— Ela reagiu a um assalto e teve consequências, porém não sou um socorrista. Da próxima vez não farei qualquer merda a respeito dos seus parentes — digo.

Meu pai me encara com ódio nos olhos, e eu sustento seu olhar, sem nem mesmo piscar uma só vez. Estou aberto a conflitos, não fugirei caso ele queira entrar em um.

— Já disse isso algumas vezes, mas irei repetir. Se apaixonar é a maior tolice que um homem como você pode cometer. Nessa vida que levamos, não deve haver espaço para o amor. Pessoas fracas acreditam que o amor constrói, mas, na verdade, esse sentimento tem um alto poder de destruir pessoas, vidas. Deve ser evitado custe o que custar. Você é um rapaz bonito, cheio de dinheiro. Use isto a seu favor. Colecione bocetas, mas mantenha seu coração seguro deste sentimento — diz, levantando-se e me deixando sozinho. Não entendo o motivo por trás desse discurso. Levanto-me e o sigo até o escritório, deixando de lado o meu café da manhã.

— Você nunca amou a minha mãe? — questiono, levando a conversa para um outro lado. Um onde permito que a curiosidade me vença. — A forma como acabou de falar faz parecer que ela sempre foi insignificante. — Ele sorri e se acomoda em sua cadeira.

— Estou dizendo tudo isso por causa dela — responde sério. — Amar sua mãe foi um grande erro, talvez o maior que eu já cometi em toda a minha vida. Você é a única coisa vantajosa que a relação com ela me trouxe. Ter um herdeiro sempre foi o meu principal objetivo. Mas, que tal esquecer de sua falecida mãe? O meu relacionamento com ela não diz respeito a ninguém, filho. É algo que quero manter comigo. — Ele é firme em suas palavras e eu mal consigo ocultar a decepção. Parece que sempre vivi uma mentira. — Outro conselho, meu filho. Ser sentimental demais não é bom para os negócios. Se fosse anos atrás, você já teria se dado muito mal por colocar sentimento onde não deve. Sua sorte é que já pegou todo o negócio em uma fase muito mais calma, a polícia estar envolvida com a milícia tem sido bom para nós. Nos deram um respiro, uma trégua. No passado vivíamos em guerra. Atualmente tudo parece tranquilo demais. Ainda assim, não é bom abusar. Você precisa ser esperto, visionário, frio, calculista. Nunca se sabe quando a calmaria acabará. Agora me deixe sozinho, por favor.

Eu o deixo, mas suas falas só conseguiram aumentar a vontade de descobrir mais sobre o relacionamento deles e sobre a morte da minha mãe. Eu odeio estar tomado por dúvidas e não conseguir obter respostas concretas sobre isso, mas, conforme prometi a minha mãe no leito da morte, eu jamais deixarei seu assassinato passar batido, jamais arrancarei essa dor de dentro de mim. Eu vou descobrir e então, a pessoa que fez isto, não terá um final feliz.

Capítulo 18

"E eu precisava de mais um toque
Outro sabor de ímpeto divino
E eu acreditei, eu acreditei tanto nisso
De que lado eu estou, que lado eu sou?
De que lado eu estou, que lado eu sou?
E a febre começou a se alastrar
Do meu coração até as pernas"

BREATH OF LIFE – FLORENCE + THE MACHINE

MAIA GALINA

— Agora que já cedi a você, Maia, podemos falar de negócios? — meu pai questiona.

Há dois dias efetuei a compra do apartamento.. Solicitei alguns pequenos ajustes e estou aguardando que eles terminem para que eu possa me mudar definitivamente.

Estou no escritório do meu pai, sentada diante dele, que agora se parece como um perfeito negociador.

— Quero que tome frente do controle financeiro dos meus negócios. Quero que faça toda a contabilidade a partir de agora, lide com pagamentos, recebimentos e investimentos. Temo que o responsável por isso esteja me passando a perna, isso significa que terá que analisar também a contabilidade passada. Caso minha suspeita se confirme, ele terá o que merece.

— Oh, papai! Eu preferia ser como um dos seus capangas. Me diga quem eu preciso matar, e farei.

— Não estou brincando, Maia. Na verdade, você está conduzindo as coisas como se estivesse em um parque de diversões. Há muito perigo, muitas pessoas dispostas a vender a alma para o diabo pelo dinheiro. Você lidará com muitos milhões por mês, administrar isso é arriscado, perigoso. Não quero que suje a mão com mortes, é por isso que estou entregando a parte mais importante dos negócios em suas mãos. Possuo muitos inimigos, filha, sendo o maior deles Antônio Negrão.

— Se estou entrando nos seus negócios, papai, é justo que eu esteja cem por cento inteirada sobre suas inimizades. Ao que parece, Antônio Negrão é seu inimigo número um, fazendo com que todos os demais sejam insignificantes.

— Ele é o mais perigoso de todos. Antônio Negrão é impiedoso, não pensa em nada além do seu próprio umbigo. É inescrupuloso, capaz de…

— Capaz de?

— Capaz de matar até mesmo as pessoas que diz amar — conclui, hesitando continuar.

— O que sabe dele que o fez se tornar seu inimigo número 1? — questiono, movida pela curiosidade. — O que os transformou de amigos a inimigos?

— Ele foi casado com uma mulher incrível, com quem teve um filho lindo. Éramos grandes amigos, acompanhei de perto a relação. Antônio parecia interessado apenas em ter um herdeiro, pois, assim que conquistou, foi como se a esposa tivesse deixado de existir — diz, levantando-se e passando a andar lentamente pelo escritório. — Ana era uma mulher maravilhosa nos mais diversos sentidos. Inclusive, ela gostava muito de você. — Surpreende-me. — Ana nos deu um excelente suporte quando sua mãe se foi, filha, me ajudou muito. Ela era doce, amável, carinhosa, dona de uma beleza indescritível, uma mãe espetacular, uma esposa respeitosa. Ela aguentou muito de Antônio, lutou pela instituição familiar até o limite. Qualquer pessoa que a acompanhou, sabe o quanto ela lutou, o quanto sofreu e o quanto aguentou calada. Nos aproximamos muito, eu não concordava com as ações de Negrão, especialmente porque ele a tratava como um lixo. A proximidade levou a nossa relação a um outro nível, acabamos nos envolvendo intimamente. — Abro a boca em choque, completamente surpresa com a revelação e temerosa pelo que vem pela frente. — Após a partida de sua mãe, só fui realmente feliz enquanto estive com Ana. Estávamos construindo algo bonito, até que Antônio Negrão... ele a matou diante de mim, com suas próprias mãos, sem que eu pudesse ter a mínima chance de salvá-la. Ele já chegou a alvejando... — Ele parece precisar de um tempo para concluir a história. — Não tive tempo...

— Eu sinto muito, papai.

— Ele não se importou nem mesmo com o filho. O garoto foi jogado aos cuidados das empregadas da casa e Antônio o fez acreditar que fui eu quem a matei. Ele é ardiloso, cria histórias e faz com que muitas pessoas acreditem. Há muitas delas que acreditam que fui eu quem matei Ana, mas foi ele. Ela não teve como argumentar, não pude explicar, não nos deu chance de lutar e nem mesmo disse uma única palavra. Foi cruel. Ele é capaz de tudo, Maia.

— E o filho dele? Eu quero saber quem é o filho dele — exijo, levantando-me. — Eu só preciso saber quem é, então jogarei com ele.

— Como assim? Eu quero que se mantenha longe.

— Certamente o filho dele tem sede de matar o senhor, papai, já que acredita ser o culpado pela morte da mãe. Se eu o seduzo, terei algo precioso de Antônio Negrão nas mãos, o herdeiro que ele tanto quis e que provavelmente é seu braço direito, o filhinho que deve exibir com orgulho. — Sorrio, empolgada com todos os planos que estão se passando em minha mente. Eu amo adrenalina e sinto que isso me manterá na máxima. Após os dias de prazer que tive no carnaval, esse é o primeiro momento em que me sinto verdadeiramente empolgada por estar de volta. — Jogarei de forma que, em algum momento, o filho descubra quem é o verdadeiro responsável pela morte da mãe. Virarei o jogo, trazendo-o até nós e tornando-o inimigo do próprio pai, a ponto de se submeter a fazer qualquer coisa para se vingar. Vamos destruir Antônio Negrão, papai, e o melhor de tudo isso é que vamos destruí-lo com a ajuda do próprio filho. Nem mesmo precisaremos sujar as nossas mãos diretamente. — Meu pai parece ponderar. Ele me encara pensativo, volta a se sentar e tamborila os dedos na mesa.

— Pensarei a respeito disto, Maia. — Sorrio, sentindo que ele cederá. Essa foi uma ideia de mestre, algo que me trará no mínimo um pouco de diversão. Além disso, ficarei livre de Marcelo. Meu pai deixará de insistir em uma aproximação.

— Pense, papai. Quando tiver sua decisão tomada, me avise. Quero um dossiê completo sobre o filho de Antônio Negrão. — Deixo-o pensando e saio do escritório completamente diferente de como entrei.

— Parece animada. — Ouço a voz que me faz parar. Marcelo. Nem ele será capaz de espantar meu bom humor repentino.

— Estou de fato muito animada. Já você… se parece um pouco irritado — analiso. — Que pena!

Ele dá um sorriso repleto de sarcasmo e se aproxima, ousando pegar uma mecha dos meus cabelos para brincar. Seguro seu pulso fortemente, fazendo com que ele solte os fios e se afaste.

— Não me lembro de ter permitido que me tocasse. Você não encosta em mim sem que eu lhe dê permissão.

— Se não…

— Minha mira será certeira ao atingir sua mão, de forma que não conseguirá tocar absolutamente nada com ela. — Ele dá uma gargalhada e se afasta.

— Eu sentiria medo.

— Deveria — afirmo. — Não me subestime, seu merda. Só não há uma arma em sua cabeça agora porque tive a infeliz ideia de deixá-la em meu quarto. Pensei que ainda teria segurança e paz ao menos dentro de casa, mas parece que muitas coisas mudaram desde que eu fui embora. Há vermes novos habitando este lugar, e isso me causa repulsa, nojo.

— A única pessoa que você engana é o seu pai, Maia Galina… — diz, e simplesmente vira as costas, caminhando rumo a saída.

Sentindo ódio se infiltrar em mim, subo as escadas correndo, pego minha arma em minha bolsa e vou até a janela. Vou mirando a cada passo que ele dá e então atiro no chão, próximo a ele, fazendo com que ele dê um salto enorme com o susto.

— Louca! — grita.

— Não serei piedosa no próximo — aviso e fecho a janela quando todos os seguranças surgem no jardim, acompanhados do meu amado pai.

Passam poucos minutos até que meu pai invada o quarto furioso. Ele nem mesmo bate na porta antes de entrar. Lá vamos nós para mais um confronto.

— O que pensa que está fazendo, Maia? — pergunta, aos gritos. Respiro fundo. De fato, tenho me sentido um pouco rebelde desde que entrei nesta casa. É como se a Maia de 18 anos tivesse retornado. Estou à flor da pele, especialmente quando se trata de Marcelo. Estou permitindo que ele me desestabilize fácil demais, quando deveria estar em pleno controle emocional para manter minha posição. — Não me faça ter que ir longe demais, Maia. Tiros atraem uma atenção que não estou disposto a receber. Luto todos os dias para manter as coisas sob controle, longe de problemas.

— Ok, eu fui longe demais desta vez. Assumo, papai — digo com sinceridade. — Eu não gosto de Marcelo, mas tentarei me controlar.

— Assim espero. Pensarei sobre o filho de Antônio Negrão. Não cometa mais nenhuma estupidez, ou haverá consequências.

Ele se vai, e eu passo as mãos em meu rosto seguidas vezes, tomada pela raiva, pela ira, pela saudade de Londres e pela vontade de um certo homem do camarote. A parte sã de mim sabe que não vim para cá para mergulhar em sexo com um homem quente, mas isso não impede que esse seja o maior de todos os meus desejos. Agora, me resta tirar esta merda da cabeça e encarar os fatos com maturidade.

Tempos depois

— Antônio Negrão a conheceu no sambódromo no dia da apuração. — Assim que abro a porta, meu pai já entra em meu quarto dizendo isso. Enquanto eu tenho que me adequar rapidamente à sua linha de raciocínio. — Isso atrapalha um pouco seus planos, Maia.

— Eu estava praticamente disfarçada, papai. Estava usando um boné e os óculos cobriam praticamente todo meu rosto. Não acho que ele vá me reconhecer.

— Se quer mesmo fazer isto, sugiro que mude um pouco o visual. Talvez seja bom um corte de cabelo, mudar a cor — sugere. — E, quero que vá logo para o seu apartamento. Constantemente somos vigiados aqui, não podemos correr o risco de alguém fotografá-la.

— Isso significa que aceitou o meu plano? — questiono, quase empolgada demais.

— Embora esteja bastante receoso, tenho que confessar que a ideia me agrada bastante. Isso pode dar muito certo, Maia, mas também pode dar errado. Eu a mantive distante desses abutres durante muito tempo. Protegê-la sempre foi a minha prioridade, tanto que permiti sua mudança, pois sabia que permanecer aqui seria perigoso. Só a chamei de volta porque é a minha única herdeira, filha, e preciso que saiba o que isso acarreta para a sua vida, preciso que se inteire dos negócios e que os mantenha. Não é fácil aceitar algo do tipo que propôs, mas estou disposto a tentar. Você cresceu, é uma mulher que não demonstra o mínimo de fragilidade. Acredito em seu potencial, Maia. Porém, é preciso cautela, inteligência. Não há espaço para erros, filha. Um erro pode colocar sua vida em risco. Eu não posso deixar que aquele monstro leve de mim outra pessoa.

— Antes disso acontecer ele estará morto, papai. Eu prometo ao senhor — digo, segurando suas mãos.

De repente, algo surge em minha mente, fazendo com que eu me afaste.

— Eu gostaria de pedir algo... — informo.

— Peça.

— Gostaria de manter isso apenas entre nós dois, papai. Sei que confia em Marcelo, mas eu não consigo confiar. Há algo nele que não me agrada. O senhor é bom em inventar desculpas, sei que arrumará uma perfeita para explicar o meu afastamento temporário. Não quero que ele saiba dos meus passos, papai. Guarde isso para mim e para o senhor.

— Eu posso fazer isto, Maia, mas ao menos dois seguranças precisarão saber. Estar permitindo que execute este plano não significa que eu vá renunciar à sua segurança. — Suspiro, mas não me frustro. É óbvio que ele não aliviaria nisto.

— Mesmo os seguranças. Eu os aceito, mas não quero que abra todo o plano para eles. Aliás, precisarei de seguranças novos. Josué ou qualquer outro que já trabalhe com o senhor seria no mínimo burrice, pois já devem ser conhecidos pelos capangas de Negrão.

— De acordo, filha. Providenciarei tudo. Eu quero que se vá logo. Em algumas horas terá todas as informações sobre o filho de Antônio. Trate de fazer as mudanças que pedi e evite a todo custo voltar aqui assim que as concluir. Manteremos contato por telefone. Quero que me mantenha devidamente informado sobre todos os seus passos, Maia. Isso não muda muito as coisas para você.

— Oh! Papai! Talvez você vá querer que eu oculte alguns dos meus passos... — provoco. Ele acena a cabeça em negação e se vai.

Espero que este homem seja um pedaço quente. Embora meu corpo e minha mente estejam ansiando por um certo homem do camarote, preciso aproveitar a diversão.

BRUNO NEGRÃO

— Haverá uma operação em um dos postos de combustível do seu pai, porém não sei dizer em qual deles ainda — um informante da polícia me avisa. — Eles chegarão lá a qualquer momento. Comunicarei quando o comboio sair. Tentarei segui-los para saber o local exato.

— Obrigado, camarada. — Encerro a chamada e começo a cuidar deste pequeno problema.

É comum fazerem batidas em alguns dos nossos estabelecimentos, mas, felizmente, eles nunca conseguem o que buscam. Minha equipe é treinada para lidar com momentos como este; tanto quem trabalha na linha de frente, quanto quem trabalha na segurança.

Ligo diretamente para Pablo, o gerente geral dos postos. Uma única ligação e tudo será devidamente organizado para que os policiais não consigam obter nada.

— Senhor!

— Pablo, haverá operação em um dos postos. Almeida não soube me dizer qual, por isso, a ordem é que levem todo o dinheiro para o galpão de apoio, sem fazer estardalhaço.

— De todos os postos, senhor?

— Todos, com a máxima urgência. Não quero erros, Pablo.

— Deixe comigo, senhor. Entrarei em contato quando tudo acabar. — Ele encerra a ligação e eu relaxo em minha cadeira.

— Eu já te disse sobre a filha de Rogério Galina? — Meu pai invade meu escritório, fazendo com que eu lhe dirija a atenção.

— Já.

— Mas não o suficiente. A garota tem peito, e não estou falando do par de seios. No dia do desfile pensei que ela iria sacar uma arma e estourar meus miolos. — Ele ri, divertindo-se com a lembrança. — Eu gostaria de vê-lo acabando com ela.

— Entendo que tenha problemas com Rogério, mas por qual motivo quer ir tão longe? Uma vez que ela estiver "acabada", nunca mais teremos sossego, pai. A calmaria se transformará em uma guerra sangrenta.

— Eu não disse que a quero morta. Eu disse que quero vê-lo acabando com ela. — Não capto bem suas intenções. O que seria esse "acabando com ela"? — Não seja tolo, Bruno. Não me olhe com essa cara repleta de interrogações.

— Preciso que seja mais específico.

— Vou descobrir tudo sobre a garota. Ela é uma mulher bonita, pelo pouco que deu para ver. Você também é um homem bonito. — Começo a rir e fico de pé. Parece inacreditável o que ele está querendo dizer.

— Quer que eu me relacione com a garota? — questiono, pasmo. — Qual o propósito disso?

— Fazê-la sofrer. Causar dor no pai dela.

— Isso é doentio. Aliás, já ultrapassou todos os limites, pai. Eu odeio Rogério Galina, mas esse ódio não me cega a ponto de querer usar uma mulher inocente para me vingar. É mais fácil matá-lo. Isso resolveria todos os seus problemas, não?

— Matá-lo acabaria com a diversão — diz, fazendo um sinal de não.

Confesso que já me passou pela cabeça descobrir tudo sobre a filha dele no intuito de usá-la para feri-lo, mas não sei o que mudou em mim. No atual momento em que me encontro, vejo isso como algo doentio, especialmente tratando-se do meu pai. Em alguns momentos tenho a impressão de que ele é mais cruel do que realmente sei. Ele atinge alguns limites que o faz parecer psicótico. Embora eu odeie ter que admitir isto, ele me assusta um pouco. Com sua frieza e demonstrando não possuir emoção alguma, nunca sei o que ele é capaz de fazer. Antônio Negrão sempre arruma alguma maneira de me surpreender com sua maldade. Já tirou tantas vidas, e agora quer brincar com uma mulher que não tem culpa alguma sobre as desavenças dele com Rogério. Não deveria julgá-lo em relação a isso – especialmente por ter tido lapsos de revolta que me fizeram querer o mesmo – mas me pego fazendo.

Ele segue falando, mas decido parar de rebater e apenas presto atenção. Não deveria me preocupar com o bem-estar da filha de um inimigo, do possível homem que matou minha mãe, porém continuo pensando nisto; para o bem da mulher, deveria ser eu seguindo esse plano insano dele, apenas para poder mantê-la o mínimo segura, embora eu saiba que ela pode ser a peça principal para ferir Rogério. Se meu pai designar uma outra pessoa para executar essa atrocidade, perderei o controle e não poderei evitar que um estrago maior seja feito. Não sou um super-herói, tampouco sou correto, carrego uma série de erros na bagagem, mas a pessoa que quero me vingar é uma só, e ela não é a filha do Rogério. Na minha visão, nenhuma vingança pode ser transferível.

— Enfim, levantarei dados sobre ela e o manterei informado. Não deixe que a bondade te cegue, meu filho. Não o criei para ser um paspalho. Eu o criei para ser meu sucessor. Precisa seguir algumas ordens para isso acontecer.

— Sinto desapontá-lo, ser seu sucessor não significa que eu deva ser igual a você, pai. Aliás, cada dia mais sinto que não há absolutamente nada em nós que seja parecido, nem mesmo fisicamente. Eu sou o que preciso ser, e não uma cópia sua. — Ele lança um olhar de ódio, misturado com desapontamento. — Agora, por favor, me deixe trabalhar, papai. Alguém tem que controlar os seus negócios sujos e esse alguém sou eu.

Desde o fim do carnaval passei a me sentir inquieto todos os dias, especialmente durante as noites. É como se eu pudesse ouvir cada barulhinho do ponteiro do relógio, contabilizando tique por tique. Vez ou outra tenho tentado me distrair, mas, sempre após uma dose de distração, a sensação de desgosto volta, como se nada pudesse aplacar a necessidade que estou sentindo. É patético. Ao menos é assim que me sinto ao pensar sobre Maia, o nome da minha inquietação. Ficamos juntos menos de cinco dias, na teoria isso deveria ser insignificante, especialmente porque sou o tipo de homem bem decidido, não me apego facilmente a ninguém, nem mesmo sinto desejo de me apegar, de ter alguém. Mas parece que estou descobrindo que se apegar não é algo que eu possa decidir ou controlar tão facilmente. Gostei de Maia, gostei do que tivemos, e gostaria de repetir muitas e muitas vezes.

Pensamentos conflitantes têm feito parte do meu dia a dia. A parte sensata diz que logo esse desejo será substituído, pois não posso trazê-la para o meu mundo. A parte insana quer pegar o telefone, ligar para ela e mergulhar em encontros quantas vezes ela estiver disposta. Houve uma conexão, uma reciprocidade e uma entrega diferente. Não foi sobre transar e obter prazer sexual, foi mais do que isso. Foi sobre conversas inteligentes, desafios sagazes, intensidade, diversão. Maia é o tipo de mulher que me faz querer ficar sentado apenas a observando falar, mover-se, gesticular, cada pequeno detalhe.

Os novos planos do meu pai só fazem pontuar ainda mais o quanto errado é esse interesse meu por ela. Era mais fácil quando eu precisava apenas executar os meus trabalhos e me manter focado no mundo dos negócios. Eu fazia o que tinha que ser feito e então me desligava facilmente das obrigações. Agora há uma loira, que parece não querer me deixar descansar e isso tem sido exaustivo pra caralho, além de afetar diretamente o pouco humor que possuo.

Maia demonstrou ser uma mulher forte. Nada nela é manso ou complacente. Ela tem presença, é brava, determinada. Em alguns momentos penso que ela caberia perfeitamente em meu universo, que conseguiria lidar com todo perigo que me ronda. Isso parece insano, mas é um dos pensamentos que tem estado em minha mente com frequência. Ela parece a mulher perfeita para mim, mas não sei se deveria me arriscar, não sei o que esperar do meu pai caso eu revele possuir alguém importante. A maneira como ele desacredita do amor e demonstra frieza, faz-me temer. Especialmente quando ele exige o quanto quer que eu seja e pense exatamente como ele.

Eu não me sinto um homem livre, mas, embora eu viva em uma prisão constante, será que eu conseguiria mantê-la escondida dos olhos de todos que me cercam?

Capítulo 19

"Derretendo como gelo em um dia de verão
Me abrace como se você quisesse fazer isso,
me leve para longe
Corpos movendo e temperatura subindo
Me leve para o topo e me assista cair"
Alina Baraz – Eletric

MAIA GALINA

Após passar grande parte do dia em um salão de beleza, que fica em um shopping, encaro-me no espelho e surpreendo-me com a mudança. Meu cabelo é naturalmente negro, eu o pintei de loiro para voltar ao Brasil e acabo de mudá-lo radicalmente. Agora eles estão castanho-escuros misturados com mechas loiras, bem diferente de todas as versões anteriores. Estou surpresa com a minha aparência, esses tons caíram muito bem em mim, me transformaram o bastante. Enfim, estou extremamente satisfeita com a mudança, segura com o fato de que será difícil me reconhecerem.

Não faço o tipo muito simpática, porém, mesmo assim, pego-me tecendo inúmeros elogios ao cabeleireiro responsável pela transformação. Sou justa, e ele acaba de ganhar uma cliente fiel. Inclusive, deixo uma boa gorjeta além do preço cobrado pelo serviço. Saio do salão sorridente, sentindo-me devidamente poderosa enquanto guardo minha carteira na bolsa. Tudo vai bem até eu colidir com alguém. Levanto minha cabeça e um sorriso escapa antes que eu possa contê-lo.

— Parece que você gosta de colidir com as pessoas — o senhor impacto diz. Mesmo eu sabendo que não deveria nem mesmo perder meu tempo com ele, pego-me respondendo.

— Você poderia ter desviado, mas, por algum motivo, não fez.

— Embora eu tenha gostado de você loira, devo admitir que este novo tom ficou ótimo. Está linda, Maia — elogia, sorrindo.

— Obrigada — eu o agradeço. Sem saber o que dizer, apenas o observo por alguns segundos. Não sei por que sempre me transformo em uma confusão diante dele. Não costumo perder as palavras.

— Então… que tal tomarmos um café? — Sorrio com a proposta.

— Seria delicioso tomar um café com você em outra circunstância, especialmente em uma em que você não tivesse me deixado esperando sua ligação. Sendo assim, dispenso seu convite.

— Eu posso me explicar.

— Não acredito que exista uma explicação. Acredito que esteja bem ciente sobre as coisas que faz e acredito que não ligou porque realmente não quis. Caso contrário, teria ao menos mandado uma mensagem. Era o mínimo que eu esperava. Não sou uma garota inexperiente, Bruno, tampouco sou alguém que acredita em desculpas esfarrapadas. Sei identificar… — Eu mal tenho tempo de processar quando seus lábios se chocam contra os meus. Bem aqui, no meio de uma galeria de um shopping, ele simplesmente me beija de maneira intensa, esquecendo-se por completo do pudor. Minha bolsa cai da minha mão e eu me pego envolvendo meus braços em torno do seu pescoço. Maldito homem que sabe como beijar e foder uma mulher!

Quando ele se afasta, apenas pega minha bolsa no chão, segura minha mão e sai me conduzindo apressado rumo ao estacionamento.

— Ei, querido, onde pensa que está me levando? — questiono, sem entender o que está acontecendo direito.

— Certamente você está de carro. Ou estou errado?

— Sim, eu estou de carro, mas…

— Mas você vai nos levar até ele e iremos em busca de privacidade.

— Eu não posso — digo. Ou talvez eu tenha que ser imprudente na direção para fugir de Gabriel, meu novo segurança que tem agido como a minha própria sombra. Eu não deveria nem mesmo ponderar uma fuga com Bruno, especialmente agora que preciso seduzir o filho de Antônio Negrão, mas eu quero demais fugir e obter o máximo de prazer que ele pode me proporcionar. Aliás, preciso de uma foda que me deixe saciada o bastante para seguir em frente.

— Quem está dando uma desculpa esfarrapada agora? — questiona quando paramos diante de um elevador.

— Ok! Eu posso, mas a nossa saída do shopping será do meu jeito e você precisará apenas ficar calado enquanto eu dirijo.

— Qualquer coisa para foder você. — Ele realmente parece querer isto. Talvez exista mesmo uma justificativa para não ter me ligado, mas não direi isso a ele após ter dado quase um sermão. De qualquer forma, acho que precisamos pontuar algumas questões.

— Além disso…

— Você está militando muito hoje, Maia. Talvez eu deva calar sua boca outra vez, mas agora não será com um beijo. — Demonstrando não ser uma má ideia, mordo meu lábio inferior na tentativa de conter um sorriso enquanto minha mente fértil trabalha nas mais diversas possibilidades de permitir que ele cale minha boca com o que sugeriu. Quando entramos no elevador, a conversa continua: — Parece ter gostado da ideia.

Meu sorriso é provocador e perverso, duas características na mesma intensidade.

— Gostaria de ter algo além de um beijo em minha boca. Se esta foi uma ameaça para me fazer calar, escolheu errado. Sua ameaça se parece mais como uma recompensa do que com um castigo. — Seu olhar me fuzila de uma maneira bastante interessante, parece ganhar um novo tom que exala perigo e tensão. É sexy, quente, tentador. Ele me leva ao limite e desperta todas as minhas vontades de uma maneira violenta e incontrolável.

Não consigo me conter. Eu o puxo pela camisa e o beijo de maneira indecente. Ele retribui o gesto. Seus lábios e sua língua esperta me fazem querer ficar nua, tudo em mim queima e sei que nele também. Quando estamos prestes a passar dos limites, ele se afasta. Surpreendo-me quando coloca a palma de sua mão quase sobre meu seio, exatamente na direção onde meu coração bate descompassadamente

— Respire, Maia. Tente se controlar — sugere em um tom rouco.

— Você não pode estar falando sério — rebato, meio ofegante.

— Oh! Eu estou falando muito sério, Maia. Você não quer que eu a foda dentro deste elevador cheio de câmeras.

— No carro — sugiro, puxando-o de volta para mim. Ele dá um sorriso, segurando meus pulsos.

— Desesperada para ter meu pau em sua boceta? Eu vou enterrá-lo bem fundo, Maia. Vou cuidar de você como merece ser cuidada — diz promissor, trazendo seu polegar em meus lábios, lenta e tortuosamente.

Eu esqueci do maldito autocontrole que Bruno parece possuir. Isso é um problema, tendo em vista o quanto o tesão me deixa descontrolada, à flor da pele. Até acredito que a procrastinação possa vir a tornar o momento muito mais intenso. Mas, agora, tudo que não quero é procrastinar.

Nós saímos de mãos dadas do elevador, como se fossemos um casal. Eu vou o guiando até o meu carro e a ansiedade me faz contar cada passo que damos. Eu deveria me assustar por estar demonstrando abertamente minha promiscuidade que toda vida foi exposta apenas em momentos de intimidade entre quatro paredes, mas não irei me culpar. Há certos homens que apenas sabem como extrair a devassidão de nós mulheres sem que possamos nem mesmo perceber. Sim, acredito que todas as mulheres tenham seu lado devassa – mesmo as pudicas e regadas de convenções –, mas, infelizmente, nem todos os homens possuem competência suficiente para conseguir extrair essa maravilha de nós. Logo, o homem que consegue fazer essa proeza merece toda a recompensa que você pode dar a ele. Acredite, no final de tudo, você ganhará muito mais. Ok! Não serei tão egoísta. É mais interessante que os dois saiam vencedores dessa troca.

Aliás, que vida louca! Quando saí de casa com o único propósito de mudar o visual, jamais imaginei que meu dia ganharia outro rumo. Um infinitamente melhor do que lidar com tintura e sons de secadores...

Os pensamentos se esvaem quando encontro o carro. Gabriel está encostado no veículo. Eu me aproximo dele e dito a ordem:

— Ficarei feliz se cooperar comigo. Ninguém precisa saber do que está acontecendo, pegue sua moto e siga para meu apartamento — ordeno, entregando uma quantia para comprar o seu silêncio. Ele engole em seco e acena positivamente, então volto para o carro.

— Seu segurança?

— Sim, mas acabo de me livrar dele — informo, sorrindo diabolicamente.

Bruno retribui o sorriso em plena satisfação enquanto abro a porta do carro. Ele toma a chave da minha mão, acomodando-se em frente a direção e fazendo com que eu dê a volta até o banco do carona. Talvez eu esteja aliviando muito para ele e sei que é errado. Odeio que esteja cem por cento no controle agora, mas não me sinto capaz de relutar.

Ele liga o carro e dá partida, então estamos fora do shopping, indo para onde, não sei. Vejo dezenas de carros passando e vou me distraindo com o trânsito intenso, até entrarmos em um estacionamento subterrâneo de um prédio. Bruno estaciona em uma área que parece ser mais privativa, desce e, gentilmente, abre a porta para que eu desça. Assim que meus pés tocam o chão, ele me puxa pela cintura, arrastando-me até o capô do carro, onde me senta, abrindo minhas pernas e se encaixando entre elas. Antes que eu possa sorrir, sua boca já está na minha, arrancando todo o resquício de sanidade que ainda existe em mim. Suas mãos fortes apertam minhas coxas e vão subindo mais, até que seus polegares estejam em minha virilha, bem próximo do pontinho onde anseio. Ofego conforme ele vai avançando, solto um gemido alto quando afasta minha calcinha para o lado e toca meu clitóris.

— Deus! Maia! Tão molhada para mim — sussurra passando a explorar toda a minha boceta. — Vou meter em você aqui, bem neste estacionamento, e você vai deixar. Vai abrir bem essas pernas para que eu possa enfiar meu pau…

— Apenas faça. — Ele sorri, afastando-se para abrir sua calça e liberar seu pau grosso. Passeio com a língua em meus lábios ao vê-lo, louca para tê-lo em minha boca. Mas, há outra parte de mim que precisa disso muito mais e é nela que Bruno se concentra.

Ele agarra meus cabelos com uma mão e seu pau me invade sem delicadeza alguma. Um grito escapa de mim misturando-se com os meus gemidos.

— Grite e todos saberão que está sendo fodida no estacionamento — repreende sério. Eu sorrio da forma mais devassa que consigo.

— Eu não me importaria… poderia surgir uma plateia para assistir e, ainda assim, eu seguiria te dando — provoco, entre gemidos. — Mais, me dê mais — imploro, pouco me fodendo para qualquer acontecimento ao nosso redor. Ele faz movimentos circulares certeiros e suas mãos espertas se perdem em meu corpo. Há um vento frio neste local que bate forte em minha pele quente, formando um contraste perfeito e bem-vindo. Sua boca aquece meus mamilos e eu apoio minhas mãos atrás de mim, deixando-me ser consumida.

— Abre mais as pernas para mim — ele pede em meu ouvido, e eu me sinto uma velocista desesperada para cruzar a linha de chegada. O pensamento me faz rir, mas logo o riso é substituído por mais gemidos quando ele me agarra pelo pescoço como se fosse me estrangular, mas não tão forte. Isso nunca foi tão quente, especialmente quando passo a observar seu rosto tomado de tesão, olhando a maneira como nossos corpos se encaixam. Eu sinto seu membro inchar dentro de mim e o aperto firme, sentindo meu corpo acompanhar seu ritmo e explodir de prazer no momento em que ele goza dentro de mim. Eu o vejo fechar os olhos enquanto tenta controlar a respiração e eu me jogo de costas no carro, incapaz de me manter firme após ter experimentado um prazer alucinante. Não pode ser normal um homem ser tão voraz e certeiro assim, é sacanagem com todos os demais. Essa é a rapidinha mais perfeita de toda minha existência e eu a repetiria infinitas vezes.

Ainda estou extasiada quando sinto algo molhado sendo passado entre as minhas pernas. Eu me levanto para ver Bruno me limpar delicadamente com lenços umedecidos que deve ter encontrado no porta-luvas do meu carro. Esse, sem dúvidas, é um gesto íntimo, indecente e erótico. Minha pele inteira se arrepia a cada movimento. Mostrando ser ainda mais cavalheiro, assim que termina de me limpar, ele me puxa, colocando-me de pé à sua frente, e arruma meu vestido. Só então ele se limpa e fecha sua calça, guardando uma das maravilhas do mundo dentro.

BRUNO NEGRÃO

A cada vez que percebo a maneira como Maia fica desconcertada diante de mim, sinto um novo tipo de adrenalina correr em minhas veias. É bastante evidente que ela é uma mulher durona, porém gosto quando não consegue ocultar o fato de que eu a afeto. Seus muros desabam muito facilmente diante de mim e isso acaba me fazendo um estrago. Gosto de sentir o poder em minhas mãos. Costumava gostar do controle também, mas Maia parece ter o dom de me fazer perdê-lo. Eu não penso muito quando ela está diante de mim, cheia de tesão, querendo me dar.

Geralmente sou um homem que preza pela privacidade, que evita exposição, é por isso que estou me repreendendo internamente pelo que acabei de fazer. Maia merece muito mais do que ser tomada por mim em um estacionamento de uma das empresas de fachada do meu pai. Por sorte, sei de todo sistema de segurança, não há câmeras no local em que estamos, mas, ainda assim, qualquer pessoa poderia aparecer e presenciar o que acabamos de fazer. A possibilidade não me agrada.

Após estarmos devidamente apropriados, percebo que quero prolongar o nosso encontro inesperado.

— O que faremos agora, senhorita? Ainda não obtive o suficiente de você, e não estou falando de sexo. — Ela parece engolir em seco, ponderando minhas palavras. Espero que ela queira o mesmo que eu, ficarei decepcionado se ela disser que precisa ir embora.

— Me mudei dias atrás para um apartamento nas proximidades. Gostaria de ir até lá? — sugere. Sinto-me um merda por não ter tido a iniciativa de convidá-la para o meu apartamento.

— Seria bom. Hoje no seu apartamento, amanhã no meu — concordo, dando uma piscadela para ela, que sorri.

— Amanhã, hein? — brinca, entrando no carro e tomando posse da direção.

— Eu gostaria de manter um arranjo com você — confesso, um pouco tenso. — Somos excelentes juntos, Maia. Não acha? — Ela engole em seco novamente, porém, desta vez, seu semblante muda ganhando um tom de seriedade.

— Eu acho, inclusive adoraria, mas não sei se posso — diz, um pouco cabisbaixa. — Minha vida é regida pelo controle do meu pai. Nem sempre estarei disponível.

— Nem sempre eu estarei disponível, mas, todas as vezes em que estiver, quero estar com você. — Sou surpreendido com as minhas próprias falas. Nunca houve uma mulher que me fizesse querer encontros constantes, ela é a primeira. Há uma compatibilidade interessante, algo que não estou disposto a ignorar. Somos realmente bons juntos, e tudo que é bom deve ser repetido.

— Acho que podemos tentar. Somos deliciosamente bons juntos, senhor impacto. — Sorri, agora com o semblante mais tranquilo.

Eu gostaria de saber mais sobre o pai dela e esse maldito controle. Creio que os próximos encontros servirão para conhecermos mais um do outro, estou ansioso por isso e não apenas pelo sexo incrível que temos.

Capítulo 20

"Você vê alguém além de mim?
Querido, por favor
Vou tomar um gole do que quer que você tenha
Talvez dois, talvez três
Oh, você é fenomenal, me sinto como um dominó,
caindo de joelhos
Eu sou uma doença, você é minha galáxia, meu doce alívio"

High Enough – K Flay

MAIA GALINA

Sinto a claridade invadindo meu quarto e enfim sou despertada para o novo dia. Fico deitada por alguns minutos com a minha mente turbulenta oscilando entre acreditar que a noite passada foi um sonho ou de fato aconteceu. Ao tocar meus lábios, sorrio. Foi real, prova disso é que ainda sou capaz de sentir todos os beijos que Bruno me deu. Continuando a exploração, deslizo as mãos pelos meus seios sentindo-os levemente pesados e doloridos. Novamente sorrio, pois esse tipo de dor é deliciosa. Faço a primeira tentativa de me levantar e logo percebo que músculos que eu nem sabia da existência estão dando sinal de vida. Sexo com Bruno é algo que deixa meu corpo dolorido como se tivesse corrido a maratona de São Silvestre. Aliás, sexo não é algo doloroso até que você faça com Bruno. Ele apenas cumpriu sua promessa de me fazer senti-lo nos próximos dias, nesse caso a dor é mais que bem-vinda.

Eu me coloco de pé e tento me alongar, estranhando o fato de até meus braços estarem com uma dorzinha chata, afinal, não é como se eu fosse virgem ou nunca tivesse feito sexo selvagem antes. Porém é necessário pontuar: Bruno me apresentou a um mundo de prazer extremo como eu nunca vivi antes. Sinto que ele está se tornando o maior conhecedor do meu corpo, mais do que eu mesma reconheço.

Por algumas horas permiti me deliciar com a sensação de liberdade. Eu gozei desse privilégio, *literalmente e não.* Foi como se eu pudesse ser a Maia de Londres, aquela mulher madura, livre, independente, que podia fazer o que bem quisesse sem se preocupar com absolutamente nada. Que nostalgia repentina… eu gostaria de possuir um botão que eu pudesse apertar e apagar todas as memórias da mente, apenas para evitar comparações do presente com o passado não tão distante. Queria a mesma liberdade que possuía para poder pular de cabeça no que quer que esteja acontecendo entre Bruno e eu. Ou melhor, queria poder ter a liberdade de escolher ficar presa a ele.

Gostaria de não me sentir tola por possuir pensamentos como esses. Ele se foi, e então eu me pareço como uma adolescente apaixonada, suspirando pelos cantos, sentindo saudades e contando os minutos para reencontrá-lo. É patético para uma mulher como eu, não adianta dizer o contrário.

É em um desses suspiros que a realidade me invade, derrubando todos os tijolos do castelinho – bem parecido com os dos contos de fadas – que eu estava construindo em minha mente. Talvez não haja espaço para Bruno e eu, especialmente agora que tive a brilhante ideia de seduzir o tal filho de Antônio Negrão em busca de vingança. Bruno não parece ser o tipo que vai ficar se conformando com meus sumiços, com o pouco tempo livre. Talvez, agora no início, esse tipo de arranjo pareça interessante para os dois, mas não sou idiota de achar que dará certo por muito tempo. Conforme as coisas forem se intensificando, esse "relacionamento" deixará de ser interessante, as cobranças começarão, estaremos cem por cento envolvidos e tudo ruirá por conta dos meus compromissos. Sem contar que agora a ideia de ir para a cama com o filho do inimigo do meu pai por vingança não parece nada interessante. Só o pensamento me causa a sensação de estar traindo Bruno, mesmo que não sejamos namorados, especialmente após ele dizer que é monogâmico e não compartilha...

Para quem acreditava que nunca mais o veria, demos um passo e tanto na noite passada. *Talvez uma corrida...*

Mais que uma corrida.

Bruno e eu nos encontramos em todos os momentos livres que tivemos durante a semana. As poucas vezes em que me reuni com o meu pai, mal prestei atenção em suas palavras. Tudo que sei é que ele estava prestes a terminar o dossiê que contém todas as informações do filho de Antônio Negrão, e não gostei muito desta notícia. Certamente, assim que eu tiver tudo em minhas mãos, meus encontros com Bruno terão que ficar em segundo plano para que eu possa executar muito bem o primeiro para que nada venha a atrapalhar o que estamos construindo.

É inegável a paixão que estou sentindo por ele. Algo que tentei fugir no início, mas acabei mergulhando de cabeça e deixando acontecer. Derrubei meus próprios muros, permitir me liberar da mulher durona em todos os momentos que estamos juntos e sigo conhecendo novas versões de mim, mesmo isso me assombrando um pouco e mesmo tendo milhões de receios. A parte boa é que, leio as pessoas muito bem, sei que há a reciprocidade de sentimentos entre nós e não costumo errar. Eu me apaixonei, ele também.

BRUNO NEGRÃO

— Aquele desgraçado do Rogério soube como esconder a filha — meu pai grita e dá um soco certeiro na mesa, enquanto anda de um lado para o outro. — Quando eu disse que ela era a joia preciosa dele, não menti. Meus homens estão procurando tudo em busca da garota e até agora não há uma única pista. É por isso que precisamos descobrir onde aquela fedelha está. Ela é a maneira mais certeira de destruir aquele filho da mãe.

— Por que diabos quer tanto destruí-lo? Há algo a mais que eu não estou sabendo? Nunca o vi com tanta sede de vingança.

— Você também o odeia! — exclama em um grito.

— Não ao ponto de querer ferrar com a filha dele. Ficaria feliz em destruí-lo, mas apenas ELE. — Meu pai se aproxima de mim a passos bem calculados, fuzilando-me com seus olhos de falcão. Endireito minha postura e o encaro de homem para homem, preparado para ouvi-lo me amaldiçoar mais uma vez.

— Você é um moleque! — exclama, dando exatos três tapas em meu rosto. Um sorriso escapa de mim.

— Um moleque que controla todos os seus negócios, velho. Não se esqueça que eu tenho tudo seu em minhas mãos, papai. Contrariar sua mente doentia não faz de mim um moleque. Parece que alguém tem que estar no controle quando o senhor não está. Talvez já esteja colhendo os frutos da idade...

— Não brinque comigo, Bruno.

— Não estou brincando, papai. O que fará comigo caso eu brinque? — Um suspiro exasperado escapa dele ao mesmo tempo em que ele sai furioso do escritório. Eu ficaria imensamente feliz se ele dissesse que não me quer mais na cúpula, visto que ando contrariando suas ideias perturbadas. Para mim ele não passa de um covarde que não tem coragem de matar o próprio inimigo e prefere bagunçar com uma garota.

Estendo a mão até a mesa e pego meu copo de uísque, em seguida caminho até uma das enormes janelas do escritório da casa do meu pai. Enquanto observo o jardim lembro-me da minha mãe. Esse lugar nunca mais foi o mesmo desde sua partida. As flores já não são tão bem cuidadas como costumavam ser quando era ela quem se dedicava a mantê-las. Tudo parece sombrio por aqui, sem cor. Rogério Galina talvez seja o responsável pela morte dela, mas não há provas suficientes, eu nunca consegui descobrir nada sobre aquele fatídico dia. Se eu descobrisse, seguiria os planos do meu pai e iria além deles. Exterminaria Rogério e todos que carregam seu sangue. Iria usar sua filha o bastante, irritá-la, machucá-la e então a devolveria em frangalhos para ele, logo em seguida...

O celular vibrando dissipa meus pensamentos assassinos. O nome Maia brilha na tela, em uma mensagem de texto.

"— Senhor impacto, adoraria ter sua cabeça entre minhas pernas neste segundo. Estou viciada em você."

Essa mulher está infiltrada em minha mente de uma maneira que não consigo afastar. Estou ignorando todos os riscos e acelerando rumo a um caminho que parece sem volta. Só por ler sua mensagem sinto o calor queimando através de mim, fazendo uma necessidade carnal surgir com uma força incontrolável. O nosso arranjo está se transformando em algo mais muito cedo e tudo parece estar fugindo do controle, especialmente por sermos descontrolados o bastante quando estamos um com o outro. Maia tem sido meu bálsamo na vida pesada que levo. Então pouco tempo e ela já se tornou a melhor parte dos meus dias. O sorriso encantador, o jeito desafiador, sua mania de querer dominar tudo, a maneira como ela se abre e se entrega para mim...

a soma de todas essas características, acrescidas de mais algumas, fazem-me querer mantê-la para sempre. Eu só consigo pensar e ansiar por todos os encontros que ainda teremos e que têm servido de motivação para lidar com todas as merdas do submundo. É por isso que a respondo:

"— Eu não consigo pensar em nada que eu queira mais do que você e mais do que saciar todos os seus desejos, senhorita. Estou contando os minutos para estar entre suas pernas."

Eu deveria não a querer tanto, mas não há mais tempo para fugir. O estrago já foi feito.

Maia está deitada de bruços no tapete da sala, sacolejando os pés enquanto sorri. Seu rosto está ruborizado, seus cabelos desgrenhados e ela não poderia estar mais linda. Enquanto ela conta sobre as aventuras insanas que viveu em Londres, eu estou deitado ao seu lado, um pouco distante, com a cabeça descansando em minha mão e a dando total atenção, sem deixar nenhum mínimo detalhe passar despercebido.

— Você parecia amar aquele lugar — comento, constatando a verdade em suas palavras.

— Muito. Eu não queria ter voltado. A única coisa boa sobre estar de volta ao Brasil é ter conhecido você — confessa. — Me sinto uma merda por pensar assim. Eu amo meu pai, ele é a única pessoa que tenho, mas nossa relação é complicada, especialmente porque ele insiste em me colocar em situações e lugares onde eu não me encaixo. Minha liberdade está comprometida aqui. Não me sinto bem com esses encontros escondidos que estamos tendo, porém, no momento, é o que deve ser feito.

— O importante é estarmos conseguindo ter esses encontros, Maia. O resto resolveremos com o tempo. Do modo não convencional estamos conseguindo estar juntos frequentemente, por enquanto isso me basta.

— Por enquanto isso me basta também — ela concorda, dando um sorriso. — Você fica lindo depois de foder, mas estou com fome.

— Qual a ligação entre as duas coisas que acabou de falar? — questiono rindo.

— Nenhuma, mas não precisa fazer sentido. Vamos pedir algo?

— Eu cozinho para você — informo, ficando de pé.

— Uau!

— Uau! Sua traseira está devidamente marcada pelas minhas mãos — observo, sorrindo.

— Está ardendo, mas foi delicioso.

— Devemos tomar um banho e então passarei algum creme para aliviar o ardor, antes de mostrá-la meus dotes culinários, senhorita.

— Assim fica muito difícil não me apaixonar por você... — Essa frase ativa um leve gatilho em mim. Maia está se apaixonando por mim, eu estou me apaixonando por ela, e sei o quanto isso pode ser ruim, até mesmo trágico. Não respondo. Apenas a puxo do chão, ajudando-a a ficar de pé e a conduzo até o banheiro.

MAIA GALINA

Eu acho que tenho uma queda pela cobertura magnífica de Bruno. Ele tem bom gosto. Aliás, o gosto dele se parece com o meu. Tudo aqui remete a ele; é luxuoso, sério, mistura modernidade com um toque *vintage*. Ele mora em uma cobertura *duplex*, bem próxima ao meu prédio. Logo na entrada você já se depara com um pé direito duplo que deve possuir no mínimo cinco metros, em uma luxuosa e aconchegante sala com paredes cinza e móveis em tons neutros. A cozinha é moderna e cada vez mais percebo o quanto ele gosta de cozinhar, porque cuidou de cada detalhe no ambiente (e porque acabei de comer uma deliciosa massa feita por ele). Mas, o que mais chama a minha atenção é a sua suíte. Eu amo desde a iluminação até a enorme banheira de hidromassagem que, inclusive, estou usufruindo neste momento. O banheiro também possui chuveiros duplos, cubas duplas, toalheiro térmico, como se tivesse sido projetado para um casal exigente, que gosta de um alto nível de conforto. Na cama dele cabem ao menos quatro casais de forma confortável, na parede há uma TV que mais se parece uma tela de cinema. Tudo aqui é requintado e surpreendente, de forma que eu me apaixono um pouco mais a cada vez que estou aqui. A cobertura ainda conta com área *gourmet*, piscina e um escritório luxuoso que possui uma vasta parede repleta de livros.

— Por que não tem uma tatuagem? — questiono, brincando de arranhar lentamente as costas dele, enquanto ele se mantém de bruços na banheira.

— Porque tatuagem para mim é como ter uma marca que facilitaria eu ser reconhecido em qualquer circunstância. Basicamente é isso. Nunca me interessou ter uma tatuagem. — Franzo minha testa, tentando compreender a resposta. Ele sorri. — Não há nada demais. É basicamente por não gostar de ter meu corpo marcado por tinta. — A resposta não me convence tanto, mesmo assim me ponho a analisar.

— Eu nunca pensei nisso — confesso. Nunca pensei na parte de ser reconhecida por uma tatuagem. Faz sentido, especialmente quando você deve e teme algo. Isso me deixa com a pulga atrás da orelha, mas logo passa. — Você ficaria incrível com algumas tatuagens espalhadas pelo corpo, senhor impacto — digo, imaginando-o tatuado. Eu gostaria bastante.

— A sua tatuagem é bonita, delicada, sexy… Hasta la raiz, Maia — elogia.

— Não era para ser sexy — respondo sorrindo, enquanto ele se vira e passa a deslizar o dedo por ela. Eu a fiz apenas para marcar em minha pele o quanto minha mãe significou e significa, e o quanto ela estará comigo pelo resto dos meus dias.

— Mas estar em sua pele a transformou em algo sexy. Ela foi feita para os meus olhos e eu a reconheceria a quilômetros de distância. — Seu tom é sexy. Eu gosto de como soou esse "feita para os meus olhos". Estamos construindo algo, devagar, sem pressa, apenas deixando acontecer com toda naturalidade. Considero como algo maduro, sem muitas complicações. É delicioso estar aqui, assim como é delicioso quando ele está em meu apartamento. Já estamos fazendo morada na casa um do outro, morada no coração um do outro. Tudo que eu não estava buscando, mas aconteceu da forma mais inesperada possível.

Em um segundo estou ao lado dele. No outro estou sentada sobre suas pernas, de frente para ele. Suas mãos estão tocando minhas costas em um carinho suave que faz toda a minha pele se arrepiar. Seus olhos estão fixos nos meus, sustentando o que quer que esteja acontecendo entre nós.

Ele não foge.

Eu não fujo.

E nossos corpos se encontram mais uma vez, como ímãs, sendo puxados um para o outro e se rendendo à intensa atração.

Capítulo 21

"Sinto como se estivesse congelado
Nenhum lugar para correr
Nenhum lugar para correr, a partir daqui
Estas paredes estão se fechando
Fechando-me
Esgotando-me, com medo"
Ruelle – Bad Dream

MAIA GALINA

Não estou totalmente acordada quando o cheiro de algo parecido com bacon me faz suspirar. Isso vem como um incentivo para eu me levantar da cama e ir fazer minha higiene matinal, antes de sair para descobrir de onde está vindo este cheiro delicioso: da cozinha de Bruno ou do apartamento de algum vizinho.

Olheiras estão realçadas em meu rosto, ficam mais nítidas quando o lavo, retirando a maquiagem já borrada da noite anterior. Até penso em passar um pouco de base e corretivo, apenas para não parecer assustadora, mas deixo a ideia de lado, sentindo-me um pouco preguiçosa.

Visto um robe de seda, calço um chinelo e sigo pelo corredor do apartamento. Ainda na sala, já sei que o cheiro magnífico está vindo diretamente da cozinha; isso me arranca o primeiro sorriso do dia. Aproximo-me lentamente e encontro Bruno, vestindo apenas uma cueca boxer preta enquanto trabalha em algo na panela. Reprimo um gemido ao analisá-lo. Eu não sabia que costas largas e bem definidas poderiam me deixar com tesão. Sua pele levemente bronzeada é um charme a parte. Eu me perco observando cada detalhe, em especial seu bumbum que parece mais uma escultura magnífica dentro daquela cueca.

— Bom dia, Maia. Ficará apenas observando ou virá me ajudar? — Surpreende-me.

— Como sabe que eu estou aqui? — questiono, segurando um sorriso que insiste em brincar em meus lábios.

— A atmosfera muda quando você está por perto — responde e se vira, encarando-me de uma maneira intensa. Eu mal consigo pensar em alguma resposta. Estou embriagada pela luxúria. Sinceramente, nunca me senti assim sobre alguém. Isso me assusta um pouco, o suficiente para que eu desvie meu olhar.

— Como sabe cozinhar tão bem? — questiono, curiosa.

— São só ovos e bacon, impossível essa combinação ficar ruim — responde, sorrindo abertamente. — Ok, não me olhe com essa carinha de assassina, Maia. Minha mãe amava cozinhar, e eu amava ficar ao lado dela na cozinha, observando todos os detalhes. Depois que ela se foi, as cozinheiras tentavam me introduzir em atividades que eu costumava fazer com ela… enfim. — A dor é perceptível em sua voz. — Não quero mais falar sobre isso. Vamos falar de coisas boas. — Ele desliga o fogo, despeja a mistura em um refratário pequeno e coloca sobre a mesa.

— Desculpe-me por ter causado um desconforto com este assunto — digo, com toda sinceridade que há em mim.

— Você não fez nada, Maia. Esta história é carregada de muitas coisas que você não sabe e que não me sinto confortável para dizer ainda. As únicas informações que posso oferecer é que dói e que um dia encontrarei quem a tirou de mim. — Seu olhar agora é sombrio, como se falar da mãe trouxesse à tona seus demônios internos. Há uma intensidade diferente enquanto nos olhamos, uma que eu faço questão de quebrar. Eu o entendo tão perfeitamente que nem mesmo preciso que ele traduza o que quis dizer. De qualquer forma, é algo pesado demais para uma manhã que começou promissora o bastante.

Eu me acomodo em uma cadeira decidida a virar o jogo.

— Parece feliz, Maia — Marcelo diz. Até mesmo o timbre de sua voz é insuportável para mim. Sendo assim, por razões bastante óbvias, meu sorriso se desfaz em uma fração de segundo.

Acabo de chegar em uma ilha privativa do meu pai, próximo a Mangaratiba, para mais um dos nossos encontros que têm acontecido sempre em lugares diferentes para não corrermos riscos. Infelizmente, Marcelo é a primeira pessoa a vir me recepcionar. E é por este motivo que meu sorriso morre assim que meus pés tocam a areia.

— Parece infeliz, Marcelo — digo, de forma mais diabólica que consigo.

— Sinto lhe dar más notícias, mas seu pai não está muito feliz com você. — Arqueio as duas sobrancelhas após ouvir as palavras.

— Me pergunto se houve um único dia em que meu pai esteve feliz comigo — eu o respondo e logo sorrio.

— Previsível. O que se esperar de uma filha que faz tudo o que está ao alcance para testar o pai? — Eu me aproximo dele, ficando alguns poucos centímetros de distância e o encaro fixamente, acho que nem mesmo pisco.

— Nada sobre mim e sobre a relação que tenho com o meu pai lhe diz respeito. Mantenha sua boca fechada, antes que termine com ela cheia de formigas e terra — ameaço e saio andando rumo ao interior da casa. Se antes eu estava bem-humorada, agora meu humor desapareceu, sendo substituído pela raiva e pela vontade de matar. Eu não me importaria em manchar minhas mãos de sangue matando aquele projeto de capataz. Meu santo não bate com o dele, definitivamente. A cada vez que ele abre a boca eu sinto uma sede assassina de cortar seu pescoço. Uma fúria que preciso controlar.

Meu pai está na sala, sentado em um sofá, com as pernas cruzadas, fumando um charuto fedorento e bebendo uísque. Ele parece relaxado o bastante para quem não está feliz comigo.

— Vamos, papai. Diga-me o motivo da sua infelicidade — exijo. — Onde foi que errei agora? Qual ordem deixei de cumprir, querido mafioso?

— Você tem estado muito dispersa, Maia. Isso pode ser muito ruim.

— O senhor já tem o dossiê? Enquanto eu não tenho essa merda em minhas mãos, eu tenho todo o direito de me dispersar da forma como eu bem entender. O nosso trato gira em torno do filho de Antônio, mas até agora não recebi nada sobre ele, absolutamente nada relacionado a ele foi repassado a mim. Portanto, não venha exigir nada até que eu tenha material suficiente para enfim começar o que propus fazer. — Meu pai sorri, mas não há graça alguma em minhas palavras. Ele fica de pé, começa a andar como um leão quando está armando o bote para devorar uma deliciosa refeição. Isso me deixa em estado de alerta, meu sexto sentido me diz que há algo errado e que não irei gostar.

Disposta a não demonstrar meu receio repentino, engulo em seco, levanto minha cabeça e vou até o barzinho me servir de uma dose de uísque. De repente, sinto a necessidade de beber algo forte. Viro todo o líquido de uma só vez e, quando estou prestes a encher o copo mais uma vez, meu pai me detém.

— Chega, Maia.

— O quê? — questiono. — Vai me privar de beber?

— Vou. Agora temos algo sério a conversar sobre o filho de Antônio Negrão. Sente-se, pois é provável que não vai gostar do que tenho a dizer — diz, com um ar de mistério misturado com o desagrado em sua voz. Desvio meu olhar do dele e acomodo-me em uma poltrona, ansiosa para saber o que posso vir a não gostar. Meu pai range a garganta e se senta diante de mim. — Bruno Negrão — fala. —Bruno Negrão é filho único, sendo assim, único herdeiro do império de Antônio.

— E?

— Parece que você o conhece bem, Maia.

— Eu o conheci quando era criança, papai. Não me recordo de absolutamente nada sobre aquele moleque. As poucas lembranças que tenho é sobre ele ser insuportável, nada além disso — comento. Marcelo surge com um sorriso radiante em seu rosto e me entrega uma pasta.

— Talvez você queira saber mais sobre ele — o petulante diz, e encaro meu pai.

— Eu me lembro de ter dito que tudo ficaria apenas entre nós dois, papai. Que diabos está acontecendo? — esbravejo, ficando de pé. — Quando eu pedir algo, quero que seja respeitado. É sobre a minha vida, papai.

— Alguém tem que estar no controle quando você não é capaz de controlar a si mesma — Marcelo argumenta, demonstrando uma coragem absurda. — Sabe, Maia, desde que seu pai me confidenciou sobre o seu plano maquiavélico — diz, fazendo aspas com os dedos — soube que não daria muito certo, primeiro pelo amadorismo e segundo porque você não é a imagem que tenta passar aos outros. Por que eu sei disso? Porque quem é de fato ruim, não fica tentando provar isto a todo custo. Quem é verdadeiramente perigoso faz isso silenciosamente — sorri. — Você acabou de retornar da vida que acreditava ser o conto de fadas, está agindo como se tivesse vindo para comandar todos os negócios do seu pai, como se fizesse parte do elenco de um filme de ação, com toda impetuosidade e raiva, além de estar tentando canalizar as frustrações em uma missão que não está preparada para enfrentar. Mas, é importante que saiba que nada aqui é igual ou parecido como um filme. Está lidando com a vida real e com o perigo. Além disso, está deixando a luxúria te cegar.

— O que pensa que sabe sobre a minha vida? — questiono, com raiva.

— Mais do que você gostaria que eu soubesse — responde, com uma confiança que me faz querer esganá-lo. — A única que sabe pouco aqui é você, Maia. — Encaro meu pai, e ele desvia o olhar. — A não ser que esteja executando o plano sem nos dizer nada a respeito...

— Pare de me encher com suas palavras de merda e diga logo o que quer dizer.

— Bruno Negrão — repete o nome. — Abra a pasta que lhe entreguei e veja por si mesma.

Volto a me sentar no sofá. Encaro meu pai uma última vez antes de abrir a tal pasta, piscando através da minha apreensão. Nas primeiras folhas contém apenas dados como nome completo, número de documentos, propriedades, negócios, nada que venha a me assustar ou que não seja esperado. O susto acontece na quinta página, quando a foto de Bruno aparece. O Bruno. O meu Bruno. O Bruno do camarote. O Bruno que me deu orgasmos horas antes de eu vir para cá. Ele é o Bruno Negrão, filho de Antônio Negrão, o maior inimigo do meu pai. Tento ocultar o choque, embora a frustração tenha atingido em cheio o meu peito. Procuro agir com a frieza que sempre foi minha amiga, lutando para não demonstrar o choque e o fato de que errei, que fui fraca. Tenho poucos segundos para tentar sair desta situação de cabeça erguida e fingir estar no controle de cada ação. Eu não posso simplesmente desmoronar diante deles. Passo as demais páginas, esforçando-me ao máximo para evitar um surto, mascarando todas as emoções que estou sentindo. Não darei a minha derrota a Marcelo, estarei morta antes de permitir que ele saia como o certo dessa história e eu como a frágil e tola. Reúno todo o ódio que possuo, acrescentado da frieza e do meu modo calculista, e encaro Marcelo, abrindo um sorriso enorme e ficando de pé. Forço minha voz em um tom mais forte, reunindo toda a veia artística que não possuo.

— Espere aí! Deixe-me ver se entendi todo esse circo — digo, andando lentamente pela sala, sentindo um calafrio estranho conforme os olhares me acompanham, aguardando que eu lhes dê algo. E eu darei. — Os tolinhos acham que não sei com quem estou dormindo? Ops! — Sorrio. — Dormindo não. Fodendo. Fodendo combina mais com o que temos feito.

— Maia Galina! — meu pai esbraveja.

— Ora, papai. O que estava esperando quando sugeri seduzir o filho do seu inimigo? — questiono. — Esperava que eu fosse chamá-lo para rezar um terço? Ir a um culto? — indago, sorridente, tentando soar como uma vilã perfeita, mesmo meu coração estando em frangalhos e minha mente não tendo assimilado tudo ainda. — Não sou uma mocinha virgem e indefesa, senhor Rogério. Sinto te desapontar, mas sou uma mulher feita. Se o senhor e esse babaca não conseguem levantar um dossiê rapidamente, eu sinto dizer que lentidão não combina comigo. Eu descobri por conta própria há algumas semanas, desde então tenho trabalhado duro... na verdade, ele tem trabalhado duro, enquanto executo com o meu plano. Vocês também deveriam trabalhar mais duro, não como Bruno, é claro, se é que me entendem... Há falhas, papai. O senhor está falhando em confiar nesse projeto de mafioso e falhando por duvidar de mim. Não vai demorar muito para que esse imbecil passe a perna no senhor.

— Eu nunca faria isso — Marcelo afirma, demonstrando raiva. Acho que se meu pai não estivesse aqui ele já teria voado sobre mim.

— Quem me garante? — questiono, encarando-o em desafio. — Você não passa de um merdinha que acha que está sempre um passo à frente de mim e do meu pai. Tolo! Você nunca estará à frente, e eu estarei morta quando permitir que coloque as mãos na fortuna do meu pai. Não serve nem mesmo para levantar um dossiê de forma ágil e esperta. É burro, falho, ignorante e muitos outros adjetivos que não direi, preciso economizar saliva. Parece que não sou eu a incapacitada aqui. Eu me lembro de ter dito para não me subestimar.

— Se já está colocando seu plano em prática, por que no início da conversa disse que estava aguardando receber o dossiê para agir? — Marcelo questiona. Tarde demais para perceber o meu erro? Inferno! Minha mente trabalha rápido para dar uma resposta que passe o mínimo de veracidade.

— Eu não gosto de interferências quando me disponho a fazer algo. Da maneira como estou conduzindo as coisas com Bruno está dando certo. Não quero receber ordens de como devo agir com ele. Quero fazer do meu jeito. Acreditei que meu pai ditaria regras a partir do momento em que eu tivesse todas as cartas nas mãos. No mais, eu não devo satisfações a você. — Encaro meu pai, com um misto de raiva, decepção e algo mais. — Já que não confia em mim, por que diabos destruiu a minha vida exigindo que eu retornasse para esse inferno? Eu estava feliz em Londres, minha vida estava estabilizada. Poderia muito bem ter dado o controle das suas questões para seu subordinado, visto que cada dia fica mais óbvio que ele é seu "menino dos olhos". Eu nunca tive qualquer interesse em gerir seus negócios sujos, papai. E, em relação a herança, não faço questão também. Até acho que Marcelo não é digno de recebê-la, mas isso não importa mais. Se não sou confiável ou competente o bastante, entregue tudo nas mãos dele e me deixe em paz.

— Não é bem assim, Maia...

— Não? Estou tendo minha vida controlada como se fosse uma criminosa, uma inimiga do meu próprio pai. Não demonstra confiar em mim, papai, sendo assim, não vejo qualquer sentido em ter exigido meu retorno. Já tive o bastante por hoje — comunico, pegando minha bolsa, o dossiê e saindo da casa, rumo a lancha.

— Maia, nossa conversa ainda não acabou — meu pai esbraveja, seguindo-me.

— Por hoje acabou — sentencio, exausta e louca para desaparecer daqui. — Me tire daqui — ordeno ao marinheiro. — Agora.

Não sei dizer como consegui conduzir meu carro do porto até em casa. Tive esperança de que, ao abrir a porta do meu apartamento, toda essa confusão ficaria para trás, mas não é o que acontece. Parece que somente agora a ficha caiu, visto que precisei ignorar muitos dos sentimentos que me assombraram para poder lidar com meu pai e aquele idiota. Agora eles estão me consumindo de uma só vez, transbordando. Eu menti tão descaradamente que nem mesmo ponderei o fato de que posso estar sendo alvo de um plano de Bruno. Minha mente está confusa, criando diversas situações. Em uma dessas situações, Bruno teve a mesma ideia que eu tive e está tentando seduzir a filha do inimigo do seu pai. Porém, ao pensar bem, isso parece pouco provável. Fui eu quem falsifiquei todos os documentos e fui parar naquele camarote, sem receber qualquer convite. E, nem por um segundo ele faz o que há entre nós se parecer com qualquer tipo de vingança. Tudo parece real, perfeito, e me dilacera saber que a partir de agora deixará de ser puro ou mágico. Não faço ideia de como prosseguir com isso. Não faço ideia de como me livrar de Marcelo ou de como fugir de todos eles, especialmente do meu pai. De repente, a realidade me atingiu em cheio, mostrando-me que eu estava romantizando um pouco da nova vida que levarei; uma vida onde não há espaço para o amor e onde tudo gira em torno da desconfiança; uma vida devastadoramente vazia e triste, onde sentimentos não são bem-vindos.

Eu me apaixonei por Bruno muito rapidamente e agora tenho a missão de superá-lo mais rápido ainda. Só não sei se isso será possível.

Eu não sei de absolutamente nada e essa é a minha única certeza.

O meu Bruno é Bruno Negrão e eu preciso descobrir qual a melhor maneira de lidar com esta descoberta.

Para começar, talvez eu precise dos meus documentos falsos novamente. Desta vez, com mais urgência ainda.

Segundo ATO

Capítulo 22

"Eu corro para você, amor
Eu vou esperar por você
Eu vou esperar por você
Não desista de mim
Não desista de mim
Por favor, confie em mim agora"
I RUN TO YOU – MISSIO

MAIA GALINA

Precisei ignorar a dor maçante que passei a sentir desde o momento da descoberta, para poder conseguir agir com a frieza necessária para encarar a situação. Só existem duas possibilidades:

1. Bruno não faz ideia de quem sou e resolveu ocultar de quem é filho pela minha segurança.
2. Bruno faz total ideia de que sou filha de Rogério Galina e se aproximou por vingança. Tornei-me vítima de um plano maquiavélico de Antônio Negrão com o único propósito de atingir meu pai.

É em cima dessas duas possibilidades que tenho que trabalhar, cuidando para que meu pai e/ou os capangas dele não descubram que eu não fazia ideia de que Bruno carrega consigo o sobrenome do inimigo: NEGRÃO.

Ainda estou tentando entender por que decidi "protegê-lo". Na verdade, a resposta está aqui, mesmo que eu esteja em um momento onde estou tentando massacrar o sentimento dentro de mim. Eu temo pelo que possa vir a acontecer caso meu pai descubra que menti, ao mesmo tempo que temo pela maneira como meu coração ficará devastado caso descubra estar sendo alvo de um plano de vingança. Talvez isso não faça muito sentido e não passe de uma hipocrisia da minha parte, visto que eu havia elaborado um plano para seduzi-lo antes mesmo de saber quem ele era. Acho que perdi a capacidade de agir racionalmente a partir do momento em que me apaixonei perdidamente por Bruno, confessar isso me causa um mal-estar e uma dor aguda no peito. Tenho lidado com dezenas de sentimentos desconhecidos e os acontecimentos só me fazem ficar mais perdida.

Acho que, no fundo, temo que seja a primeira opção. Tenho medo de como me sentirei caso descubra que ele não faz a menor ideia de quem sou; temo ser consumida pela culpa, pois sei exatamente quem ele é e o que eu estava planejando fazer. Para piorar, meu pai sabe que estou envolvida com ele, provavelmente acreditou quando lhe disse ser parte do plano e, pelo próprio bem de Bruno, não poderei dispensá-lo. De um jeito ou de outro, eu me tornarei uma traidora filha da puta…

Eu acho que odeio todas as possibilidades. É isso! Eu ficaria imensamente feliz de acordar deste pesadelo que minha vida se tornou inesperadamente. Até esperava uma movimentaçãozinha ou outra, mas nada que envolvesse sentimentos que se tornaram profundos.

É carregada de incertezas e precisando de apoio moral que pego meu telefone e faço uma ligação para Jules. Ela não fica satisfeita por ser acordada, mas, assim que começo a contar sobre a minha nova realidade, ela perde o sono e mergulha virtualmente em minha nada mole vida.

— E se ele não souber quem sou? — sigo em um dos meus questionamentos. — Eu devo me apresentar a ele ou devo seguir alimentando a história de que sou uma Maia sem problemas?

— Não seja estúpida, Maia. Meu Deus! Eu nem acredito que é você em apuros pela primeira vez — ela comemora, como se a minha situação fosse de fato descomplicada. — Ok. Me desculpe! — diz, fazendo sua carinha de inocente. — Ouça, Maia, você não pode se apresentar, tampouco pode confiar tão facilmente nas intenções dele. Precisa ser astuta, usar a inteligência que Deus te deu em demasia. Você ama analisar pessoas, mas nem sempre suas análises são cem por cento corretas. Inclusive, pode ser que ele seja de fato um inimigo querendo vingança. Por que até agora não ponderou isso? Responda para que eu possa prosseguir com o meu plano. — Quase sorrio. Quase.

Por que eu não ponderei tão fortemente a segunda opção como estou ponderando a primeira? Argh! Eu sei a resposta. A segunda opção me devastaria de vez e daria início a uma guerra, além disso, recuso-me a acreditar que posso ter sido tão tola a ponto de não conseguir enxergar os sinais. Tudo que vivemos, cada momento e cada mínimo detalhe, se parece verdadeiro, de forma que não há espaço para acreditar que essa relação seja fruto de uma vingança. Meu coração e a minha razão estão apostando todas as fichas na primeira opção, mesmo que eu não saiba o que fazer caso essa seja a realidade.

— Apenas foque na primeira. Uma de cada vez, Jules, por favor — imploro.

— Ok, sendo assim, Maia, apenas observe e deixe o tempo passar um pouco. Use esse tempo e a sua descoberta para captar como ele se sente sendo filho de quem é, como ele lida com isso, quais as verdadeiras intenções dele. Talvez vocês dois tenham sido colocados como peças importantes em um tabuleiro de xadrez e seus respectivos pais estejam os usando da maneira mais cruel. — Essas palavras fazem com que um incômodo surja em meu peito, mais uma vez. — Seja paciente, inteligente, sei que você tem esse dom analítico, então o use mais do que nunca. Só diga a ele quem você é quando estiver certa de que não errou a respeito do caráter dele. Não parece justo com ele, nem mesmo com você... Own... acho que comprei sua ideia da primeira opção, estou com o coração despedaçado agora e construí todo um enredo de filme de romance em minha mente.

— Não seja mais dramática, Jules. Estou perdida e não vejo nada de romance na situação. Na verdade, parece que o romance foi destruído há algumas horas.

— Nunca a vi gostar de qualquer homem, Maia. É um choque, mas também é fofo. Você está demonstrando ter um coraçãozinho, isso não é lindo? — Reviro meus olhos. Preferia a fama de Elsa, do filme de animação Frozen. O gelo me deixa mais relaxada, se parece mais com a minha zona de conforto. De qualquer forma, eu me apego aos conselhos de Jules, julgando-os bons. Tudo que ela disse parece se encaixar na frase "fazer sentido". Eu preciso lidar com isso agora, sozinha.

...

Eu acreditei que ficar alguns poucos dias sem vê-lo ajudaria a me acalmar para poder lidar com ele melhor. Porém, a calma desaparece no segundo em que o interfone toca e o porteiro anuncia sua chegada. Meu pulso pula descontroladamente em minha garganta, assim como meus pensamentos parecem dar início a um conflito. Não está frio, mas isso não impede que eu sinta um calafrio correr pela minha espinha.

Um segundo, dois, três, quatro… dou início a uma contagem e passo a apertar meus dedos nas palmas das minhas mãos. A campainha toca e o som retumba em minha cabeça.

Leva um momento para que eu consiga processar o que está acontecendo, que Bruno Negrão está ali do outro lado da porta. O duelo entre primeira e segunda opção insiste em seguir firme em minha cabeça, fazendo com que uma leve dor surja.

Respiro fundo, coloco a mão na maçaneta e a giro, abrindo para que ele entre.

Meu coração se despedaça no momento em que seus braços me envolvem em um abraço esmagador, demonstrando o quanto sentiu minha falta. Engulo em seco quando sinto seu nariz passear pelo meu pescoço. Tão ele. Tão nós. Eu gostaria de retribuir, mas me sinto congelada, ansiando por mais uma descoberta. Eu preciso sentir, preciso de algo em que eu possa me apegar; seja a guerra ou o amor.

Amor.

Meu Deus! Que tamanha infelicidade estar apaixonada pelo filho do inimigo do meu pai. O destino não poderia ser pior, resolveu me contemplar com a maior de todas as desgraças logo na primeira vez que encontro alguém à altura do que julgo perfeito para mim. Talvez não seja eu quem deva decidir quem é perfeito ou não, provavelmente essa seja uma maneira do destino me mostrar que…

Pare, Maia! PARE!

BRUNO NEGRÃO

Psicótico, é nisto que me sinto ser transformado a cada dia que passo na presença e até mesmo na ausência de Maia. Ainda tento entender como fui do homem que não queria compromisso ao homem totalmente possessivo e insano sobre a mulher. Quanto mais tenho, mais quero e nada parece o suficiente. E, por não ser o suficiente, aqui estou eu mais uma noite, batendo na porta do seu apartamento, após poucos dias sem vê-la, aguardando que ela abra e me dê tudo de si, e não digo isso apenas sobre sexo. Há toda uma possessividade em mim em torno dela. Em algum momento tornei-me um viciado fodido e não há uma única parte da minha racionalidade que queira parar. Estou consumindo e sendo consumido pelos sentimentos.

Maia abre a porta, e eu a pego em meus braços, enfiando minha cabeça no vão do seu pescoço, inspirando e absorvendo seu cheiro delicioso.

— Senti falta deste cheiro, senhorita — confesso, apertando-a mais forte. Um desconforto surge quando noto que ela não retribui da forma como está acostumada a retribuir. Indicativo de que algo está errado. — Tudo bem? — questiono, me afastando e tentando soar com naturalidade. O silêncio e a quietude no apartamento é tanto que quase sou capaz de ouvir as batidas do meu coração.

— Me diga você. Tudo bem? — Há uma espécie de julgamento em seu olhar, algo que não consigo entender. Seu tom de voz deixou de ser suave e acaba de tornar-se áspero. Com toda certeza a confusão está brilhando em meus olhos neste momento.

— Deveria não estar? — questiono. Maia solta um suspiro exasperado e fecha a porta atrás de nós. Torno-me um observador de cada passo e cada uma de suas ações, perdido. Ela se senta em uma poltrona e aponta para que eu me sente no sofá.

— Quem é você, Bruno? — pergunta, e recebo a resposta do questionamento que nem mesmo fiz. Se estou correto em minha percepção, Maia descobriu quem sou, descobriu o que venho tentando ocultar desde o início. Porém, não serei direto agora, especialmente porque posso estar errado. Talvez seja uma brincadeira ou talvez ela esteja tentando sondar algo, infelizmente para ela e felizmente para mim, aprendi a lidar bem com situações onde pessoas tentam arrancar verdades de mim. Meu instinto de sobrevivência faz com que a entrega seja uma missão quase impossível. Não direi a verdade a ela tão facilmente, a não ser que ela diga o que descobriu. Caso seja a segunda opção, darei o que ela precisa.

— Como assim? Achei que me conhecia bem. — Um sorriso nada amigável surge em seu rosto perfeito.

— Eu não quero jogar agora, Bruno Negrão. — *Touché!*

— Filho de Antônio Negrão, o maior mafioso do país — completo, deixando escapar da minha boca sem contenções. É o que é. — Esse sou eu.

— E por que mentiu para mim? — Seus olhos estreitam à medida que aguarda pela minha resposta.

— Não me lembro de ter mentido para você, Maia. Eu ocultei esse fato, mas não menti — afirmo, segurando seu olhar que parece querer buscar todas as respostas. — Acha que ser filho de quem sou é algo a se comemorar ou algo ao qual eu deva me vangloriar, espalhando para todos?

— Eu pensei que já tivéssemos passado da fase onde me encaixo nesse "todos" — suspiro, enquanto sacudo minha cabeça em negação, insatisfeito pela maneira como ela compreendeu o que acabei de dizer.

— Já passamos dessa fase, Maia. Porém, estou falando do início. Eu não iria dizer isto a você logo no primeiro encontro, naquele camarote ou no quarto de um hotel. Não iria dizer para uma mulher, que eu não tinha intenção alguma de manter, quem de fato eu era/sou. — Maia fica de pé. Ela passa as mãos pelos cabelos de forma exasperada enquanto anda de um lado para o outro.

Não posso dizer que é um exagero que ela esteja agindo desta maneira. Qualquer pessoa no mínimo inteligente percebe que há muito por trás de um envolvimento com o filho de um bicheiro. Há riscos, inseguranças. Nem todos estão preparados para lidar com a carga que um relacionamento normal traz, imagine um relacionamento que estará sempre na linha tênue entre a segurança e o perigo?

Por mais frustrante que seja, por mais louco que eu esteja por Maia, por mais que os sentimentos estejam crescendo em mim de uma maneira incontrolável, terei que compreender e aceitar caso ela decida colocar um ponto final no que estamos vivendo.

A parte racional diz que sou eu quem deveria terminar com tudo agora, pela segurança dela e por todas as coisas óbvias. Mas a outra parte insiste em querer continuar, grita para que ela queira se aventurar em um mundo de adrenalina, onde o perigo e o prazer andam lado a lado.

MAIA GALINA

Versão da conversa e seguimento

— Senti falta deste cheiro, senhorita. — A dor ao ouvir essas palavras queima em minha garganta, especialmente quando ele aumenta seu aperto sobre mim. Provavelmente ele nota que não retribuí e se afasta. — Tudo bem? — pergunta. Meus olhos percorrem cada pedacinho dele, não passa despercebido o quanto seu olhar está transmitindo receio, talvez medo, na falta de uma palavra melhor. Respiro fundo, sentindo a tensão se instalar muito rapidamente. Reúno minha coragem e decido confrontá-lo, como planejei nos últimos dias.

— Me diga você. Tudo bem? — pergunto, enquanto o desconforto atinge um novo nível em mim.

— Deveria não estar? — Sua pergunta faz com que eu solte um suspiro exasperado e feche a porta, para termos mais privacidade para a conversa complicada que estamos prestes a ter. Após isso, sento-me em uma poltrona e faço sinal para que ele se acomode em outra, um pouco distante para não correr risco do meu coração vacilar e cair em alguma espécie de armadilha.

— Quem é você, Bruno? — pergunto, indo direto ao ponto. Ele fica silencioso por um tempo, parece em busca de tentar compreender o meu questionamento, mas eu tento não dar nada a ele. Esforço-me para assumir minha impassividade, até o momento que ele abre a boca.

— Como assim? Achei que me conhecia bem. — Sua pergunta faz com que um sorriso maquiavélico surja em meu rosto. A impressão que tenho é de que voltamos a jogar.

— Eu não quero jogar agora, Bruno Negrão — informo. Penso surpreendê-lo, mas é ele quem me surpreende a seguir, dando-me uma honestidade inesperada e deixando minha mente mais confusa.

— Filho de Antônio Negrão, o maior mafioso do país — completa, sem titubear. — Esse sou eu.

— E por que mentiu para mim? — questiono, estreitando meus olhos e buscando analisá-lo melhor a partir deste ponto. Quando criança, nunca fui ligada a superpoderes, porém, neste momento, queria possuir o superpoder de entrar na mente das pessoas, apenas para descobrir o que está se passando na mente dele. Queria ter todas as certezas sobre mentiras e verdades.

— Não me lembro de ter mentido para você, Maia. Eu ocultei esse fato, mas não menti — afirma, com seu olhar fixado ao meu. Não sei se o agradeço por isso, ou se o amaldiçoo. Seu olhar também está me confundindo desta vez. — Acha que ser filho de quem sou é algo a se comemorar ou algo ao qual eu deva me vangloriar, espalhando para todos? — Uau! Essa resposta se encaixa tão perfeitamente na maneira como me sinto. Ela me mostra que temos mais em comum do que apenas a inimizade dos nossos pais. Eu amo meu pai, mas é tão complexo ser filha dele. Não podendo concordar com ele, eu me apego a outro trecho de sua resposta.

— Eu pensei que já tivéssemos passado da fase onde me encaixo nesse "todos" — eu o questiono, querendo descobrir qual lugar eu ocupo em sua vida. Tolice? Não saberia dizer, mas, de alguma forma, isso importa para mim, muito.

— Já passamos dessa fase, Maia. Porém, estou falando do início. Eu não iria dizer isto a você logo no primeiro encontro, naquele camarote ou no quarto de um hotel. Não iria dizer para uma mulher, que eu não tinha intenção alguma de manter, quem de fato eu era/sou. — Levanto-me de uma só vez quando sua resposta atinge um lugar profundo dentro de mim. Eu sempre fui acostumada a ter tudo que sempre quis desde quando era apenas uma garotinha, muitas das vezes eu nem mesmo precisava pedir pelas coisas, elas simplesmente chegavam até mim com uma facilidade quase entediante. Acredite, chega um ponto em que ter tudo com muita facilidade torna-se entediante. A sensação de ter que lutar para obter algo é muito mais emocionante. Acho que é a primeira vez que estou sendo posta em uma posição onde talvez eu não possa ter o que tanto quero. Certamente isto é algo novo para eu lidar.

Eu o quero.

Eu quero o filho do inimigo do meu pai, e isso vem muito antes de eu saber deste detalhe fodido.

Eu o quero mais do que já quis qualquer outro homem.

E eu me sinto insana sobre isso.

Pensei que seria fácil, especialmente por estarmos juntos há pouco tempo. Mas, diferente do que imaginei, está sendo demasiadamente difícil. Desejá-lo é um erro?

Não consigo conduzir desta forma, especialmente porque desde o início tudo pareceu certo demais. Ele está sendo verdadeiro como parece? Odeio todas as incertezas que estão rondando minha mente. Odeio estar nesta posição em que me encontro. A Maia não é esse tipo de mulher que se torna fraca por causa dos sentimentos. Eu não estou me reconhecendo e fui arrancada cem por cento da zona de conforto que sempre fez parte da minha existência.

Olhar para ele é doloroso agora, principalmente por estar demonstrando estar perdido tanto quanto eu. Se ele estiver certo como acredito, nós estaremos fodidos e não de uma maneira gostosa. E caso seja uma mentira, eu estarei destruída até encontrar forças para lidar com a situação. Nada parece bonito agora, nenhuma perspectiva. Estou sendo tão dramática quanto pareço ser.

— Estamos nos conhecendo dia após dia, nos envolvendo, construindo algo que não estava em meus planos e, ainda assim, estou me doando. — Suas palavras me fazem parar e encará-lo. Seu semblante agora está carregado com algo que não consigo identificar. Parece apreensivo o bastante e algo mais.

— Quando estamos juntos não sobra tempo para lembrar que sou Bruno Negrão. Quando estou com você, eu sou apenas um homem mergulhando em uma relação gostosa com uma mulher que acho incrível e que faz minha realidade ser diferente quando está nos meus braços. Provavelmente está parecendo poético, Maia, mas é como me sinto. Todas as vezes em que deixo seu apartamento ou você deixa o meu, a realidade retorna me engolindo. Eu nasci filho de um mafioso, sou o único herdeiro e não há como fugir disso. As pessoas que veem a situação de fora devem achar que existe a possibilidade de escolha, onde eu simplesmente posso decidir não fazer parte desse universo, mas não é uma escolha. Nunca foi uma escolha — pontua. — Uma vez que você nasce no berço da máfia, carregará isso pelo resto da vida. A única maneira de eu me desvincular da cúpula é morrendo e eu não quero morrer. Acredito que posso seguir o legado de uma maneira mais limpa e menos violenta. Posso ser visto como um idiota sonhador, mas… não sei mais o que dizer, Maia. Essa situação… eu nunca estive envolvido em nada assim. Estou perdido aqui. — A verdade é que sou capaz de compreendê-lo melhor do que qualquer outra pessoa. Nossos destinos foram traçados antes mesmo de existirmos.

Um lampejo de raiva passa por mim, consumindo quase toda minha racionalidade. Eu oculto, atuo, e tento evitar que seja perceptível o fato de que sei exatamente do que ele está falando. Você nunca sabe a verdade sobre uma pessoa até estar de frente com ela, olhos nos olhos, observando-a derramar sobre você sentimentos dolorosos em formas de palavras. Bruno está sendo verdadeiro, não me restam dúvidas. E, por mais que eu tenha tentado me preparar para este momento, não faço ideia de como agir. Sempre julguei todas as pessoas que pediam um "tempo" em relações amorosas ou de amizades, mas agora eu sou capaz de compreendê-las. Preciso de um tempo. Preciso reorganizar as ideias, pensar, tomar decisões, ponderar… preciso conseguir respirar e absorver a verdade de Bruno Negrão, embora eu saiba que ele não me disse nem mesmo dez por cento da sua história. É bom e ruim compreendê-lo. Ruim apenas porque aquela sensação que eu temia sentir, está aqui, causando um desconforto absurdo.

— Eu quero seguir com essa conversa, muito, mas não sou capaz agora. É muito para eu lidar, Bruno — confesso. — Tornou-se mais do que imaginávamos… e é por isso que preciso respirar e pensar.

— Não vou implorar, Maia. Apenas lhe darei o tempo necessário. Você sabe onde me encontrar. Aguardarei, mas não demore muito. Paciência não é um dos meus pontos fortes. — Meu coração se aperta quando ele deixa o apartamento, carregando uma onda de energia e intensidade. De repente, o local tornou-se frio, uma lembrança de como meu coração deveria ter permanecido.

Frio.

Acho que sempre relutei em me entregar por completo exatamente por medo de sentir tudo o que estou sentindo agora. Além disso, antes não houve qualquer pessoa que valesse a pena. É a minha visão sobre relações íntimas. Antes de mergulhar em uma relação, você precisa ponderar todas as coisas ruins que podem vir a acontecer. As boas, basta se entregar e vivê-las, mas são as possibilidades dos acontecimentos ruins que precisam ser analisados friamente. Você deve ponderar se vale mesmo à pena permitir que seu coração sangre algumas vezes, precisa ter a consciência de que, por mais que seja um relacionamento lindo, ocasionalmente um causará dor no outro mesmo que involuntariamente; precisa pensar se está disposta a lidar com o lado ruim que cada pessoa possui. Ninguém é perfeito, nenhuma relação é perfeita, por isso é necessário escolher aquela pessoa por quem compensa compartilhar cada momento, seja ele bom ou ruim. E, infelizmente, tudo me faz acreditar que Bruno é um desses que compensam… Eu só preciso respirar e tentar entender todo tornado que está acontecendo, porque tudo em mim grita que por ele vale a pena.

Capítulo 23

"Eu preciso disso, tenho que tê-lo como um animal
Esse desejo está furioso
Essa fome me fez sentir tão invencível
Sem frear até eu conseguir
Oh! Você quer jogar o mesmo jogo,
Oh! Você não sabe o que está pedindo
Eu sei que queremos a mesma coisa
Oh! Você vai ter que me enfrentar"

Ruelle e Tommee Profitt – Powerful

BRUNO NEGRÃO

Dias depois

Com o celular em minha mão, andando pelo enorme corredor da casa do meu pai, leio as notícias do dia enquanto o aguardo surgir de algum lugar para que possamos ter a conversa para a qual fui convocado. Não demora muito para que Antônio Negrão surja carregando consigo um rompante de fúria e insatisfação. Ele sinaliza para que eu o acompanhe e assim o faço, desligo meu celular, guardo-o em meu bolso e sigo-o. O homem que sempre carrega um olhar presunçoso, hoje está portando uma carcaça de puro desagrado, e estou ansioso para descobrir o motivo.

Assim que entramos em sua sala, nos sentamos e ele me encara. Sinceramente, meu humor não está no topo, então espero que não seja nenhuma merda que vá piorar as coisas.

— O que há de errado? — questiono, já irritado.

— Não há rastros sobre a filha de Rogério. Nada. Nenhuma pista do seu paradeiro. — Quase suspiro aliviado ao ouvir essa notícia, mas não posso demonstrar satisfação. Não quero ter que desperdiçar meu tempo com uma garota que é filha de Rogério. Embora elas possuam o mesmo nome, meu interesse total está voltado a outra Maia; uma que está me torturando com o silêncio.

— Acho que deve virar essa página, pai. Não acredito que usar a garota vá saciar sua sede de vingança.

— Eu não pedi sua opinião — vocifera. Fecho minhas mãos em punhos enquanto tento controlar a fúria que quer escapar de mim. Estou em uma fase onde qualquer coisa tem me levado ao limite facilmente e eu não sei se quero cruzar uma linha com meu pai.

— Se não pediu a minha opinião, não vejo motivo para estar aqui — brado, ficando de pé.

— Eu quero que ache a garota para mim, custe o que custar — ordena. Com o cenho franzido, aguarda minha resposta. Honestamente, essa inimizade tornou-se doentia há algum tempo. Meu pai deixou de viver a vida focado em seus próprios negócios, para viver focado em Rogério Galina. E, sendo sincero, não vejo Rogério se empenhar tanto para destruí-lo.

Talvez eu deva me empenhar em descobrir mais sobre a morte da minha mãe, pode ser que a descoberta me transforme em uma versão mais jovem do meu pai. Seria uma boa desculpa para tirar Maia do meu sistema e voltar a ser um homem cem por cento focado nos negócios. Se meu pai der a sorte de eu conseguir confirmar que foi Rogério quem a matou, eu o destruirei com as minhas próprias mãos, independentemente de como isso afetará o meu futuro (se é que matá-lo permitirá que eu tenha um futuro).

De repente, a ideia de encontrar a garota parece boa, especialmente para ocupar a minha mente e desviar meus pensamentos sobre Maia. Além disso, pode ser que eu consiga mais do que apenas agradar meu pai nessa vingança doentia.

— Eu a encontrarei. — Posso ter milhões de motivos para não gostar de Rogério, mas não vou destroçar a filha dele. Meu pai está psicótico sobre isso, e é melhor que eu cuide pessoalmente. — Mas há uma condição — digo, tendo agora sua atenção.

Ele acena positivamente com a cabeça, em um movimento sutil, sem esconder estar contrariado pelas minhas palavras.

— Eu a encontrarei, eu a destruirei. Não quero ninguém além de mim envolvido nessa busca. Darei o que o senhor quer, desde que seja do meu modo. — Ele aceitará. Meu pai não é estúpido o bastante, sabe que sou qualificado, mais do que seus capangas assassinos. É com desgosto que ele aceita a oferta.

— Ela é sua.

— Temos um acordo — digo, levantando-me e oferecendo um aperto de mãos. Seu aperto confirma que acabamos de selá-lo.

Há um sabor de desgosto em meus lábios, um gosto amargo que, somado com a maldita sensação de inquietação, não é nada bom. Piora quando percebo que meu trabalho está sendo seriamente impactado pelo fato de meus pensamentos correrem livremente para Maia. Eu deveria mergulhar na busca pela filha de Rogério, mas, ao contrário disso, estou parecendo um viciado passando por um período de abstinência. A sensação é irritante, especialmente porque a situação parece impossível de ser controlada.

A frustração atinge meu peito um pouco a cada segundo. De tantas mulheres neste mundo, por que ela? É a pergunta de um milhão, e todas as respostas para esse e outros questionamentos parecem irracionais o bastante. Isso significa que nada está bom por aqui. Meu apartamento, que costumava ser um local tranquilo, agora parece carregado o suficiente para eu não conseguir ficar por muito tempo.

A noite está bonita. Há uma enorme lua cheia iluminando o céu, acompanhada de milhares de estrelas reluzentes, o mar está fazendo o magnífico trabalho de espelhá-las. Em minha mão há um copo de uísque, que estou bebendo em busca de relaxar o mínimo. O líquido âmbar parece não fazer o efeito desejado, e o copo está se mostrando resistente o bastante à força com a qual o estou apertando.

A sensação de estar miserável faz com que eu desista de permanecer aqui. Sigo para o quarto, tomo banho, visto uma roupa qualquer e decido que preciso respirar em outro ambiente; um que não seja tão claustrofóbico quanto meu apartamento se parece agora.

Ao descer, encontro Saulo.

— Chefe, para onde vamos? — questiona, guardando o celular e se preparando para sair.

— Você ficará aqui. Eu sairei de moto, sozinho.

— Mas...

— Hoje não, Saulo — Pisco para ele, e sigo rumo ao estacionamento, para pegar minha moto, satisfeito por ele compreender que não estou muito amigável esta noite.

— Senhor, é importante — insiste.

— Se é importante, por que estava esperando ao invés de subir e dizer? — questiono, enquanto sigo andando rumo à moto.

— Eu estava decidindo como fazer, como dizer. É sobre Maia. — Isso detém meus passos. Viro-me e o encaro. Agora ele ganhou a minha atenção e estou curioso para saber o que ele precisa me dizer de tão importante sobre ela.

— Maia filha de Rogério ou a minha Maia? — indago.

— É aí que está — suspira. — Esse é o problema. Acredito que as duas sejam a mesma pessoa.

— Novamente isso? — pergunto, sentindo a perturbação aumentar. — Eu já disse que vi os documentos dela. Elas não são a mesma pessoa.

— Acho que ela enganou o senhor, senhor....

— Pare com tanto "senhor", Saulo — exijo. — O que te faz pensar isso?

— Eu peço desculpas desde já. — Ele está soando confuso, e isso está começando a me irritar.

— Pode ir direto ao ponto?

— Estou receoso com a sua reação, mas... enfim. Não fiquei convencido no carnaval, mesmo o senhor dizendo que havia conferido a documentação dela. Maia não é um nome tão comum. Desde o momento em que eu a vi, um alerta surgiu. Embora o senhor tenha afirmado com segurança que ela não poderia ser a mesma Maia, eu não confiei — repete. — Achei que o envolvimento de vocês se manteria apenas no carnaval, especialmente quando passou um período sem vê-la, mas, desde que retomou os encontros com a garota, eu passei a analisá-la, especialmente por sentir que havia algo errado. Parece que fiz o certo em desconfiar. Eu tenho algumas fotos para o senhor — diz, pegando um envelope dentro de sua jaqueta e me entregando. Suas mãos estão trêmulas, ele parece de fato receoso com a minha reação. Tudo em mim está em estágio de alerta agora. — Eu sinto muito, senhor. Prezar pela sua segurança é a minha obrigação, foi por isso que corri atrás.

Seguro o envelope em minhas mãos, começando a temer por uma notícia que eu sei que não me agradará. Uma antecipação me atravessa enquanto meus pensamentos e sentimentos se transformam em um total descontrole.

— Antes de abrir este envelope, eu preciso saber de algo — digo. — Quem mais sabe sobre o conteúdo dele?

— Apenas eu, senhor.

— Seja o que for, Saulo, eu espero que isso fique apenas entre nós — informo.

Eu o deixo, não querendo que ele me veja reagir ao conteúdo que há dentro desse pequeno embrulho de papel pardo. Há certas descobertas que precisam ser feitas com privacidade, essa é uma delas, estou certo disto. Já imagino o teor, e já me sinto ferido sem nem mesmo ter a completa certeza do que há aqui. Só consigo pensar em erros e mais erros, todos eles cometidos por mim.

Levo um tempo sobre a minha moto, andando sem rumo pela cidade maravilhosa que agora parece feita de caos. Minha mente turbulenta se parece com a bagunça formada pelo enorme fluxo de carros. Eu tento desviar de cada um deles. Rodo, rodo, rodo, até que minhas pernas e meus braços dão alerta de esgotamento. Então eu paro em frente a um boteco, pego uma bebida e a dose me encoraja a abrir o envelope para encontrar o que no fundo eu passei a saber desde o momento em que Saulo o entregou a mim: a minha Maia é a Maia Galina, filha do homem que desconfio ter matado minha mãe; filha do inimigo número um do meu pai. Seria cômico se não fosse trágico.

Ela nunca deveria ter cruzado meu caminho, assim como eu nunca deveria ter colocado meus olhos sobre ela. Eu nunca deveria ter dado a ela o poder de testemunhar o meu verdadeiro eu, de entrar em minha mente e ocupar um lugar em meu coração. Nunca deveria ter me aberto a ela e contado sobre como me sinto por ser filho de Antônio Negrão. Agora ela sabe muito sobre mim, eu dei muita munição a ela. Maia Galina, deveria ter conhecido o monstro dentro de mim, e não ter se tornado parte da minha fraqueza. Por fim, parece que meu pai estava de fato certo todas as vezes em que disse que o amor é para os fracos. É assim que me sinto agora: um homem fraco, tolo, que foi enganado por uma mulher atrevida, desafiadora, tentadora, dona de uma inteligência fascinante e de uma beleza inigualável. Ela poderia ser a minha ruína se Saulo não tivesse descoberto sua verdadeira identidade. E o pior de tudo isso é saber que eu teria deixado de bom grado que ela me queimasse.

Agora só consigo pensar na recém-vontade insana de fazê-la se queimar junto comigo.

Parte de mim quer ir cobrar respostas dela, mas há uma outra parte que quer entrar nesse jogo insano que estamos jogando. É isso que acabamos de nos tornar; jogadores de times adversários. Esse jogo pode ser interessante, assim como pode ser destrutivo o bastante.

Um de nós sairá perdedor.

Eu DUVIDO que seja eu, e não há uma maldita chance de ser diferente disso.

MAIA GALINA

Calor lascivo queima meu corpo conforme me movimento no ritmo da batida musical. Quente. Muito quente. O fato de que há refrigeração na boate parece não fazer sentido agora. O intuito principal era esfriar a cabeça, mas agora percebo que não é possível conseguir essa proeza.

As centenas de pessoas espalhadas por todos os lados parecem estar arrancando a vazão do ar. Ou talvez para eles o clima esteja agradável. O problema provavelmente está em mim e em todos os pensamentos que estão ondulando em minha mente. O desejo está em pleno domínio a cada vez que penso em Bruno Negrão e em quão habilidosa suas mãos são. A parte lógica da minha mente parece ignorar todas as razões pelas quais eu deveria não me arriscar. Meu corpo está tomando a frente, assumindo todo desejo da minha carne necessitada. Tudo em mim quer aquele homem e todo desejo parece ter amplificado com a descoberta. Cada vez mais fica evidente o quanto sou amante do perigo. Desafios me excitam, elevam-me a um nível de insanidade.

Bebo meu *gin*, que está gelado o bastante. Nem mesmo as pedrinhas de gelo amenizam o calor. Mãos fortes tocam a minha cintura, então um corpo rijo se choca contra as minhas costas. Não é Bruno, eu saberia dizer. Minha pele acordaria mais em reconhecimento. É por isso que eu me viro, e não gosto nem mesmo um pouco do que encontro: Marcelo.

Ele é estúpido por achar que pode me tocar, estúpido por achar que temos qualquer mínimo vínculo, estúpido por me subestimar. Há tanta estupidez em cada uma de suas ações que tentar numerá-las tomaria todo meu tempo e, especificamente hoje, não estou muito inclinada a desperdiça-lo. Eu só quero distrair a minha mente o máximo que conseguir.

— Tenho que admitir que você é corajoso o bastante — digo, próxima ao seu ouvido. — Corajoso, não teme absolutamente nada. Além disso, é estúpido para se sentir no direito de me tocar.

— Você estava pedindo para ser tocada — responde. Um sorriso diabólico cresce em meu rosto. A cada frase que ele me diz, mais vontade eu sinto de exterminá-lo. Gostaria que ele tivesse uma morte lenta.

— Por que eu estava dançando? — questiono, mas ao invés de obter uma resposta, tudo que ganho é mais uma pergunta idiota.

— Por que não consegue enxergar que podemos ser bons juntos? — Não costumo ser o tipo espalhafatosa, mas me sinto exatamente assim quando uma risada escapa de mim. Esse imbecil deve ter feito curso para comediante ou algo do tipo, ele sempre tem uma piada para dizer. — Você pode rir, boneca, mas o que estou falando é verdade. Seria melhor para nós dois se ficássemos juntos, prazeroso também — diz, encarando meu decote. Não sei se é um bom momento para jogar, mas é isso que faço: jogo.

Deslizo meu dedo indicador do seu pescoço até o cós de sua calça, com o olhar fixado nos olhos dele, que sustentam a intensidade. Eu já disse que ele é gato? Sim, eu disse. Porém, é algo a se repetir: ele é gato. Pena que é um babaca e que ganhou minha antipatia gratuita desde o momento em que coloquei meus olhos nele. Nada sobre ele, além do seu perfume caro, cheira bem. Eu não costumo errar. Sigo o provocando até fechar minha mão sobre seu pau duro, por cima da calça. Arqueio as sobrancelhas, surpresa, e ele dá um sorriso confiante, como se eu tivesse mesmo caído em seu papinho.

Em minha mão esquerda ainda há o copo de *gin*, regado de gelos. E não perco tempo ao puxar sua calça o suficiente para que eu consiga derramar todo o líquido dentro dela.

— Vadia! — seu grito reverbera pelo ambiente, atraindo a atenção indesejada de pessoas que estão próximas a nós. O xingamento faz com que, em um ato impulsivo, minha mão se choque contra o seu rosto.

— Nunca mais me chame de vadia, imbecil — aviso, e me afasto. Caminho rumo ao caixa, onde pago minha comanda. Gostaria de ficar mais, e esse filho da puta acaba de exterminar minha diversão.

Quando estou no estacionamento, em busca do meu carro, ele surge agarrando meu braço com brutalidade.

— Nunca mais encoste um único dedo em mim, patricinha — diz, em tom de ameaça.

— Por quê? O que vai fazer? — provoco, livrando-me de seu aperto. Não dura muito tempo. Fico surpresa quando ele avança sobre mim, agarrando meus cabelos de uma maneira dolorosa o bastante. Nem mesmo consigo esboçar reação. Estou em choque.

— Sua putinha, acho que já sabe que não somos amigos, não é mesmo? Você é uma vadia gostosa, e não passa disso. Tudo que me interessa é a sua conta bancária. Deveria cooperar comigo, patricinha. Eu não vou com a sua cara de puta suja e consigo pensar em mil maneiras de estragar esse rostinho bonito.

Embora eu saiba muito sobre defesa pessoal, sobre armas, eu me pego perdida. Nunca estive em uma situação como essa. Eu penso em reagir, mas uma moto em alta velocidade derrapa ao nosso lado, levantando poeira e assustando a merda fora de mim.

— Largue ela. — Ouço a voz que não parece nada amigável. Eu olho rapidamente para a moto e reconheço Bruno pelo olhar, através do capacete. Ele tem uma arma apontada para Marcelo, que ainda assim não me solta.

— Eu sei quem você é — Marcelo diz, com uma risada no mínimo estranha. — Negrão.

— Se você sabe quem sou, deveria soltá-la agora, antes que eu precise descer desta moto.

— Eu sei quem você é. Maia também sabe — o idiota diz. — Mas e você? Você sabe quem ela é? Sabe quem sou?

— Eu sei mais do que você imagina, mas não vou deixá-lo ter as honras. Maia tem voz — afirma. Engulo em seco, sentindo um arrepio frio de medo correr em minha espinha. — Solte-a, é a última vez que peço. — Marcelo o desafia. Ele aumenta o aperto em meus cabelos, de forma que caio de joelhos. Eu deveria reagir, maldição, mas por que não consigo? Eu não sou uma mentira. Treinei para que soubesse exatamente o que fazer em uma situação como essa. Agora me encontro congelada. Bruno salta da moto e então, tudo o que vejo é sangue quando Marcelo é de fato obrigado a me soltar.

Finalmente eu consigo ficar de pé, mas pareço ter perdido a voz. Eu não movo uma palha para que Bruno detenha suas ações, ao contrário disso, eu me sinto vibrando por dentro e me sinto uma merda por não ser eu a estar fazendo exatamente o que Bruno está. Marcelo merece cada soco. Merecia mais que isso. Estou atenta o bastante para vê-lo sacar uma arma, e é isso que me faz agir. Corro até ele e pressiono meu salto agulha em seu braço. Um grito escapa de sua garganta e eu pego a arma de sua mão, destravando o gatilho e mirando em sua cabeça. Antes que eu atire, Bruno dá o soco final que o deixa desmaiado. De repente, suas mãos não estão mais em Marcelo e sim em mim, queimando meu pulso, mesmo seu toque sendo gentil. Ele retira a arma da minha mão e me solta, deixando-me aturdida e vazia, como se seu toque tivesse o poder de preencher todas as lacunas e a falta dele me transformasse em nada mais do que cinzas.

Eu o encaro. Posso estar enganada, mas seu olhar para mim agora está um pouco diferente. Um misto de decepção, ódio, descrença. Eu não saberia descrever.

Ele dá um aceno sutil com a cabeça e volta à moto, ligando-a e dando uma única acelerada. Eu fico esperando uma ação, especialmente uma onde ele me puxa para acompanhá-lo. Mas não acontece. Ao invés disso, ele escolhe dizer as palavras que eu não gostaria de ouvir:

— Certifique-se de que meu pai não descubra quem você é, Maia Galina.

Capítulo 24

"Porque quando você chega tão perto
Você pode sentir o calor
Agora você está com tanto medo
Do que está por baixo
Mesmo que isso doa
Mesmo que isso me faça sangrar
Eu vou te carregar
Empurrando a sujeira com as minhas mangas"

Even if it hurts – Sam Tinnesz

MAIA GALINA

Na dúvida do que fazer, opto por deixar Marcelo caído no estacionamento. Eu driblei meu segurança facilmente, e parece ter sido a coisa certa a ser feita. Não sei como, mas consigo dirigir e chegar inteira em casa, porém parece que mil diabos estão me acompanhando.

O silêncio do meu apartamento agora parece infernal. Eu puxo meus cabelos à medida que tento compreender os acontecimentos, mas esse ato só me faz lembrar que eles já foram puxados o bastante, o suficiente para que a minha cabeça esteja dolorida. Bruno sabe quem sou e isso está me causando um desconforto inesperado, especialmente porque era eu quem deveria ter dito a ele quando tive oportunidade. Mas, ao invés de ser verdadeira, eu optei por seguir com o plano idiota, subestimando um homem que atua na máfia desde sempre e que parece ter muito mais experiência que eu. É óbvio que Bruno não é tolo. Ele lida com o perigo diariamente, é safo, inteligente… uma mulher como eu jamais seria capaz de manter uma fachada por muito tempo.

Não sei dizer mais se estou segura aqui. Nunca desejei tanto um confronto com alguém como estou desejando com ele. Acho que agora que já sabemos a verdade sobre nossos pais, precisamos de um encontro para podermos colocar todas as cartas na mesa. Qual será o próximo passo? Somos inimigos? Ele deveria ter me dado a honra de matar Marcelo, agora esse imbecil estragará tudo. Qual o meu novo plano? Eu preciso ter um plano!

Um lapso de realidade surge fazendo com que eu pegue minha bolsa novamente e desça até a garagem. Eu preciso chegar até meu pai antes que Marcelo o faça. Aquele homem é capaz de tudo, eu tive a prova esta noite.

Eu não vou muito longe.

Ao sair do meu prédio, noto pelo retrovisor que Bruno está me seguindo. Eu me transformo em uma poça de nervosismo dentro do carro, torno-me uma confusão atrás do volante. São duas da manhã, não há trânsito, o movimento de carros pela estrada é quase nulo. Eu me sinto no olho do furacão.

Ele sinaliza para que eu pare o veículo, mas não o faço até que ele entre com a moto bem na minha frente, quase causando um acidente. A freada é brusca, leva meu corpo para frente com o impacto, fazendo com que meu peito bata diretamente no volante.

E por falar em impacto, ele surge batendo no vidro e fazendo com que eu abra a porta.

— Que diabos, Maia! — esbraveja. — Perdeu a noção do perigo?

— Eu preciso chegar até meu pai antes que aquele imbecil faça isso.

— Aquele imbecil está sob meu controle, ele não chegará até seu pai. Ao menos não agora — informa. — Agora volte para casa. Não é hora de...

— Foda-se! Pare de me tratar como uma mulher indefesa — brado.

— Você me provou ser indefesa essa noite, Maia. Aquele homem estava só começando com você. Ele não estava com cara de que iria parar e, por algum motivo que desconheço, você não reagiu.

— Eu estava assustada, não estava esperando nada daquilo... — confesso. — Eu sei me defender e acho que já provei isso a você algumas vezes, é só que...

— Não soube se defender dele. E minha opinião não vai mudar — afirma,. — Vai para casa por bem ou por mal? — questiona, demonstrando estar sem o mínimo de paciência. A minha falta de resposta faz com que ele resolva agir. Eu fico paralisada quando ele sobe em sua moto e a estaciona em um posto de gasolina. Ele volta rápido, abrindo a porta e me pegando em seus braços.

— Que porra é essa? — questiono enquanto ele me carrega para o outro lado do carro e me coloca no banco do carona, tomando o cuidado de colocar o cinto em mim. Então ele assume a direção e dá partida, e eu nem mesmo sei dizer para onde ele está me levando, só sei que estou permitindo que ele me leve.

Bruno não diz uma palavra sequer, apenas me olha algumas vezes, parece confuso e não saber o que está fazendo.

Ambos ficamos em silêncio absoluto, até pararmos no meio do nada, em um lugar onde tudo que há é mato e escuridão.

— Você é uma mentirosa do caralho! — diz, quebrando o silêncio.

— Você é diferente? — questiono.

— Eu sou — afirma com segurança. — Ao contrário de você, fui verdadeiro, especialmente quando descobriu quem é o meu pai. — Seu tom é duro agora. Um tom que não conhecia e que não estou gostando de conhecer, porém, acho que não existe uma maneira de ser diferente. — Não menti para você nenhuma vez, Maia. Eu omiti informações, e pensei que já tínhamos conversado sobre isso. Já você... você mentiu pra caralho, atuou como uma perfeita atriz, fingiu estar magoada e preocupada com o fato de eu ser filho de um mafioso. — Ele dá uma risada nada legal. — Eu fui estúpido de uma maneira que nem consigo descrever, porque eu não enxerguei o que estava bem diante dos meus olhos, eu só enxerguei o que meu coração quis que eu enxergasse. Meu coração me enganou, você me enganou. Qual o plano, Maia? Seguir me enganando? Me matar? Qual a porra do seu maldito plano?

— Não grite comigo!

— Me diga! Por que diabos foi parar no meu camarote naquele carnaval? Por que colidiu comigo naquele corredor? Quanto de tudo que vivemos foi premeditado? — pergunta, e dá um soco no volante. — Nunca ninguém foi tão longe como você foi. Diga-me que não é a porra de uma mentirosa — exige, mostrando-se descompensado tanto quanto eu fiquei quando descobri que ele carrega o sobrenome Negrão. Ele está olhando para mim como se eu fosse de fato sua inimiga, duvidando de tudo que tivemos ao longo dos últimos dois meses. Fico irritada por ele pensar tão pouco de mim e da breve história que construímos, mas, ao mesmo tempo, consigo compreender sua revolta. É no mínimo curioso que tudo isso esteja acontecendo. Se parece com o tipo de história que só acontece em filmes ou livros. — Eu não sou idiota, Maia. Não pense que é capaz de me enganar por muito tempo ou me manipular — brada, com seus olhos furiosos analisando cada um dos meus movimentos.

— Eu não sou uma maldita mentirosa — rosno. — Como pode pensar isso? Se eu estivesse ao menos tentando manipulá-lo, você já teria descoberto. – A respiração dele parece completamente bagunçada. Estamos no auge de uma discussão e, ainda assim, consigo pensar no quão bonito ele está com esses cabelos desgrenhados e com esse olhar letal.

— Infelizmente somos vítimas de uma armadilha do destino e não faço ideia de como consertar isso.

— Quem me garante que está dizendo a verdade? — questiona. É possível ver através dos seus olhos que há uma guerra acontecendo dentro de si.

— Não foi premeditado — afirmo, enquanto retiro meu sinto e me viro para encará-lo. — Nada foi premeditado. Tudo foi uma infeliz coincidência, culpa também da garota rebelde que habita em mim.

— Quis brincar com seu pai se relacionando com o filho do maior inimigo dele? — questiona. Sou capaz de sentir o amargor em suas palavras, o sabor que a decepção traz. Mas eu não estou mentindo agora, na verdade, eu nem mesmo sei o que dizer, como dizer, não sei se devo confiar ou não, afinal, como ele acabou de falar, ele é filho do inimigo.

— Eu não pensei quando falsifiquei meus documentos para vir para o Brasil alguns dias antes do combinado com meu pai. Não pensei na ligação dos bicheiros com o carnaval, não pensei em Antônio Negrão, não pensei em nada além de mudar o visual, ter uma nova identidade e aproveitar meus últimos dias de alforria. — Ganho sua atenção de uma forma inquietante. Ele parece disposto a desvendar se estou mesmo dizendo a verdade. Não o julgo. Eu fiquei da mesma forma quando o confrontei sobre seu pai. — Então eu colidi acidentalmente com você naquele corredor e houve uma intensidade entre nós, uma química forte que não é comum de acontecer, tanto que deu sequência no camarote. Nenhum de nós conseguiu ignorar e então cedemos a ela, mergulhamos em um sexo alucinante e… eu não fazia ideia de que era filho do Antônio. Descobri recentemente, e o confrontei. É o que eu disse, tudo não passa de uma infeliz coincidência e eu temo que seja tarde demais. Eu estou envolvida de uma maneira que não consigo pensar em fugir. Pensar em me afastar dói, pensar em não ter o que temos é angustiante porque eu nunca vivi nada parecido e porque nos encaixamos de uma maneira prazerosa. — Não gosto de ser emocional, mas não consigo fugir. Estou abrindo meu coração e dizendo como me sinto, estou me arriscando, colocando-me em uma posição que não é legal estar. É inevitável, eu gosto muito dele, mesmo que esse sentimento signifique uma tragédia anunciada. — Talvez você não vá acreditar em palavra alguma que estou dizendo, mas estou sendo verdadeira agora, como acredito que tenha sido comigo. E caso tudo isso seja uma mentira, eu permitirei que faça as honras e se vingue de mim da forma como bem entender.

— Eu nunca quis me vingar de você.

— Mas eu quis me vingar de seu pai usando você — solto. — Eu armei um plano para seduzi-lo quando eu nem mesmo sabia quem era o filho de Antônio Negrão. E eu seria uma filha da puta traidora, porque não iria terminar com você. Eu seguiria meu plano, mas o manteria comigo.

—Você me trairia com o filho do Negrão? — questiona, como se fosse o meu Bruno, aquele que é livre de toda essa confusão de vingança.

— É isso.

— Seu plano se parece com o do meu pai — confessa. — Ele quer que eu seduza a filha de Rogério Galina e foda com o psicológico dela de todas as maneiras possíveis. — Um arrepio percorre meu corpo ao ouvir as palavras. — Eu aceitei. Aceitei sem saber que era você, aceitei porque queria mantê-la protegida da maldade do meu próprio pai, aceitei porque preferia ser eu a tomá-la no lugar de qualquer outro capanga que ele designasse a fazer. Eu aceitei porque achei e ainda acho estúpido ele querer se vingar de Rogério usando uma mulher inocente que não tem absolutamente nada a ver com as desavenças que aconteceram entre os dois e aceitei por temer as consequências de uma estupidez causada pela sede de vingar algo que eu não faço a menor ideia do que se trata. E aqui estou eu, trancado em um carro, no meio do nada, com a mulher que meu pai quer que eu destrua pouco a pouco. — Isso parece lhe causar dor. — Eu não quero saber por que quer se vingar do meu pai me usando, Maia. Eu quero que se mantenha segura e que não deixe que ele descubra quem você é. Tentarei mantê-la segura, mas não tenho como estar em torno de você 24 horas. Acredito que seu pai siga sendo um maníaco pela sua segurança, agora consigo compreender o motivo. Aceite que ele aumente a segurança em torno de você — aconselha. — Mantenha-se protegida. Parece que não tem apenas meu pai como inimigo. Aquele homem está bem próximo de você e ele é tão inimigo quanto um Negrão.

Eu só consigo absorver o tom de despedida dessa conversa. De um segundo para o outro esse carro parece claustrofóbico o bastante, o suficiente para eu abrir a porta e descer. Não quero me despedir. Eu odeio que estejamos destinados à vingança, ao ódio, a uma realidade fodida e suja. Eu quero recuperar a Maia que existia antes de colidir com ele, mas ela deixou de existir há um tempo. A Maia em que me transformei quer ele, haja o que houver, custe o que custar. Ele é a melhor coisa sobre estar de volta a este país e pensar em não o ter me causa a estranha sensação de estar entrando em um deserto, onde não há nada além de areia sob meus pés e o céu sobre minha cabeça. Esse deserto é um lugar onde não posso ficar, mesmo que eu possa olhar para o céu e ver centenas de estrelas iluminando meu caminho, nada disso parece fazer sentido ou ser bom o suficiente.

Eu odeio como tudo em mim grita que estou mais apaixonada do que sou capaz de descrever. Odeio as incertezas.

Prendo meus cabelos em um coque, enquanto meu coração bate incansavelmente e tento controlar a respiração irregular.

— Vou levá-la para casa. — Eu o ouço dizer, próximo a mim. Meus olhos, que estavam fechados, agora estão abertos. Eu odeio que ele esteja sendo condescendente. Odeio que nem mesmo sua voz vacile o mínimo que seja. Invejo como nada nele é irregular e amaldiçoo como tudo em mim tornou-se uma bagunça completa.

— Você é um IDIOTA, Bruno Negrão! — esbravejo, passando a distribuir socos em seu peitoral. Minha atitude é no mínimo adolescente e ter consciência disso serve apenas para aumentar ainda mais a raiva que estou sentindo. — Um idiota! Eu odeio você! Odeio você! Odeio você!

Eu o odeio por não conseguir controlar tudo o que ele me faz sentir.

BRUNO NEGRÃO

Maia segue gritando que me odeia, segue socando meu peitoral. Eu não estou errado em acreditar que tudo o que ela disse é verdade, porém, ainda assim, a verdade não anula o fato de que ela é filha daquele desgraçado. Não podemos ficar juntos agora que sabemos a verdade um do outro. Ela parece não gostar disso tanto quanto eu. Essa maldita verdade está arruinando tudo o que construímos. Antes dela, meu coração parecia estar perdido nos escombros de uma vida destrutiva que parecia vazia, oca. Maia surgiu como a luz no fim do túnel, iluminando o que estava apagado e mostrando perspectivas que eu não conseguia enxergar. O destino não poderia estar sendo mais cruel neste momento. É fodido ter que renunciar a algo que me causava tamanha felicidade e prazer; fodido ter que deixar sonhos serem despedaçados pela realidade crua da vida.

Ela não me odeia.

Ela odeia o destino. Ela grita. Seu grito nada mais é que um brado de revolta contra o destino. Eu gostaria de gritar também, mas parece inútil agora. Gritar não consertará nada, tampouco mudará a realidade em que estamos mergulhados.

Então, como se não bastasse o grito, agora há o choro e ele parece vir direto do seu coração. Seus socos param, sua cabeça é apoiada contra o meu peito e eu travo uma luta interna para não ser afetado.

Falho miseravelmente.

Perdi a capacidade de ordenar meus pensamentos e sentimentos. Eu estava disposto a jogar com Maia, porém, bastou vê-la para que todos os meus propósitos desmoronassem. Eu não sei jogar com o coração, não sei jogar quando o jogo é sobre ela. Horas atrás eu estava certo sobre sair vencedor, agora todas as minhas certezas deixaram de existir.

Eu deveria deixá-la aqui, nesse deserto, apenas para mostrar que sou um monstro cruel e que não me importo. Mas não sou assim. Ao menos, não com ela. Talvez eu me transforme em um monstro com quem ousar tocar nela, porque ela parece ser completamente minha e isso parece certo pra caralho. Minha Maia, sem sobrenomes, sem vinganças, sem ódio. Minha Maia e somente todas as coisas boas que isso envolve.

Minha.

E é por isso que eu calo seu choro com um beijo, contrariando todas as razões pelas quais eu não deveria prosseguir com isso e colocando nós dois em risco. Eu a beijo intensamente, como se não fosse o suficiente… porque na verdade nunca é o suficiente, não para nós. Eu a beijo com violência, sentindo o gosto ferroso do sangue se misturando em nossas salivas. E tudo em mim grita por mais a medida em que continuo. Eu contrario todas as regras, todas as razões, eu quebro um código de nunca me apaixonar pela filha do inimigo. Mas o que importa?

Não posso parar com isso. Não posso conter. É impossível domar o desejo desenfreado e a fome que sentimos um pelo outro. Eu não quero que isso acabe, porque é a primeira vez desde que minha mãe se foi que eu sinto a sensação de lar. Eu me sinto em casa quando estou com Maia – desde sempre – e é essa sensação que me faz voltar e voltar… e voltar, mesmo quando eu sinto a necessidade de fugir. É como algo que nunca conheci e passei a pertencer. E é assim que quero permanecer, com ela em meus braços, dando tudo de mim para que permaneça exatamente desta maneira.

Cansei de vagar pelo mundo, de ter a vida desbotada e de não ter nada que faça ao menos algum sentido.

Tudo à nossa volta parece estar caminhando para se desfazer, mas eu quero seguir me alimentando desse fogo que me faz queimar e que me causa a incrível sensação de estar vivo.

Eu preciso de tempo para refletir. Minhas esperanças sobre Maia estão altas, no entanto, sei que deveria mantê-las baixas. Apesar da minha parte racional ainda querer desistir, eu sigo querendo mais do que deveria. Eu não foco no erro ou nas chances dessa história dar errado. Eu foco em sonhos que estavam engavetados desde quando eu passei a entender que nunca poderia ter uma vida normal.

E então ignoro o fato de que o pai dela pode ser o assassino da minha mãe.

Capítulo 25

"Eu vejo uma casinha na colina e nomes de crianças
Eu vejo noites quietas derramadas sobre gelo e gim
Mas tudo está estilhaçando e o erro é meu
Apenas tolos se apaixonam por você, apenas tolos
Apenas tolos fazem o que eu faço,
apenas tolos se apaixonam"

FOOLS – TROYE SIVAN

MAIA GALINA

O que Antônio Negrão faria se encontrasse Bruno comigo? Meu pai acha que estou executando um plano, mas o pai dele provavelmente não imagina algo assim. Com esse pensamento eu sinto o perigo correr em minhas veias e alcançar todas as minhas terminações nervosas.

Eu não sei dizer qual o próximo passo. Apenas mergulho e me rendo por completo a um beijo que parece nunca ter fim. Essa boca, esses lábios, essa língua... eu me sinto uma viciada, querendo ser consumida de todas as maneiras por esse homem. Eu estou na fase de negação, querendo ignorar todos os porquês, especialmente porque sei que a razão quer destroçar tudo e todos os momentos bons. Eu prefiro viver a minha vida andando por um único fio, a renunciar tudo o que Bruno me faz sentir. E, mesmo não sendo uma fiel, eu me pego rezando para que ele queira se arriscar e permanecer.

A grande verdade é que nessa relação sou eu que corro mais riscos.

O meu pai não quer a cabeça dele; só quer se vingar de Antônio, que matou a própria mulher diante dos seus olhos. Mas eu não sei as intenções de Antônio em relação a mim e ao meu pai, tampouco acho que conseguirei descobrir. Por mais apaixonada que eu esteja, não sou tola de acreditar que isso fará com que Bruno abra toda sua vida para mim, da mesma forma que não abrirei todas as verdades a ele. É ruim estar nessa posição onde a confiança não existe cem por cento, mas é compreensível também. Tínhamos tudo para sermos inimigos declarados, e assim teria sido se não tivéssemos nos envolvido antes de sabermos nossas verdadeiras identidades.

Posso estar enganada, mas tudo me leva a crer que Bruno é vítima do próprio pai e que há centenas de mentiras sendo ditas a ele, especialmente sobre a morte da mãe. Ainda não sou capaz de dizer qual a forma que escolherei para garantir que ele seja capaz de descobrir sobre isso. No entanto, no momento, eu só preciso saber o que será de nós.

Uma coisa de cada vez.

Estamos no olho do furacão e preciso saber se iremos atravessá-lo juntos ou separados. A segunda opção só existe por ser um direito de Bruno optar por ela, porque para mim só há espaço para a primeira. Eu enfiaria uma arma na cara de Antônio Negrão apenas para manter seu filho. Eu faria tantas loucuras agora...

Quando ele se afasta, meu coração está batendo acelerado e sinto um vento frio passar por nós; resultado do afastamento repentino. Nada pode domar o frio que surge quando seu corpo se afasta do meu.

— Acho que devemos ir, Maia. É perigoso estar aqui, perigoso estarmos juntos.

— Isso se parece tanto com uma despedida que as palavras ficam presas em minha garganta. Só consigo acenar positivamente com a cabeça antes de entrar no carro.

Eu preciso conter a impulsividade e esperar que ele tenha um tempo para digerir tudo isso. Eu também precisei de um tempo quando descobri sobre ele, nada mais justo que deixá-lo organizar os pensamentos, que devem ser muitos.

Estou cheia de coisas para lidar agora. Além de Bruno – que é a parte boa – há meu pai, que tem agido comigo de uma maneira que não me agrada. Há Marcelo, que eu quero matar lentamente na primeira oportunidade que tiver. Minhas ações deverão ser devidamente pensadas a partir de agora e eu nem mesmo sei por onde começar. Enquanto Bruno dirige, eu me fecho dentro de mim.

Cada vez mais eu percebo que estou sozinha neste mundo. É assim que me sinto desde que perdi minha mãe. Eu tenho meu pai, mas tudo dele é sobre segurança, desconfiança, negócios. Não somos uma família, estamos a quilômetros de distância de sermos. Há muito tempo tem sido eu por mim e, quando penso que as coisas estão mudando e que encontrei alguém para compartilhar meus dias (mesmo que não seja da forma convencional), vem a vida e me mostra que nada será fácil.

Quando o meu conto de fadas acabou – lá no passado – eu precisei construir um muro e me transformei em uma nova pessoa como instinto de sobrevivência e autopreservação. Nunca deixei ninguém se aproximar o bastante, sempre tive respostas inteligentes na ponta da língua, tornei-me uma mulher difícil de lidar e difícil de enganar. Mantive-me fechada na zona de conforto que nada mais era que a solidão; acreditava inteiramente que ela me livraria das dores, das perdas, dos monstros. Meu pai me arrancou dela para tomar frente dos seus negócios, mas em momento algum eu consegui sentir o mínimo de proximidade e familiaridade com ele. Eu não gosto da pessoa em que ele se transformou, não gosto desse distanciamento e detesto que me trate como uma capanga onde todos os assuntos giram em torno dos negócios. Não vou pagar de forte agora. Eu queria que ele se orgulhasse de mim, dos meus estudos, da profissão que exerci nos últimos anos, do quanto cresci como mulher e como profissional, mas isso nunca aconteceu. Como filha única, eu tentei com muito afinco atrair sua atenção, mas nunca obtive sucesso. Ele nunca demonstrou se importar com as minhas conquistas. Seu foco sempre foi sobre eu ser herdeira do império que ele construiu, nada além disso.

Será que em algum momento ele se importou comigo além das suas necessidades?

Querendo ou não, Bruno preencheu uma parte de mim que eu havia esquecido em algum lugar dentro da dor. As conversas, o carinho, a forma como ele demonstra se importar e se orgulhar de todas as histórias que compartilhei, o sexo… tudo isso passou a fazer uma diferença gigantesca em meus dias. Exatamente neste minuto me sinto fraca, sinto a solidão invadindo minhas veias e tomando conta de tudo por dentro.

Eu espero que em algum momento eu consiga encontrar a Maia que se perdeu. Ela será bem-vinda para lidar com todo o caos que a vida se transformou.

— O que vai fazer em relação ao capanga do seu pai? — Bruno quebra o silêncio no segundo em que entra na garagem do meu prédio.

— Não tive tempo para pensar ainda. Só aconteceu há algumas horas e… eu não me sinto pronta para lidar com isso agora. Estou me sentindo miserável o bastante para desejar alguns remédios que me façam dormir por horas suficientes. Gastei energia demais pensando em um mundo de acontecimentos — confesso. Ele traz sua mão em meu rosto e acaricia minha bochecha com o polegar. Engulo em seco quando a vontade de me aconchegar em seus braços surge.

— Você é uma mulher forte e determinada, Maia. Descanse o quanto precisar, mas não perca muito tempo. Não há espaço para o desânimo na vida que levamos. Os nossos maiores inimigos sempre estarão por perto, muitas das vezes sob o mesmo teto, aguardando um momento de fraqueza para nos derrubar — diz, com uma voz um pouco mais terna. — Desde que botei meus olhos em você soube que não era uma mulher frágil. A determinação é sua característica mais marcante e você precisará dela agora. Não tema, não se feche em uma bolha de medo, não deixe que o pânico te impeça de agir. Não confie em ninguém, nem mesmo naqueles que carregam seu sangue. E, o mais importante…

— O quê?

— Em hipótese alguma saia sem levar a sua arma. Use-a com sabedoria quando for necessário. Quando estiver em uma situação de risco, não pense em ninguém além de si mesma. Você é tudo o que importa. — Aceno em compreensão, captando exatamente onde ele quer chegar. — Não precisa matar, mas precisa se defender.

— Você já matou alguém? — questiono, analisando seu rosto em busca de uma resposta verdadeira.

— Não, mas acho que isso não durará por muito tempo. Eu matarei se essa for a única maneira de mantê-la segura.

— Você mataria por mim? — Ele desvia o olhar após a minha pergunta e se arruma para descer do carro. Seguro seu braço, impedindo-o e sentindo todo seu corpo se retesar. — Você mataria por mim? — repito a pergunta, ignorando seu olhar de repreensão.

— Eu farei qualquer coisa para mantê-la segura. Mas preciso que se cuide nos lugares onde não poderei estar, como a casa do seu pai — responde. Logo em seguida, após alguns segundos de silêncio, ele se desvencilha do meu aperto e passa as mãos no cabelo. — Eu juro por Deus, Maia, se aquele homem tocar em você novamente, eu o entregarei em pedaços ao seu pai, dentro de uma caixa, e foda-se todas as consequências que isso trará. Eu iniciarei uma guerra — ameaça, desce do carro e bate a porta atrás de si.

Ignoro o impacto que a ameaça me faz sentir e o acompanho, descendo também. Eu não sei como será o futuro, também não gosto de ficar pensando muito à frente. Eu gosto das coisas bastante claras e nada aqui parece claro o suficiente. A curiosidade de saber o que será do "nós" recém-construído está causando uma inquietação em mim, embora eu saiba que deveria manter isso de lado por enquanto, ao menos por um tempo. Ele não pode dizer que mataria por mim, ameaçar entregar o corpo de Marcelo dentro de uma caixa, e sair como se nada tivesse dito. Eu desconhecia esse lado possessivo e protetor, sinto que há muito a descobrir, porém é o momento de ignorar o quanto gosto disso e tomar qualquer atitude que seja. Seus passos não vacilam e eu decido não deixar que sejam os meus a vacilar. Eu preciso sentir que estamos de igual para igual, da maneira como deve ser.

— O que tudo isso significa? Estou perdida agora — digo, agindo de forma irracional, movida pelo sentimento que está manipulando cada uma das minhas ações.

— Eu estarei com você quando menos estiver esperando, Maia. Agora eu só preciso respirar um pouco.

— Eu não sou mulher de esperar, Bruno. Não gosto de estar na posição em que estou. — Minha respiração dispara quando ele se vira e me puxa pela cintura, ao encontro do seu corpo. Uma colisão deliciosa contra o senhor impacto.

— Você vai esperar, Maia. Na verdade, você vai querer esperar porque sabe exatamente que o que existe entre nós não pode ser ignorado — dito isso, ele se vai e eu não faço o mínimo esforço de impedir.

Ignore o coração e siga com a razão enquanto der...

Não menti quando disse que tudo o que queria era tomar alguns comprimidos e desmaiar por tempo o suficiente. O único problema é que meu telefone toca cedo, e cedo é longe de ser o suficiente para o tanto que a minha mente precisa descansar. Sinto o desejo imenso de ignorar quem quer que seja, mas me lembro de todo o ocorrido da noite anterior e entendo que ignorar não é uma opção.

A voz estridente do meu pai surge do outro lado da linha, ele está furioso, gritando feito um maníaco. Eu apenas digo "estou indo" e logo começo a despertar para uma manhã em que a única certeza que tenho é de que será fodida o bastante. Eu sei o motivo do seu grito e precisarei gritar ainda mais alto para convencê-lo de que seu capanga é um maldito desgraçado e abusador.

Deixo de lado todos os protocolos de cuidado que eu deveria seguir para ir até a casa do meu pai. Simplesmente entro em meu carro e permito que meu segurança venha atrás, seguindo-me com sua moto enquanto dirijo apressada.

Estou vestindo um jeans justo, uma bota *Monolith* curta da Prada e uma camiseta básica. A bota foi pensada exclusivamente para esconder minha arma, destoa completamente do clima escaldante da cidade maravilhosa.

Enquanto acelero pela Avenida das Américas, tento me preparar psicologicamente para lidar com meu pai, mas sei que teremos problemas. Meu pai carrega um machismo enraizado consigo, é surpreendente o fato de que ele tenha me chamado de volta e tenha me dado o poder. Na verdade, cada vez mais eu acredito ser a peça de um jogo ao qual não estou entendendo e nem mesmo conseguindo ler com clareza. Talvez eu deva ficar mais atenta a partir de agora, porque não estou gostando de como as coisas estão caminhando.

Não demora muito para chegar e, logo no estacionamento, Gabriel desce apressado de sua moto e vem até mim.

— Senhorita Maia, o que devo dizer ao seu pai? Ele parece nervoso o bastante, e a senhorita conseguiu escapar de mim na noite passada. — Fico ligeiramente com dó dele. Talvez eu tenha causado um grande problema e é a minha responsabilidade livrá-lo de todo esse rolo.

— Fique tranquilo. Eu cuidarei de tudo — digo, dando dois tapinhas em seu ombro, antes de começar a caminhar em direção ao interior da casa.

Logo na entrada, já consigo ver um Marcelo destruído, jogado sobre o sofá, enquanto meu pai parece prestes a cuspir marimbondos, andando de um lado para o outro.

— Pobre coitado! — Sorrio ao me aproximar.

— Que diabos foi isso, Maia??? Aquele desgraçado quase o matou!

— Deveria ter matado, papai. Aliás, eu quem deveria gozar deste privilégio, e não Bruno — rebato.

— As coisas estão indo longe demais. Eu quero que termine com isso — vocifera a ordem que não irei seguir.

— Eu quero que desfaça todos os laços com Marcelo. Ele me molestou na noite passada, espero que ele tenha contado os detalhes — brado.

— O detalhe é que aquele homem é violento. Maia está correndo mais perigo do que imaginávamos. — Franzo o cenho ao ouvir Marcelo dizer. O babaca até mesmo endireita sua postura.

— Como? — questiono, embasbacada o bastante.

— Marcelo me contou tudo, Maia. Nada que disser mudará a minha decisão. Eu quero que se afaste desse Bruno, ou a mandarei para qualquer outro lugar deste mundo; e será eu a decidir o destino. — Uma gargalhada histérica escapa de mim no instante em que percebo o que está acontecendo. Meu pai está sendo manipulado por esse desgraçado de forma que está dando mais credibilidade a ele do que à própria filha. Parece surreal.

— O senhor não quer ouvir a minha versão? — questiono, incrédula.

— Estou farto das suas mentiras, Maia. Tudo que tem feito desde que chegou é mentir e agir como uma garota mimada. Nem mesmo tem respeitado os seguranças, está brincando de ser a filha rebelde.

— Você só pode estar ficando maluco, porra! — esbravejo. — Eu estou dizendo ao senhor desde o dia que cheguei que esse imbecil não é confiável, que não vou com a cara dele. Ontem ele tentou me molestar. Eu fiquei em choque no momento, não consegui nem mesmo reagir. Se Bruno não tivesse chegado, Deus sabe o que esse monstro teria feito.

— Para com o teatro, Maia. Seu pai sabe que eu jamais faria isso — Marcelo rebate, e eu abro minha boca em choque. — Bruno vai matá-la no instante em que você abrir a boca para contar sobre a mãe dele. Ele não vai acreditar em você. Está correndo perigo. Aquele homem é um monstro perigoso. Olhe o que ele fez comigo!

— Meu Deus! — grito, chocada o bastante. — Você é mais dissimulado do que eu já sabia. De repente, parece que estou em uma aula ruim de teatro. — Encaro meu pai e agora ele está de braços cruzados, encarando-me de volta e demonstrando estar ao lado de Marcelo. Isso é surreal!

— O senhor está mesmo acreditando nele?

— Eu quero que se afaste daquele Negrão e se case com Marcelo. Estou com câncer, cada parte de mim está sendo tomada por essa doença maldita. Preciso ter alguém no controle que saiba o que está fazendo. Por enquanto não fez nada que me fizesse acreditar que é capaz, Maia. Eu confio em Marcelo e exijo que seja ele o seu braço direito. — Novamente me pego gargalhando. Talvez eu esteja numa espécie de *stand-up*, participando de algum quadro humorístico, porém, nada aqui faz parecer que eles estão brincando.

— Desde quando eu preciso de um braço direito? Eu nasci sozinha, papai. Me criei sozinha, a sua vida sempre girou em torno dos negócios, são poucas as lembranças que tenho de momentos em que o senhor largou tudo para ser o que eu precisava que fosse: meu pai. Eu não preciso de um braço direito, não preciso de um marido e não preciso dos seus negócios imundos. Entregue tudo a Marcelo e me deixe em paz.

— Maia, você é filha de um mafioso. Não há escolhas para você — Marcelo diz em um tom que irrita o pior de mim. — Seremos bons juntos. Eu a honrarei como merece ser honrada, seu pai terá a tranquilidade que precisa para cuidar da saúde. Só precisa me dar uma chance.

Sentindo-me presa dentro de um pesadelo, apenas dou as costas a eles e passo a andar rumo à saída. Não continuarei dando atenção para o que parece ser uma conversa de loucos.

Meu pai vem atrás, e meu estômago se agita em desespero. Estou cansada, meu corpo e minha mente estão esgotados. Eu consigo me fechar ao máximo, mas ainda assim sou capaz de ouvir vozes e, embora eu não esteja centrada no que estão dizendo, sinto a irritação aumentar. Minha cabeça está doendo o bastante devido ao excesso de informações. Quando foi que minha vida se transformou em um circo dos horrores? Eu pareço não possuir controle algum sobre qualquer coisa, inclusive sobre meus passos.

Quando se torna demais, pego a arma em minha bota e me viro de uma só vez, encontrando meu pai acompanhado de três seguranças, que pareciam preparados para me pegar. Um deles está segurando Gabriel pelo braço e há sangue escorrendo em seu rosto, ele parece bastante machucado agora.

— O que fez com ele? — grito.

— Você precisa entender que suas ações podem causar consequências a pessoas próximas — meu pai responde. — Ele ficará bem, mas aprenderá a lição de não ter cumprido o que foi ordenado. Eu o contratei para ser seu segurança e não um capanga. — Engulo em seco, sentindo a culpa me invadir. Eu sinto muito que ele esteja pagando o preço por minhas ações. Porém, mascaro minhas emoções, não dando ao meu pai o sabor de saber que acaba de me desestabilizar mais do que já havia feito lá dentro.

— É melhor que os mande se afastar e me deixe ir, papai. Caso contrário, eu ou senhor morreremos nesse jardim que, aliás, já foi palco de um assassinato no passado.

— Você está descontrolada, Maia. Abaixe essa arma — ordena, repleto de autoritarismo. Eu preciso que ele saiba que não estou brincando. É por isso que destravo minha arma e disparo tiros para o alto. — Maia!

— Apenas me deixe ir e ficaremos bem, papai. Eu só quero ir embora. — Eu passo a ver sangue quando ele manda os capangas virem para cima de mim. Ele só percebe que estou falando sério quando disparo um tiro certeiro no ombro de um deles. — O próximo será em mim — ameaço, colocando o cano da arma em minha própria cabeça. — O senhor decide…

— Deixe-a ir — grita, para os demais seguranças.

Eu entro em meu carro e acelero, levantando poeira e desaparecendo em seguida.

Foda-se o que está acontecendo! Eu me recuso a deixar que meu pai controle minha vida por completo. Eu me recuso a seguir qualquer uma das suas ordens a partir de hoje. Antes que ele se dê conta, Marcelo estará morto.

Ou eu não me chamo Maia Galina!

Capítulo 26

"Sem santuário
Não há lugar para se esconder
Sem santuário
Estou perdido na luta
Eu posso sentir minha alma girando com as nuvens
Torcendo meus ossos no colapso"

No sanctuary – Unsecret

BRUNO NEGRÃO

— Meu pai não acreditou em uma única palavra que eu disse — Maia diz, enquanto tem uma garrafa de uísque em sua mão já quase pela metade. Ela está em meu apartamento, andando de um lado para o outro, mostrando estar sentindo um misto de revolta com descrença. — Isso é absurdo! Eu gritei dizendo que houve uma tentativa de abuso e, ainda assim, ele acreditou naquele verme ao invés de acreditar em mim. Parecia que eu estava em um outro universo, foi tudo tão estranho, nada ali parecia fazer sentido. Foi no mínimo bizarro. Meu pai parecia cem por cento convicto em suas falas e ações, totalmente diferente de quando me convenceu a voltar para o Rio. Em poucos minutos descobri que tudo foi uma mentira, que fui enganada por ele, um machista desgraçado e misógino.

— Maia, existem pessoas que possuem um grande poder de convencimento, Marcelo deve fazer parte deste grupo. Iremos resolver.

— Eu posso mesmo acreditar em você? — questiona, detendo seus passos e me encarando. — Será que podemos mesmo confiar um no outro?

— Estou correndo o risco. — Maia sorri, deixando-me curioso com a mudança repentina.

— Sabe o que é pior? Ou melhor, dependendo do ângulo. Desde criança eu sou avaliativa o bastante, parece que tenho algum instinto que corre forte em meu sangue e que me faz ser assertiva em relação a maioria das pessoas que cruzam meu caminho. Eu não saberia dizer se você é mais foda que eu, ou se estou de fato certa sobre sentir uma confiança imensa em você, Bruno Negrão — confessa, sentando-se sobre minhas pernas, de frente para mim. Ela me abraça, e eu sinto a garrafa bater suavemente contra as minhas costas no processo. Seu nariz passa pelo meu pescoço, fazendo com que todos os pelos do meu corpo fiquem ouriçados. — Eu confiaria minha vida a você agora, senhor Negrão.

— Eu prefiro quando me chama de senhor impacto — confesso, deslizando minhas mãos por sua cintura.

— Eu gostaria que confiasse em mim da mesma maneira que confio em você.

— Confio em você, Maia, mesmo sendo um risco. Acho que estamos em uma posição difícil para ambos onde a única opção é confiar um no outro. — Ela dá um sorriso triste e bebe um pouco mais do uísque diretamente do gargalo. — Deveria ir devagar, Maia. Está ficando alterada.

— É o que preciso para dizer todas as verdades. Eu não conseguiria sem a ajuda da bebida. Estou tão fodida agora... — diz, fazendo um beicinho quase fofo. — Eu meio que te amo, mas odeio seu pai com todas as minhas forças, ainda mais depois de...

— Depois de?

— Você precisa confiar em mim — ela insiste. — Me perdoe por ter que dizer. Eu me sentiria uma maldita traidora se optasse pelo silêncio. Talvez meu pai me mate por eu fazer isto...

— Maia, eu não gosto de jogos, e você sabe bem disso. Eu preciso que vá direto ao ponto — peço, jogando seus cabelos para trás e encarando-a mais diretamente. — Diga-me e então saberá como reagirei ao que quer que tenha dito.

— Não foi meu pai quem matou a sua mãe — revela. — Acho que você acredita que tenha sido ele, mas não foi e não estou dizendo isso para defendê-lo, estou dizendo por que você precisa saber que está sob o domínio do inimigo.

— Como pode saber disso? — pergunto, apreensivo e tentando conter o meu instinto de vingança que acaba de ser desperto. — Diga-me.

— Quando minha mãe faleceu nossos pais eram amigos. Sua mãe se aproximou muito do meu pai na ocasião, ela me adorava e deu todo apoio naquele momento de dor. Isso trouxe a proximidade e então meu pai e sua mãe acabaram se envolvendo além da amizade.

— O que diabos você está dizendo, Maia?

— Sua mãe era infeliz no casamento — diz. Os flashes de memória surgem. Eu me recordo do quão solitária ela era, me recordo de como ela não tinha voz e era obrigada a se manter sob o domínio do meu pai. — O envolvimento foi inevitável e fez um bem imenso tanto para o meu pai, quanto para sua mãe. Foi perfeito, eles fizeram planos e todos esses planos foram destruídos no momento em que seu pai descobriu que o envolvimento dos dois havia ido além da amizade. — Maia engole em seco, preparando-se para prosseguir. — Seu pai a matou no jardim da casa do meu pai, com diversos tiros. Ele só permitiu que meu pai se mantivesse vivo porque queria vê-lo sofrer pelo resto dos dias, consumido pela culpa e por mais uma perda dolorosa. Foi seu pai quem matou sua mãe e não o meu pai. Meu pai a amava. Talvez ainda a ame, porque ele nunca seguiu em frente. Eu pensava que era devido a saudade da minha mãe, mas não... era por saudade da sua mãe — conclui.

O choque faz com que eu a retire das minhas pernas e fique de pé. Eu sinto como se meu coração estivesse se retorcendo por dentro do meu peito. A morte da minha mãe é uma perda que eu jamais irei superar e que eu jurei me vingar um dia. Eu não duvido das palavras de Maia porque agora eu consigo encaixar todas as peças. A notícia da morte da minha mãe foi me dada como se fosse algo insignificante. Meu pai pareceu feliz com o acontecimento e sempre evitou me dar grandes explicações. De repente, tudo o que ele disse sobre o amor faz sentido. Ele nunca a amou, não que eu me lembre. Minha mãe nunca significou nada para ele e talvez eles só tenham se casado porque ele precisava de um herdeiro.

— Eu sinto muito, Bruno. Eu precisava dizer, não conseguia mais segurar isso sem que eu me sentisse mal, me sentisse traindo você. E eu não acho que estou enganada sobre confiar tanto no filho do inimigo…

— Eu preciso lidar com essa merda agora, Maia. Mas obrigado por me contar. Obrigado por ter confiado em mim sabendo que eu poderia duvidar e o quanto isso tornaria as coisas ruins para nós — eu a agradeço com sinceridade. — Eu vou levá-la à sua casa porque preciso respirar e pensar em tudo que acabou de revelar. — Ela se aproxima e agarra a gola da minha camisa polo.

— Diga-me que não fará nenhuma estupidez? Você é um homem inteligente, deve saber que não é bom resolver problemas nos momentos de raiva e confusão mental.

— Eu não farei nada. Só preciso respirar.

Ela aceita minha oferta de deixá-la em casa, felizmente. Mas, ao invés de eu ir respirar fundo, decido ir até Rogério Galina, em busca da confirmação de tudo que ela disse. Eu preciso saber se ele não está jogando com a própria filha e só terei essa confirmação olhando nos olhos dele.

Capítulo 27

"Fumaça a distância,
Cego e tentando ver a luz para nos guiar.
Esperança! Pode sentir isso?
Alcançando para nos puxar através da escuridão
Incêndios podem subir, sombras podem cair
Aguente!
Aguarde a noite toda na linha da frente
Apenas não deixe ir...
Aguente!
Não desista da luta
Porque heróis nunca morrem
Encontre forças para saber que isso não é o fim"

Heroes Never Die – Unsecret

BRUNO NEGRÃO

— Está em território inimigo, rapaz — um dos capangas de Rogério diz assim que paro diante do portão da imponente mansão. Há uma arma apontada para a minha cabeça, mas eu não temo.

— Eu preciso falar com Rogério e não estou disposto a esperar. É um assunto que pode interessá-lo. — O rapaz me olha com desconfiança. Eu pego a arma em meu bolso e deposito sobre a mesa da cabine dele. — Pode me revistar se quiser — digo, levantando as mãos. O rádio dele toca. Surpreendendo a mim e a ele, a voz de Rogério Galina surge.

— Deixe-o entrar — ordena. Munido de arma e desconfiança, o capanga não rebate a ordem do chefe, ele simplesmente libera a minha entrada e caminho confiante pelo jardim, até estar diante de outra porta que se abre assim que boto meus pés nos degraus que levam até ela. Rogério Galina surge, fazendo sinal para que eu entre, mas tudo que foco é em Marcelo, que parece um fantasma à espreita.

— Sei que estou na sua casa, mas não quero que esse imbecil esteja presente enquanto conversarmos. — Meu tom é de exigência. Digo de forma firme para que ele entenda que não há chance de tratarmos qualquer assunto na presença desse pedaço de merda.

— Marcelo, por favor, nos dê alguns minutos — Rogério solicita sem tirar os olhos de mim.

É visível que Marcelo nos deixa a contragosto, mas agora meu foco deixa de ser ele e segue todo para o que de fato importa: a morte da minha mãe.

— O que quer aqui? — Rogério questiona.

— Saber da morte da minha mãe — respondo, direto ao ponto. Ele engole em seco, algum tipo de emoção passa pelo seu rosto. Parece que ele não estava esperando por isso. — Algo me diz que você sabe sobre esse assunto muito mais do que eu.

— Sente-se — convida, e eu me acomodo em um dos sofás da sala. Ele se senta diante de mim, mostrando-se desconfiado o bastante. — O que sabe sobre a morte da sua mãe?

— Que alguém a assassinou e eu podia jurar que esse alguém era você, mas Maia me fez mudar de ideia. Eu preciso que me diga a verdade. E, acredite, eu saberei identificar se está mentindo.

Ele dá uma risada leve, sacode a cabeça negativamente duas vezes. Eu não perco um único detalhe.

— Maia deve gostar muito de você para contar algo dessa grandeza — divaga. — Bom, sabe o jardim em que você acabou de pisar? Foi nele que sua mãe foi morta cruelmente pelo desgraçado do Antônio Negrão.

Suas palavras despertam uma dor que eu não sentia há um bom tempo. Algo misturado com agonia, desespero.

— Você e minha mãe?... — Neste momento, Marcelo volta à sala, mas passa direto, indo para o jardim. Rogério o observa, e então volta a me encarar.

— Seu pai estava ocupado demais com putas para perder tempo com sua mãe e com você. Ele, desde sempre, só queria um herdeiro. Porém, quando você era apenas uma criança nada tinha a oferecer a ele . Sua mãe era solitária, deprimida e, assim que a mãe de Maia faleceu, passado um tempo, nos aproximamos intimamente. Deve ser difícil ouvir isto, Bruno, mas em momento algum foi apenas pelo prazer. Nos apaixonamos. Tivemos uma história bonita, rapaz. Ao contrário do seu pai, eu honrei a mãe de Maia até o último suspiro, e honrei sua mãe. Eu nunca consegui superar a perda dela.

— Então meu pai descobriu e...

— Ele a matou diante de mim, sem nem mesmo dar tempo para explicações ou súplicas. O desgraçado entrou por aquele portão atirando. Ele matou dois dos meus seguranças e, logo em seguida, sua mãe. E não estava sozinho, havia muitos capangas com ele, de forma que os meus foram obrigados a recuar. — Eu vejo dor em suas palavras. Não é mentira. Ele está dizendo o que de fato aconteceu, sem titubear, e parece precisar de um tempo para respirar após reviver as memórias.

Ficamos em silêncio por alguns minutos e eu respeito o momento. Enquanto ele sente dor, eu sinto o ódio consumir cada parte de mim. O meu propósito na vida a partir de agora será honrar a morte da minha mãe e só conseguirei isso no momento em que eu encher meu pai de tiros, arrancando sua vida da mesma forma que ele arrancou a vida da minha mãe. Eu irei matá-lo. Ele será o primeiro a manchar as minhas mãos com sangue e eu farei isso com imenso prazer.

— Não tive tempo e, embora eu tenha pedido que ele me matasse também, ele não o fez. Eu só podia ser estupido porque tinha Maia e porque precisava me manter vivo para me vingar dele, para vingar a morte da sua mãe — ele quebra o silêncio após muitos minutos.

— Parece que agora estamos do mesmo lado, temos algo em comum, além de Maia — quando termino de dizer, meu telefone toca. O nome de Saulo surge na tela. Ele nunca ousa me interromper e, quando o faz, é porque algo está errado. — Pronto — atendo.

— Senhor, desculpe-me por interrompê-lo, mas as coisas saíram do controle. Um capanga do Rogério está com Maia e parece que seu pai está envolvido.

— Como sabe disso? — questiono, colocando o telefone no viva-voz quando noto Rogério apreensivo.

— Estou na mansão. Seu pai recebeu uma ligação de alguém ligado ao Rogério e, depois disso, reuniu vários homens dizendo que a diversão da noite seria destruir Maia.

— Tomarei providências — encerro a ligação e fico de pé. Rogério me acompanha.

— Você sabe que a culpa de tudo isso estar acontecendo com Maia é sua, não sabe? — grito, agarrando-o pelo colarinho de sua camisa. — Por que não a ouviu???? Ela te alertou, implorou para que você acreditasse nela! — brado, observando um misto de sentimentos passar pelos olhos âmbar dele. O medo e o arrependimento estão predominantes. Rogério é o único culpado pelo meu pai ter desaparecido com Maia. — Esse imbecil que você dizia ser seu braço direito estava assediando sua filha, foi ele quem contou todos os seus planos e tudo sobre Maia para o meu pai. Ele a entregou de bandeja para aquele desgraçado — eu o solto.

— Agora não adianta brigar pela culpa — ele responde. — Se você ama minha filha, deixará de lado as nossas diferenças e me ajudará a encontrá-la. — Não existe uma maneira no mundo de eu não fazer isso.

— Eu a amo mais do que você e irei encontrá-la, mesmo que eu tenha que pagar com a minha própria vida. É isso que deveria ter feito, amá-la sobre todas as coisas, protegê-la, mas, ao invés disso, permitiu ser cego pela fome de vingança e pelo poder — jogo as palavras contra ele. — Está feliz agora? Sua filha pode estar morta!

— Chega! — ele grita. — Eu sei de toda essa merda, mas isso não nos levará a lugar algum. Apenas me ajude a corrigir esse erro, não temos tempo a perder. Se unirmos os seus homens com os meus, as chances aumentam.

— É aí que está o problema. Eles não são os "meus caras", eles são os caras do meu pai e agora terei a missão de trazê-los para o meu lado, e nem mesmo sei como conseguirei isso.

— Eu sei que conseguirá — diz, depositando sua fé por completo em mim. — Traga ela de volta e então todo meu império será de vocês.

— Eu não quero seu império — rebato.

— O meu império pertence a Maia, minha única herdeira. Logo, será seu também. Não tenho muito tempo, filho. — Eu me surpreendo por ele me chamar de filho. É no mínimo bizarro, mas ignoro apenas porque ele parece destroçado. — Maia é forte, mas ela tem um lado frágil, sensível. Embora eu tenha dito de todas as maneiras erradas, ela precisa de alguém que seja o seu apoio. Não direi braço direito porque ela odeia essa expressão, mas acredito que você tenha me entendido. Juntos, sendo os únicos herdeiros, vocês poderão multiplicar tudo que eu e Antônio temos, e poderão fazer isso de uma maneira que seja mais segura. Os dois são inteligentes, astutos, sei que buscarão fazer o melhor, muito mais do que eu e seu pai fizemos. Só preciso que a salve, cuide dela como a sua vida e que dê continuidade nos negócios quando eu não estiver mais aqui.

— Se essa for a vontade de Maia, eu farei — eu o respondo.

— Você se parece muito com a sua mãe, e o oposto completo do seu pai. Não é a melhor circunstância, mas estou feliz por poder estar vendo o homem que se tornou. Sua mãe ficaria orgulhosa, ela o amava sobre todas as coisas.

— Não é o momento de falarmos sobre ela. Já tivemos o suficiente por hoje — digo, talvez um pouco brusco. — É o momento de encontrarmos Maia e mantermos contato sobre as buscas. Conto com você, Rogério.

Eu o deixo e vou atrás de ajuda. Parece bizarro que eu a encontre logo na casa do meu pai, que se tornou um território inimigo para mim. Eu vou direto ao chefe da segurança, que não está entre os capangas do meu pai agora. Por não ter tempo a perder, eu decido jogar sujo para que a minha oferta seja impossível de ser negada.

— Meu pai está com a filha de Rogério Galina — digo a Romulo, chefe da segurança do meu pai, a pessoa mais inclinada a me ignorar e seguir ordens exclusivas de Antônio Negrão.

— Sim, senhor, ele está.

— E por que você não está o acompanhando? — questiono, com os olhos fixados nele de maneira intimidante.

— Porque ele ordenou que eu ficasse.

— Meu pai matou a minha mãe — afirmo, vendo-o engolir em seco. — Você sabia disso?

— Sim. Eu sinto muito, Bruno. Você sabe melhor que eu como seu pai é.

— Eu vou matá-lo. Mas, antes disso, eu preciso salvar Maia e você vai me ajudar — ordeno.

— Eu não quero problemas com seu pai. Ele é perigoso o bastante para eu não querer me queimar.

— Você não terá qualquer problema com ele, porque eu o matarei — informo, certo do que farei. — Agora, falando de chefe para subordinado, sua única opção é ajudar. Caso insista em não fazer, perderá seu cargo e uma grande quantia mensal, que pode ser aumentada caso decida cooperar comigo. Pense em sua família, em seus filhos — digo, torcendo para que aceite. — Não há uma maneira de meu pai se manter vivo após o que acabou de fazer, se ele morre, sua boa vida acaba. Sabe disso — relembro. — Eu sou o único herdeiro dele e assumirei os negócios a partir do momento em que ele for jogado ao mar e passar a servir de alimento para os peixes. Isso significa que, se aceitar minha oferta, manterei todos os acordos que você havia feito com aquele desgraçado. Eu o manterei como chefe da segurança. Caso contrário, as coisas não ficarão boas para você. — Ele sabe que não é uma ameaça velada. Se for o mínimo inteligente, nem mesmo relutará.

— Estou com você — ele diz, dando-me um aperto de mãos.

— Boa escolha. Agora que nos entendemos, quero que reúna o máximo dos homens que conseguir. Todos serão bem recompensados, especialmente se forem rápidos e trouxerem Maia viva para mim.

— Mas sobre Rogério Galina? — questiona, mostrando-se desconfiado. — Ele não era inimigo número um do seu pai até poucas horas?

— Ele seguirá sendo inimigo do meu pai, mas deixou de ser meu inimigo, especialmente agora. É a filha dele que estamos indo salvar. Não há espaço para desavenças quando ela está na mira de psicopatas. Rogério está ao meu lado nesta busca, movendo céus e terras para encontrá-la. Quanto mais ajuda tivermos, melhor.

MAIA GALINA

Horas antes

A cada golpe que defiro contra Marcelo, ele dá uma gargalhada. Impressiona-me o fato dele não fazer o mínimo de esforço para se proteger ou revidar. No início eu não consigo encontrar justificativas para suas ações e reações, mas, assim que ele decide começar a falar, eu passo a entender muito bem.

— Você morrerá junto — diz, gargalhando. — Estúpida e tola. Acha que pode chegar e tomar o controle de tudo e de todos os negócios do seu pai como se tivesse feito isso a vida inteira? Você é tola, imatura, inexperiente, não sabe nada sobre esse mundo. Só paga de mulher determinada e corajosa porque nunca soube o que realmente é o perigo. Mas, olhe que incrível! Você está prestes a descobrir sobre ele.

— O que diabos está dizendo?

— Era só se casar comigo e tudo teria sido diferente. O nosso final seria um final feliz.

— Eu terei o meu final feliz, mas você… — Sorrio, mas agora ele sorri de volta e não gosto do que vejo.

Eu estava saindo de casa quando ele surgiu com mais dois homens e me arrastou para seu carro. Agora estamos em um dos galpões do meu pai e não sei o que acontecerá, tampouco sei o propósito de tudo isso.

— Antônio Negrão está cada vez mais próximo de chegar e, adivinha? Ele não está satisfeito em ter uma Galina como nora, tampouco está satisfeito em ter sido delatado ao próprio filho. Digamos que ele está mal-humorado o bastante com o fato de você saber que ele matou a própria esposa e irado pelo fato de você ter dito tudo ao filhinho dele. Eu mesmo contei cada detalhe, Maia.

— Você traiu meu pai? — questiono, dando uma coronhada em seu rosto. — Você foi corajoso o bastante para fazer isso?

— A única certeza que um mafioso possui é que entramos vivos para o mundo da máfia e saímos morto dele, eu soube disso antes mesmo de me tornar o braço direito do seu pai. A certeza de que iria morrer sempre esteve aqui, portanto, não me importo. Estou honrando o acordo que fiz de viver e morrer pela máfia. Seu pai não cumpriu com o acordo de me dar o controle dos negócios, então…

— Você é doente! Como alguém que estava prestes a estuprar a filha do próprio chefe, e que traiu a pessoa principal a quem devia fidelidade, pode ter a ousadia de falar sobre honra? — exclamo. Além disso, quem em sã consciência entra para algo sabendo que isso poderá exterminar com a sua vida?

Estúpida, Maia! Não só a máfia, mas a vida em si… não há garantias. Não se trata de uma promessa feita à máfia, trata-se do óbvio. A morte é de fato a única certeza que temos na vida (seja qual for o rumo que você decida tomar), mas parece estúpido o homem estar na mira de uma arma demonstrando tranquilidade em ser baleado e morto. Isso é honra? Para mim é estupidez misturada com loucura.

Ainda estou o encarando quando a porta é aberta violentamente e Antônio Negrão surge acompanhado de quatro dos seus homens. O sorriso em seu rosto é de quem está se vangloriando por ter encontrado o que tanto queria: eu.

Com a minha distração, Marcelo me puxa pelos cabelos. Eu dou uma cotovelada certeira em seu estômago no momento em que percebo que ele está duro contra a minha bunda. Doente, pervertido! Eu fico cega pelo ódio e pela repulsa, nunca imaginei que um dia poderia viver algo tão repugnante como isso. Mas, ao contrário da primeira vez, agora estou munida de arma e de coragem, e não permitirei que o pânico leve a melhor. Lutarei, custe o que custar.

— Me solta, seu verme! — esbravejo enquanto ele tenta arrancar a arma da minha mão. É com sorte, e graças ao treinamento de defesa pessoal que possuo, que consigo me desvencilhar. Marcelo cai de joelhos com o impacto do meu afastamento e então disparo contra seu peito: uma, duas, três, quatro vezes, ignorando a plateia recém-chegada.

Seu corpo morto termina de cair por completo diante de mim. O choque se instala quando me dou conta do que acabei de fazer. Não consigo controlar o tremor que se apossa do meu corpo.

Eu matei um homem.

Ameaçar matar parecia fácil demais, mas matar… isso é insano e não sei como lidar. Eu me sinto uma assassina, mesmo sabendo que agi em legítima defesa.

A arma escorrega das minhas mãos, caindo diretamente no chão. Estou diante do que acho ser a cena mais assustadora que já vi. Desde que o vi, senti que nossa relação terminaria em tragédia. Eu o odiei desde o primeiro instante. E agora sou a responsável pela sua morte.

Eu não deveria me culpar, mas por que diabos estou me culpando? Perdi a capacidade de raciocinar no segundo em que seu corpo caiu. O choque faz com que minha mente se apague por completo e então a verdadeira destruição começa.

É sobre conhecer o perigo que Marcelo disse.

O perigo é tudo que me é apresentado a seguir.

PRESENTE

Tudo começa com *flashes*.

Carro… alta velocidade… gritos…

Deserto, mato, escuridão, portão de ferro rangendo e então paredes sujas…

Socos, gritos, dor…

Calor, melado, suor...
Tiros... muitos tiros...

Recupero o rumo. Abro meus olhos e esse simples ato faz com que a minha cabeça pareça prestes a explodir. Minhas pálpebras estão pesadas, meu estômago está se revirando, minha boca está seca. Tudo em mim grita que estou em perigo e tudo indica que fui sequestrada por Antônio Negrão. Eu me apego à esperança de que logo Bruno e os capangas do meu pai surgirão para me salvar. Então sinto uma picada em meu pescoço e a esperança se esvai, juntamente com a realidade.

Não sei por quanto tempo fico apagada, mas, assim que volto a acordar, a realidade me atinge em cheio. Embora eu me encontre um pouco confusa, minha mente trabalha freneticamente. Ouço vozes distantes, mas não consigo distinguir de quem são. Eu tento mover meus braços, mas percebo que os tenho presos às minhas costas. Essa posição não é nem um pouco confortável.

Ainda estou tentando assimilar o que está havendo, mas está demasiadamente difícil.

Confesso que no primeiro momento, quando Marcelo disse o que tinha feito, eu não me importei o bastante, estava confiante que tudo logo se resolveria e que Antônio Negrão teria o merecido final trágico, juntamente com ele. Porém, parece que já se passou tempo o suficiente e cada vez mais eu sinto minha coragem e a esperança escorregarem para longe.

Dói pensar que muito provavelmente este será o meu fim. Embora eu soubesse desde muito jovem que esse é o final esperado para quem vive no mundo da máfia, eu ainda alimentava a ilusão de que comigo seria diferente, especialmente por ter fugido dessa minha herança o quanto pude.

A culpa de eu estar aqui é toda do destino (ao menos é o que consigo pensar agora). Eu me desviei da máfia por um longo período, e então, inesperadamente, eu voltei ao Brasil e me envolvi com o filho do mafioso "mor". Bruno nunca foi meu inimigo, mas a inimizade entre nós fazia parte de uma herança da qual renunciamos por amor. Eu brinquei com o perigo o suficiente para essa história acabar mal.

Por trás destas paredes sujas e daquele portão de ferro, uma guerra deve estar acontecendo. Eu me sinto inútil por não conseguir lutar. Toda minha energia está sendo empregada em conseguir manter meus olhos abertos e na tentativa de ignorar a dor causada pelas agressões que venho sofrendo desde o momento em que fui pega.

Meus cabelos estão presos, mas há alguns fios soltos que estão grudados no sangue em meu rosto. A mistura de sangue com terra está fazendo com que eu me sinta suja e eu odeio essa sensação. Eu quero muito chorar, mas me recuso dar as minhas lágrimas a esse monstro. Ele nunca arrancará a minha dignidade, não importa o quanto doa, quantos golpes sejam deferidos a mim, o quanto me machuque.

— Tudo poderia estar sendo diferente, boneca — ele brada, enquanto encaro friamente os olhos de psicopata.

— Você é um covarde — provoco, tentando sutilmente me desvencilhar das cordas de sisal que estão prendendo meus pulsos amarrados. — Enquanto seus capangas estão lutando uma guerra, você prefere ficar aqui, escondido, dando a desculpa de que tem que manter os olhos sobre mim. — Dou um sorriso amargo. — Fraco, frouxo, medroso. Só está aqui porque no fundo sabe que é um miserável e que na primeira tentativa de lutar será morto.

— Ora, ora! Putinha imunda! — Sua mão se choca novamente contra o meu rosto. Engulo em seco e passo a focar em manter a minha postura, embora esteja difícil o bastante. Estou sendo degradada por esse verme imundo. Eu gostaria que ele me matasse de uma vez, ao ficar brincando comigo desta maneira. — Seu pai não lhe ensinou boas lições, menina?

— Se você não me matar, eu o matarei no primeiro deslize que der. — Uma gargalhada escapa de sua garganta e ecoa por todo galpão. Eu me sinto enojada por ouvi-lo e engulo a sensação horrível.

— Presenciei o quão boa de mira você é. Pobre rapaz! Tão jovem… — Ele ri. — Seu pai parece não saber escolher aliados — comenta, me rodeando. — Diga-me o que ele fez — exige. — Ou melhor, deixe-me adivinhar. Ele tocou nessa doce boceta? — A bile sobe em minha garganta, e eu vomito a repulsa que as palavras me causam. Eu aguentaria ouvir qualquer pessoa falando da minha boceta, exceto ele. Enquanto vomito, ele dá gargalhadas histéricas, como se estivesse extremamente divertido acompanhar minha humilhação.

Quando o enjoo passa, o monstro agarra meus cabelos com força e joga uma quantia generosa de água na minha cabeça. A água em contato com as feridas, causam um ardor quase insuportável. É a primeira vez que solto um som de dor.

— Você é bem forte, menina. Durona. Acho que você gosta e aguenta sentir muita dor, isso é curioso. Meu filho deve ter se divertido bastante com isso — diz, soltando meus cabelos.

— Eu preciso ser. Não quero perder a chance de ver o seu próprio filho te encher de tiros — respondo. — Você sabe que é isso que vai acontecer, não sabe? — Sorrio. — Bruno vai metralhá-lo de uma maneira que nem mesmo conseguiremos saber quantos furos haverá em seu corpo depois de tudo… Ele fará com você muito pior do que você fez com a mãe dele e quero assistir de camarote. — O cinto dele estala em minhas costas. Tenciono meu corpo, me preparando para o próximo. E novamente ouço o estalo se misturando com os meus gritos. Eu grito de ódio a cada golpe que recebo, minha voz é áspera, meus gritos saem de mim a plenos pulmões, mas não passa disso. Gritar é o máximo que me permito fazer. Eu quero matá-lo tanto quanto desejo morrer para parar de sentir todas as dores. O couro está rasgando minha pele a cada golpe brutal, em minhas costas há um pulsar incessante, eu jogo meu corpo para frente, sentindo o frio do chão de cimento sob meu rosto.

Eu ainda não choro.

— Pense bem antes de falar suas asneiras, puta. Eu a farei sangrar até a morte, se continuar — ameaça, olhando-me de cima.

Esse monstro não quer me matar. Ele quer me destruir pouco a pouco. Deve ser um desafio da sua mente doentia me causar o máximo de dor para se vingar do meu pai. Certamente a minha morte seria pouco para o que ele quer que meu pai sinta.

Eu me calo, fecho minha mente, forço para que todos os pensamentos se mantenham afastados. Preciso do mínimo de energia, e agora não há nada além da dor e da vontade de que isso acabe logo.

Capítulo 28

"Eu sou de carne e osso
Eu sinto a tensão
O fogo da adrenalina
Correndo pelas minhas veias
Quando estou no meu fim
Eu olho para o céu
E nunca diga nunca
E se você quiser perseguir o sol
É melhor que você me encontre no topo"

MEET ME AT THE TOP – UNSECRET

MAIA GALINA

Onde estou?, questiono quando meus olhos voltam a se abrir após ouvir um barulho estrondoso. Tento me adaptar à pouca luminosidade e, quando consigo, meus olhos se arregalam em choque e minha mente volta a trabalhar muito rapidamente. Não há tempo para eu protestar sobre todas as dores que estou sentindo, meu coração está ligeiramente disparado por ver Bruno Negrão ao lado do meu pai, acompanhados de um exército de mais de 40 homens, todos eles com armas apontadas para Antônio e sua pequena tropa fodida.

O medo surge mais intensamente agora. Meu pai foi um babaca comigo, mas não o quero morto ou machucado. E Bruno… meu Deus! Eu o sinto enraizado dentro de mim, tomando um pouco mais a cada vez que o vejo. Para piorar meu estado, quando olho para o lado, vejo o corpo morto de Marcelo, lembrando-me do que fiz horas atrás. Eu matei um homem. Eu sempre disse que mataria pessoas, e sempre foi da boca para fora. Tudo isso se parece um filme de terror da pior qualidade.

— Eu aconselho que abaixe a arma, filho — Antônio Negrão diz em um tom assustador, enquanto me puxa do chão pelos cabelos. As lágrimas que tanto segurei, agora descem em rompantes, sentindo que algo muito ruim pode acontecer. O medo arrancou toda a força que eu possuía.

— Você matou a minha mãe. — Se o tom de Antônio foi assustador, o de Bruno é mortal. — Você a tirou de mim e agora quer tirar Maia, mas isso não vai acontecer, papai. — Ele diz o "papai" de uma maneira medonha, demonstrando toda repulsa que sente por Antônio.

Antônio, por sua vez, não rebate Bruno. A sensação que tenho é de que ele subestimou-o a vida inteira, o bastante para parecer incrédulo sobre as ações que o filho está tomando. Acho que ele pensa que Bruno não será capaz de ir adiante com isso, mas acredito que ele esteja completamente errado por pensar assim. Bruno não parece estar inclinado a desistir. Na verdade, ele parece extremamente decidido. Nada nele está vacilando neste momento.

— Vocês que estão ao lado dele, estão certos de que permanecerão? — Bruno questiona. — Vocês têm poucos segundos para mudarem de ideia antes que tudo acabe muito ruim para todos, e não apenas para Antônio Negrão — ameaça, e então algo surpreendente acontece. Os capangas de Antônio se entreolham e parecem ter alguma espécie de conversa silenciosa antes de caminharem em direção a Bruno e seu "exército". De repente, eu quero rir porque parece absurdo demais, porém esse desejo é exterminado por Antônio destravando a arma e a colocando em minha cabeça. O pavor faz toda minha pele se arrepiar. Meu pai está sendo contido por dois seguranças enquanto Bruno parece assustadoramente controlado, comandando todos os homens atrás de si sem nem mesmo precisar dizer uma só palavra. O seu olhar faz minha respiração escapar numa rapidez assustadora. Seu rosto agora é uma máscara usada para não demonstrar emoções, mas eu sei que elas existem. Os olhos dele… nunca deixarei de ficar impactada com o que seu olhar causa dentro de mim e é nele que foco antes de fechar os meus e me preparar para o final. Se eu morrer agora, quero que seja com o mínimo de dignidade e quero que minha partida aconteça com a memória desse olhar que me ganhou desde o primeiro momento.

BRUNO NEGRÃO

Eu não fazia ideia de que meu sentimento por Maia poderia ser tão forte. Eu acreditava que algo assim só aconteceria após um longo período de relacionamento. Mas, aqui estou eu, com o coração dilacerado por vê-la tão machucada e sob a mira de uma arma. Este é um vínculo que deveria não ter acontecido, mas inevitavelmente aconteceu. E não estou disposto a permitir que termine com a morte de um de nós.

Não vou mentir que me causa certa dor ter que fazer o que farei, mas não há opções. É ele ou ela, e ele merece pagar por tudo que fez com a minha mãe e agora está fazendo com a minha mulher. Eu nunca matei. Na verdade, eu sempre temi chegar em uma situação onde eu tivesse que tirar a vida de alguém, mas a vida não está me oferecendo escolhas. Eu prometi que mataria o homem que assassinou a minha mãe ainda quando eu era adolescente e hoje este homem está com a segunda mulher que mais me importa em sua mira. Eu o mataria de qualquer forma, porque costumo cumprir minhas promessas. Mas vê-lo com Maia me faz querer não pensar em nada além de protegê-la.

— Sua mãe foi uma traidora e você ignorou todos os meus ensinamentos — meu pai diz, mostrando deboche em cada uma de suas palavras. — Você não quer me matar por conta da vadia da sua mãe. Você quer me matar porque se apaixonou pela filha do homem que traiu seu pai e arruinou a sua família. É ele o culpado pela morte da sua mãe.

— Você a matou. E agora quer matar Maia. — Ele a joga diretamente no chão, fazendo com que um grito de dor escape de sua garganta. Engulo em seco quando sinto o impacto por ela, mas ao menos a mira dele agora está em mim. — Por que não deixa de lado a covardia e conversa comigo de homem para homem? — questiono, aproximando-me com cautela. — Mostre quão poderoso é, papai. Um homem como o senhor não pode temer a morte e não pode viver escondido atrás de capangas.

— Você é um inútil. Eu deveria ter feito mais herdeiros, porque você é decepcionante e fraco. Veja só, quer me matar, mas é incapaz de apertar o gatilho. Suas mãos estão tremendo — diz, gargalhando em seguida. — Você é emocional demais, e eu alertei sobre isso. O amor irá destruí-lo, Bruno. — Ele destrava a arma, e eu miro próximo ao seu pé, efetuando um disparo que o faz se assustar. Aproveito para me aproximar mais, ficando há poucos passos de distância.

— A sua falta de amor o trouxe até aqui e é esse vazio que te levará a destruição. — Agora sou eu sorrindo, relembrando toda a frieza com a qual fui tratado após a morte da minha mãe. — O senhor não consolou o filho que havia acabado de perder a mãe e só agora consegui encontrar respostas para o comportamento inaceitável. Qualquer pai consolaria seu filho, mas, para o senhor, eu nunca fui verdadeiramente um filho. Eu sempre fui o herdeiro, nada além disso. E eu tenho um orgulho imenso de não ter herdado a maldade e a frieza que você possui — afirmo. — Veja só, papai. O senhor vai morrer pelas mãos do próprio herdeiro, e enfim assumirei o posto que me foi designado desde antes mesmo do meu nascimento. Tudo que o senhor construiu será meu, para ser administrado ao meu modo. Enquanto centenas de bichos irão devorar seus pedaços mortos, eu estarei gozando as regalias do império que deixou.

Ele volta a mirar em mim. Eu miro em seu peito. Antes que ele possa disparar, eu tomo a iniciativa. Nada em mim vacila. Minhas mãos agora estão mais firmes que nunca e eu não paro de disparar até me sentir de fato vingado e mesmo após o corpo morto dele cair sobre o chão.

É Rogério quem me faz parar, e eu me sinto horrorizado o suficiente para me manter preso à imagem do meu pai. Eu permaneço estático por um tempo, até o som de um choro desviar minha atenção. Meus olhos se movem dele para ela, e ela se torna o motivo para eu ignorar o que acabei de fazer. Corro até Maia, conferindo se está bem. Ela é tudo que me importa agora, é por ela que irei lutar sempre que houver necessidade e é por ela que irei agir neste momento.

— Eu matei Marcelo — Maia chora em desespero. — Eu matei um homem, papai. Eu o matei.

— Fique calma, Maia. Você fez o que tinha que ser feito — Rogério diz, desfazendo-se das cordas que estão prendendo as mãos dela. — Me perdoe por não ter dado o mínimo de credibilidade a você. Estou arrependido. Me perdoe, filha. Me perdoe por não ter sido um bom pai para você, me perdoe por tudo. — Enquanto Maia o abraça, eu me distancio e sinalizo para que levem os corpos de Marcelo e do meu pai.

— Para onde os levaremos, senhor? — Romulo questiona.

— Meu pai merece ser enterrado no próprio cemitério que construiu — digo, sentindo um gosto amargo em minha boca. — Leve os dois corpos para lá e enterre-os o mais profundamente que conseguirem — ordeno. — Saulo, você fica. Precisarei levar Maia daqui em segurança. Ligue para Miguel, explique a situação. Precisarei que ele olhe Maia, é mais seguro do que a levar a um hospital.

— Cuidarei de tudo, senhor. Fique tranquilo — diz, acenando. — Eu sinto muito.

— Eu sei que sente. — Eu realmente sei. Dou dois tapinhas em seu ombro e caminho de volta para Maia.

— Eu a levarei para que meu amigo possa cuidar dela. Ele é médico, e certamente a atenderá na residência dele — comunico a Rogério, que se levanta e me ajuda a levantá-la. — Você se sente o mínimo bem fisicamente?

— Acho que sim. Quer dizer, estou com muitas dores, provavelmente há muitos hematomas espalhados pelo meu corpo, mas é apenas isso. — Balanço minha cabeça, um pouco nervoso com o fato de Maia lutar contra a própria fraqueza neste momento. Ela está sofrendo com dores e, ainda assim, sente a necessidade maldita de manter sua postura. Não sei dizer até onde isso é bom. Ela se esforça para se desvencilhar de Rogério e então seus braços rodeiam meu pescoço, em um abraço inesperado. Quando retribuo, ela solta um gemido alto de dor.

— Não me abrace de volta — pede, choramingando. — Você salvou minha vida. Eu sinto muito por tudo que acabou de acontecer, sinto muito que as coisas tenham terminado desta maneira.

— Não pense sobre nada disso agora, Maia. Vou levá-la para ser verificada e então cuidarei de você. — Ela acena positivamente com a cabeça e vai abraçar Rogério.

— Eu o perdoo.

— Obrigado, minha filha.

Minutos depois, chegamos na casa de Miguel, que já tem tudo preparado para receber Maia. Ele é dedicado e atencioso, examina cada pedacinho dela, que geme de dor quando ele toca em determinados pontos.

— Felizmente as feridas parecem superficiais, mas precisamos fazer exames para garantir. Infelizmente, sou obrigado a dizer que seria bom podermos levá-la a uma emergência para conseguirmos exames mais precisos. Seria bom uma radiografia — Miguel sugere.

— Não podemos correr riscos — Maia diz antes que eu possa argumentar. — Eu só preciso ser medicada e descansar. Estou esgotada física e mentalmente.

— Maia, se estiver muito ruim, talvez eu possa conseguir um local seguro onde todos os exames possam ser feitos — digo, segurando sua mão.

— Eu só preciso de medicação e descanso, confie em mim. — Dito isso, Miguel dá alguns medicamentos para ela. Não demora muito para que adormeça, só então suspiro aliviado, permitindo que a ficha de todos os acontecimentos do dia caia sobre mim e me dando conta de que faltou muito pouco para que ela tivesse um final diferente.

— Obrigado, Miguel.

— Fique. Quando ela acordar, a examinarei novamente e então, se tudo estiver bem, libero vocês.

— Ok. Obrigado mesmo — eu o agradeço, dando um tapinha em suas costas.

— Sempre que precisar.

Não consigo dormir ou descansar. Ainda ouço os sons dos disparos que dei. Esses sons tanto me assustam, quanto me tranquilizam. Maia está a salvo e eu vinguei a morte da minha mãe. Isso é tudo que precisa ser levado em consideração. Simboliza uma nova era na minha vida, uma onde poderei ser livre para tomar minhas próprias decisões e agir conforme minha vontade. E eu farei isto.

Ainda não sei o que direi à família sob o sumiço do meu pai, mas terei tempo para pensar nisto. Meu foco agora é sobre Maia e sobre o futuro.

Enquanto ela dorme, eu aproveito para traçar um plano em que nossas vidas mudarão por completo, mas não será tão fácil.

Agora sou a cabeça por trás de todos os esquemas do meu pai. Muitas pessoas dariam tudo para herdar este lugar, mas, para mim, parece assustador pra caralho e algo impossível de ser administrado. São dezenas de empresas, centenas de bancas, mais funcionários do que sou capaz de dizer e uma folha de pagamento enorme. Além disso, ainda é necessário se manter informado sobre os negócios dos demais bicheiros.

Minha missão é encontrar pessoas de confiança para executarem o que deveria ser eu a executar. Tornei-me meu próprio chefe, um homem que não deve satisfações a nada ou a qualquer pessoa. Eu deveria ir com pouca sede ao pote, mas, ao invés disso, quero mergulhar em minha liberdade recém-adquirida. Já tenho até mesmo algumas pessoas em mente para lidar com tudo isso; pessoas que ganharam parte da minha confiança nos últimos anos e que estão por dentro de toda organização, que poderão lidar com os negócios e com a minha família que só surge por interesse financeiro.

Minha família sempre esteve na folha de pagamento, então isso é o que menos me importa. Na verdade, estou preocupado em achar substitutos apenas para acalmar uma outra preocupação minha: Maia. Tê-la sob a mira de uma arma foi assustador pra caralho, uma experiência que não quero que se repita. Além disso, deixá-la não é mais uma opção. Não sou o tipo de homem que recua quando quer muito algo, e eu quero Maia, tanto que estou disposto a passar por cima de muitas coisas para tê-la. Estou certo de que conseguirei convencê-la a vir comigo para onde quer que eu decida ir, moverei céus e terras para que isso aconteça.

Quero que minhas escolhas sejam certeiras, afinal, lidarão com um império que me pertence e que irei usufruir para ter a vida que mereço.

Deixo os pensamentos de lado quando Maia acorda. Ela parece um pouco melhor, o suficiente para que Miguel nos libere após prescrever mais medicamentos. Eu a levo para o apartamento dela, por medida de segurança. Por mais que existam algumas poucas pessoas que eu ainda confie, há centenas que possuem minha desconfiança e não irei arriscar.

Agora, enquanto Maia estiver acordada, meu foco estará dedicado inteiramente a ela. Logo depois volto a pensar no próximo passo; aquele que garantirá nossa carta de alforria.

MAIA GALINA

Dois dias depois

Acordo com um sobressalto, assustada após ter tido um pesadelo. Meu corpo está levemente pegajoso com o suor, mesmo o ar-condicionado estando ligado. Respiro fundo, permitindo que meus batimentos se estabilizem e observo o local onde estou. É um quarto grande, aconchegante, confortável e um pouco claro demais para o meu gosto. Estou sozinha e nem sei dizer como vim parar aqui. Estou sob efeito de medicações fortes e por isso tem sido difícil me manter acordada. Não gosto da sensação de incapacidade, onde toda minha vida parece estar sendo controlada por outras pessoas nos últimos dias.

Testando minhas forças, forço-me a levantar da cama. No primeiro momento minha visão fica turva e fico ligeiramente tonta. Eu me apoio na parede, sentindo o impacto do chão frio sob meus pés, e permaneço quieta até me sentir segura para abrir os olhos novamente e tentar andar. Pouco a pouco consigo, porém, já não sei distinguir se a dor em meu corpo é pela surra que levei ou se é por ter passado tanto tempo em uma cama, por mais confortável que ela seja.

Vou andando até a porta, mas detenho meus passos ao escutar as vozes de Bruno e de meu pai.

— Maia nunca quis essa vida, nunca quis estar à frente de um esquema tão perigoso. Sei que ela é a sua única herdeira, mas podemos conseguir uma maneira de ter uma outra pessoa de frente para os negócios — Bruno argumenta. — Eu também nunca quis essa vida, mas a herdei e a honrarei até o dia que decidir dar o adeus final.

— Concordo que é o melhor a ser feito. Tem meu apoio — meu pai diz. — Mas há uma condição.

— Eu imaginei que teria — Bruno o responde.

— Eu não quero ser excluído da nova vida de vocês, não quero ser excluído da nova vida de Maia.

— Não será. Não se preocupe com isso. Tenho certeza de que Maia não aceitaria caso significasse em um afastamento completo.

Estou curiosa para saber do que se trata, mas não tenho energia o suficiente para questionar. Pela primeira vez, acho que me sinto confortável e segura para seguir o que quer que seja.

Abro a porta do quarto e saio direto em uma sala, onde eles estão sentados de maneira relaxada, compartilhando uma garrafa de uísque. Bruno se levanta rapidamente.

— Maia, o que está fazendo de pé? — questiona, aproximando-se e me ajudando a andar.

— Eu não aguento mais ficar em uma cama, senhor impacto. Sinto que ficarei verdadeiramente doente se continuar trancada dentro daquele quarto.

— Soa dramático demais para quem está ali somente há dois dias — rebate.

— Prazer, este é o meu lado dramático. — Sorrio, e ele me ajuda para que eu me sente ao lado do meu pai. — Como está sua saúde? — eu o questiono, vendo o semblante de culpa surgir.

— Estou me cuidando. Bruno exigiu que eu me cuide — responde, dando um sorriso. — Eu estava acreditando que estava perto do fim, filha, mas sinto que preciso ter a minha saúde reestabelecida e farei de tudo para que isso aconteça. Me impressiona que esteja de fato preocupada.

— O senhor foi um babaca. — Bruno me encara boquiaberto, mas esse é o meu jeito de ser. Não mereço ser julgada por possuir um "sincericídio". — Mas, ainda assim, é meu pai e o amo. Eu o amo mesmo que em algum momento tenha sentido vontade de matá-lo por ignorar tudo que eu estava dizendo.

— Maia...

— Não venha me repreender, Bruno Negrão. Meu pai foi um grande filho...

— Ele já entendeu — diz. Pelo que parece, Bruno e meu pai ergueram a bandeira branca e selaram a paz. Eu sempre acreditei que em paz tudo seria melhor para os negócios, tanto do meu pai quanto de Antônio. A inimizade dos dois só trouxe sangue, conflitos. Estou aliviada pela morte dele, não mentirei sobre isso. E aliviada por conseguir ter uma nova perspectiva sobre o futuro. Eu farei tudo para que os negócios sejam geridos de maneira respeitosa e mais calma, e tenho a impressão de que Bruno fará o mesmo. Eu sobrevivi para ver a junção de Negrão e Galina.

— Acho que precisamos conversar e resolver essas diferenças, filha. Parece que ainda há mágoa o bastante.

— É claro que há, mas isso não significa que deixei de te amar, senhor Rogério. Significa apenas que estou decepcionada — explico. — Tenho direito de estar. — Ele sorri, acenando positivamente com a cabeça.

— Sua mãe não era assim. Parece que tem mais de mim do que eu imaginava — diz, com um tom de pesar que ele tenta mascarar bem. — Diga-me, Bruno, ela o trata desta maneira também? — Bruno sorri.

— Felizmente, não. Temos sido bastante respeitosos um com o outro, desde o início.

— Surpreendente — meu pai brinca. — Bom, agora que sei que está bem e que está de fato em boas mãos, irei resolver algumas questões. Volto em breve para verificá-la, filha, e conversarmos também. — Eu o abraço e recebo um beijo na testa antes dele nos deixar.

Bruno me encara após fechar a porta e dou um sorriso que ele sabe bem o que significa.

— Não acho que esteja apta a essa atividade ainda, Maia — diz e me aproximo, abraçando-o.

— Eu preciso distrair a mente, senhor impacto. Ninguém sabe me distrair melhor do que você.

— Por que precisa se distrair?

— Sem distrações fico pensando em Marcelo. Ainda é assustador que eu tenha o matado, a imagem do corpo dele parece um pouco infiltrada em minha mente — confesso, lutando internamente para que esses *flashes* desapareçam o quanto antes.

— Ele não estaria arrependido se tivesse conseguido estuprá-la, Maia, pode ter certeza. Você fez o que precisava ser feito, matou um estuprador doentio e desgraçado. Não leve isso como algo ruim. Fez um favor para a sociedade. Pode ser que você não tenha sido a primeira e, muito provavelmente, não seria a última. Ainda conseguiu se safar, felizmente.

— Como se sente sobre seu pai? — questiono, cuidadosamente.

— Não estou arrependido. Meu pai é outro desgraçado, Maia. Ele matou minha mãe, iria matar você, seu pai e quem mais surgisse em seu caminho. Ele estava doente para se vingar do seu pai, essa sede por vingança estava o deixando cego e insano. Antes ele do que perder você e mais pessoas inocentes. Estou bem com isso, embora não sinta minha atitude cem por cento honrável quanto imaginei que sentiria. Ele foi longe demais e teve o que mereceu. — Aceno a cabeça em compreensão, conseguindo captar que essa ação causa dor, mesmo que ele não queira dizer e mesmo concordando que tenha feito a coisa certa.

Matar alguém, por pior que a pessoa seja e por mais que tenha merecido, é algo pesado demais para se carregar. Agora teremos que nos unir para superar nossos próprios feitos. Enquanto ele me aperta em seus braços, sinto a esperança crescer. Nós conseguiremos superar. Nós temos que superar. E eu farei qualquer coisa para que nossos dias sejam mais leves a partir de agora...

O Fim

"Você tem que ser valente
Você tem que pegar essas ondas
E montá-las como se fosse o dono do mar"
UNSECRET – FEARLESS

MAIA GALINA

Doze de dezembro.

Do lado de fora do prédio, o sol forte parece capaz de queimar tudo. No termômetro está marcando 40 graus, mas a sensação térmica se aproxima dos 50 graus.

Diante de um enorme espelho, dou os ajustes finais em uma trança embutida que acabei de fazer, deixando-a firme de forma que o penteado não vá se desfazer. Assim que termino, pego meu escapulário de prata de Nossa Senhora dos Navegantes (presente de Bruno), e o coloco em meu pescoço.

Confiro o resultado; calça legging preta justa, tênis, um top nadador e uma camiseta preta justa. Perfeito.

Ainda me olhando no espelho, vejo Bruno surgir. Ele está sob tensão, porém me abraça por trás. Seu gesto é acolhedor, exatamente como preciso que seja.

— Quando colidiu comigo naquele corredor e logo depois a encontrei no camarote, eu não estava em busca do amor, senhorita. Eu só queria passar um tempo de qualidade com uma mulher interessante, nada além disso. Porém, contrariando as regras, eu a quis em todos os momentos em que não ficamos juntos e isso tornou-se uma dor no meu saco.

— Ora! Que romântico — brinco, sorrindo.

— Valeu a pena, Maia. Tudo. Eu não mudaria nada.

— Eu não mudaria nada — digo, virando-me de frente para ele e tocando seu rosto. — Você me causou um impacto desde o primeiro momento.

— Infelizmente precisaremos adiar as declarações. Precisamos ir — diz, após receber um sinal em seu celular.

— Então vamos…

— Nunca solte a minha mão, Maia. Permaneça de pé e não solte a minha mão. — Aceno positivamente com a cabeça antes de puxá-lo para um beijo. Eu nunca soltarei a mão dele, nem por um segundo, não importa quão alta a queda seja. — Eles estão chegando… — diz, segurando minha mão e me conduzindo pelo apartamento.

"Os corpos de Antônio Negrão e um dos seguranças de Rogério Galina, conhecido como Marcelo, foram encontrados na principal ilha do bicheiro mais famoso do Brasil, em Angra dos Reis. Os principais suspeitos do crime são Maia Galina – filha de Rogério Galina –, e Bruno Negrão – filho do próprio Antônio Negrão. Segundo fontes, o crime teria sido premeditado, como uma forma de vingança a Antônio, que era contra o relacionamento do filho com a filha de Rogério, seu inimigo declarado. A denúncia foi feita por seguranças de Antônio, que chegaram no local a tempo de verem o casal fugir em uma lancha. A polícia, neste momento, realiza uma grande operação em busca do casal. Ambos deverão responder por homicídio doloso. O bicheiro Rogério Galina está colaborando com as buscas."

O barulho do turbo do carro de Bruno, juntamente com a alta velocidade, parece chamar a atenção de todos em cada lugar que passamos. Um pouco atrás de nós, há um comboio da polícia nos perseguindo. O meu medo foi substituído pela adrenalina. Nunca imaginei viver algo ao menos parecido com isso. Bruno está tenso, suas mãos estão fechadas fortemente em torno do volante e ele está com a atenção totalmente focada no trânsito, enquanto desvia de todos os carros que consegue.

A cada quilômetro, eu me sinto mais perto do fim. E, ao contrário do que costumam dizer, eu não vejo um filme da minha vida passar pela minha mente.

— Algo está errado — Bruno informa, enquanto divide atenção entre o retrovisor e à nossa frente. — Algo está muito errado — repete, desta vez esfregando a têmpora com os dedos, mostrando-se nervoso.

— O que há? — questiono. Ele me olha de relance e volta a atenção a estrada.

— Há uma viatura da Polícia Rodoviária Federal vindo atrás de nós. Isso não estava nos planos. Vamos ter que alterar a rota e escapar até que seja seguro prosseguir — explica. Meu coração quase sai pela boca ao ouvir a resposta. Dadas as circunstâncias, isso não é nada bom. — Parece que as coisas acabaram de se tornar reais, Maia. — Engulo em seco, tentando aumentar minha atenção.

— Apenas siga em frente. Confio em você — digo, na tentativa de acalmá-lo. — Apenas mantenha-se atento e faça o melhor que puder. Nós conseguiremos.

Minhas palavras parecem ser o incentivo que faltava para que Bruno passasse a agir de acordo com a necessidade do momento. Se antes ele estava apenas um pouco tenso, agora ele vestiu a máscara de mafioso e parece pronto para qualquer combate que surgir. É sobre nadar de acordo com a correnteza, é isso que ele está fazendo. Enquanto ele parece ter encontrado o autocontrole, eu me estapeio mentalmente, na tentativa de conter o terror que se apossou de mim.

Ele acelera. Agora atinge a marca de 140 km/h em uma das avenidas mais movimentadas do Rio de Janeiro, ziguezagueando entre as centenas de carros. Ele se torna imprudente, quase causa alguns acidentes pelo trajeto, mas faz o que precisa ser feito. Aperto as laterais dos bancos com as mãos, cravando as unhas no estofado, conforme ele segue como uma flecha. Eu me sinto em uma corrida, mas, diferente da Fórmula

1, essa é do tipo que há homens fortemente armados em busca de nós. Embora ele demonstre estar no controle, imagino que sua mente esteja fervilhando. Ele não pede ajuda a qualquer pessoa, simplesmente toma as rédeas da situação.

Somos salvos após a saída da linha amarela, quando Bruno consegue ganhar uma margem de distância confortável da viatura, deixando-os para trás. Para completar a sorte, em frente a Fundação Fiocruz, há um enorme engarrafamento. Isso dificultaria a fuga, mas, para nós, torna-se um facilitador. Bruno consegue pegar a pista exclusiva para ônibus e segue em frente em uma velocidade ainda mais alta, até conseguirmos entrar na ponte. Ao que parece, despistamos os policiais de forma que eles certamente devem acreditar que estamos em meio ao engarrafamento.

Eu deveria me acalmar agora, mas o nervosismo apenas aumenta por saber que estamos chegando ao destino. A Ponte Rio–Niterói, o lugar que possui uma das vistas mais lindas da cidade Maravilhosa e de Niterói, é também o palco de muitas mortes e é ela que iremos encarar agora de uma maneira bastante diferente.

Dá um certo medo olhar para o mar abaixo de nós. Em alguns pontos, a ponte parece mais alta do que em outros. O pânico explode em meu peito quando percebo que já percorremos metade dela. As batidas do meu coração transbordam em meus ouvidos, e eu me sinto perto de uma explosão. Juro que tentei controlar todas essas sensações, mas é inevitável senti-las. Eu estava mais controlada quando estava fugindo da Polícia Rodoviária, mesmo arriscando capotar ou sofrer qualquer outro tipo de acidente inesperado. Eu conto cada segundo para que esse pesadelo acabe.

As viaturas que estavam nos seguindo anteriormente surgem em nosso campo de visão. Não temos como sair desta, especialmente porque à frente há a praça de pedágio e não conseguiremos passar dela sem que mais problemas surjam.

— Não temos mais saída, Maia. Não há para onde correr. Preparada para vir comigo? — Bruno questiona segundos antes de frear bruscamente, derrapando com o carro de uma maneira que faz meu sangue gelar. Por sorte, todos os demais veículos estão a uma distância segura, ou um acidente teria acontecido inevitavelmente.

— Sim. — Não sinto tanta segurança em minha própria resposta, mesmo assim me encorajo a seguir em frente.

Saltamos do carro e corremos como loucos de mãos dadas. Nossas mãos nunca se separam, nem por um segundo, inclusive quando nos preparamos para subir no muro de proteção da ponte.

Bruno aperta minha mão um pouco mais forte agora.

— A guerra só acaba quando você morre — ele diz enquanto olho para o mar abaixo de nós. — Nós morreremos e então todas as coisas ruins ficarão para trás.

Sua voz torna-se inaudível quando sons de disparos preenchem o local. Nenhuma bala nos atinge. Quando as demais viaturas se aproximam, Bruno me dá um último olhar antes de subir no muro de proteção me puxando consigo. Estou tremendo, mas há em mim uma obstinação.

— No três, Maia... lembre-se, nunca solte a minha mão. — Aceno positivamente com a cabeça, reunindo toda a coragem que me foi contemplada e ignorando o medo que pode vir a me paralisar. — Um, dois...

— Eu te amo — eu o interrompo com a minha declaração, porque quero que ele saiba antes de pularmos. Eu preciso que ele saiba, preciso que ele sinta.

— Eu te amo também. — Engulo em seco enquanto contenho a vontade de abraçá-lo. Não é o melhor momento para escolhermos dizer essas três palavrinhas pela primeira vez, mas parece tão certo quanto 2 e 2 são 4.

Eu o amo ferozmente. Cada um dos meus pensamentos giram em torno dele, e nunca imaginei desejar alguém tão intensamente. Entreguei a minha vida a este homem e estou prestes a pular em um abismo com ele, porque eu faria qualquer coisa... qualquer coisa por ele. Bruno Negrão é a minha perdição e a minha salvação; as duas coisas unidas. E eu não me arrependo de absolutamente NADA. Eu sacrificaria a minha vida por ele.

Estarmos de mãos dadas simboliza duas coisas: o fim e a minha libertação. E é por isso que quando ele diz TRÊS, eu me jogo sem pensar em nada mais.

Uma das certezas que sempre possuímos é de que nosso destino sempre foi incerto...

Desde que descobri que ele era um NEGRÃO, eu soube que nossa relação se transformaria em um vínculo fatal. Nossos mundos jamais poderiam se fundir. Negrão e Galina não foram feitos para ficarem juntos, foram feitos para se odiarem. Mesmo assim fomos persistentes e é essa persistência que nos guiou, trazendo-nos ao dia de hoje. Quando quebrar o vínculo não é uma opção, nós o mantemos e enfrentamos as consequências. Fundimos nossas vidas, nossos sonhos, nossas metas e agora nossa morte. O frio na barriga simboliza o início da liberdade que tanto buscamos.

Maia Galina e Bruno Negrão ficaram para eternidade, e eles não se arrependeram nem mesmo por um segundo. Mais do que o amor que os guiavam, eles sentiram a esperança. Para eles, o ápice da liberdade sempre foi a loucura. E foi a loucura que guiou o destino dos dois.

Epílogo

"Atrás de cada porta há um segredo
Rachaduras na parede não podem mantê-lo
Como um prisioneiro acorrentado
Procurando um sabor de liberdade
Abra seus olhos
Agora, há um mundo que está esperando"

Open your eyes – Unsecret

MENDONÇA CAVALCANTI

Nesta altura do campeonato, você também deve estar se lamentando pela morte precoce de um casal tão jovem, que tinha uma vida toda pela frente. Todos estão. Aliás, todos não. "Todos" é uma palavra muito abrangente.

Maia Galina e Bruno Negrão tinham um futuro incrível pela frente, regado de muito dinheiro, muito sexo e muita loucura. Disposição para mergulhar intensamente em momentos eletrizantes, eles tinham de sobra. Certamente a vida deveria ter reservado muitos acontecimentos para os dois, muitos momentos de tirar o fôlego. Mas, como dizem, quem nasce na máfia, morre na máfia.

Eles nasceram e morreram pela máfia.

Galina e Negrão tiveram uma morte trágica, que foi noticiada por diversos meios de comunicação e ganhou uma atenção inesperada. Na verdade, além de trágica, preciso dizer que foi memorável também, digna de uma adaptação cinematográfica. Eu espero que um dia essa história possa ser vista nas telas dos cinemas e que tenha um final feliz, diferentemente da história real. Creio eu que seria recorde de bilheteria.

Bruno acha o contrário. Ele prefere que toda essa história apenas caia no esquecimento de todos. Para ele, quanto menos se lembrarem de Bruno Negrão e Maia Galina, melhor. Afinal, eles se foram, mas os negócios permanecem de pé, agora com maior abrangência e melhor administrados. Da forma como sempre deveria ter sido, mas a ganância e o ódio nunca permitiram.

Antônio Negrão deve estar se revirando sob camadas de terra. Certamente ele deve estar odiando o fato de que Rogério Galina agora possui uma fusão com os negócios que ele construiu. Ele é o maior bicheiro do país e possui mais do que Antônio Negrão jamais imaginou possuir. E, o melhor de tudo, essa junção foi coordenada por Bruno, o herdeiro que ele sempre quis possuir e que jamais conseguiu controlar cem por cento. O filho ingrato que o matou para se vingar...

O meu senhor impacto!

O quê? Oh! Você acreditou mesmo em nossa morte? Por favor! Diga que não!

Existe o sistema, aquele que ficou famoso por ser exposto no filme Tropa de Elite e que vai muito além do que foi retratado. E esse sistema é corruptível, articulável, favorável a quem tem mais poder aquisitivo e quem mais pode beneficiá-lo. Esse mesmo sistema foi favorável a nós.

Se existe algo em comum entre Bruno e eu, que pôde ser detectado logo no início da relação, é a vontade de viver. Viver bem, de forma livre, longe de toda a problemática que envolve o mundo da máfia. Sempre sonhamos em poder ir além do que havia sido destinado a nós no ato do nosso nascimento. Nunca nos conformamos com o destino, embora tivéssemos aceitado segui-lo. É por isso que, com ajuda do "sistema" e de pessoas altamente influentes que estão nas folhas de pagamento de ambos, morremos e voltamos à vida com identidades diferentes e com toda a liberdade que sempre almejamos. Longe do Brasil, em um lugar seguro e extremamente charmoso, mais precisamente em uma cidadezinha chamada Meredith, que fica localizada no estado americano de Nova Hampshire, no Condado de Belknap. Longe de tudo o que poderia nos trazer problemas. Meredith é uma cidadezinha composta em sua maioria por residências unifamiliares e, como diz um artigo que lemos antes de tomar a decisão, é uma dessas cidades insuportavelmente fofas da costa leste – especialmente no outono –, quando as cores do outono aparecem no sopé das Montanhas Brancas. O bairro onde moramos é um pedaço do paraíso. Nossa casa é charmosa e aconchegante, com vista para um lindo lago, com um incrível jardim coberto por um gramado verdinho e com uma quantia generosa de flores silvestres. Você olha para a nossa casinha e jamais será capaz de imaginar que um casal de mafiosos são os habitantes. Aliás, ninguém jamais diria isso. Somos bons vizinhos, Bruno está constantemente ajudando senhorinhas encantadoras que surgem com problemas em suas respectivas residências, eu tenho me dado bem com crianças, animais e com a troca de receitas fantásticas com a vizinhança. Vivendo um estilo de vida que jamais imaginei viver.

Eu venho me redescobrindo desde que chegamos aqui, e acredito que o mesmo esteja acontecendo com Bruno. Decidimos viver assim, apenas nós dois e o nosso novo companheiro cachorro, levando a vidinha pacata. Quando enjoamos de tanta calmaria, arrumamos programas regados de muita adrenalina e nos aventuramos por diversos outros lugares. No final de cada aventura, voltamos carregados de histórias incríveis e lembranças que sempre aquecerão nossos corações.

Foi um plano mirabolante, que poderia ter dado muito errado se não tivéssemos contado com pessoas devidamente preparadas. A Ponte Rio–Niterói é cenário de muitas mortes, infelizmente muitas pessoas escolhem este lugar para darem um fim à própria vida. Bruno Negrão e Maia Galina entraram para as estatísticas após resolverem, durante uma perseguição policial insana, saltarem de mãos dadas da ponte.

Foi audacioso, eu sei. Como eu disse, poderia ter dado muito errado. Mas, com esse plano, descobri muitas coisas sobre a temida ponte, inclusive que havia um lugar onde poderíamos pular e sairmos sobreviventes, e foi o que fizemos. O vão central da ponte é o ponto de maior altitude, por esse motivo, escolhemos um ponto onde a altitude é menor e que teríamos o mínimo de garantia de sairmos vivos e ilesos. Os segundos até nossos corpos colidirem com a água foram os mais angustiantes da minha vida, especialmente quando a força da queda fez com que nossas mãos tivessem que se afastar. Depois disso, seguindo o protocolo que nos foi repassado, Bruno e eu tivemos que nadar mergulhando na direção que nos foi indicada e então chegamos ao barco que estava esperando por nós. Parece surreal, eu sei, cinematográfico... e uma experiência a qual nunca mais quero ser submetida. Além disso, tive uma luxação no braço que demorou um tempo para desaparecer.

Com documentos falsos e um jatinho nos aguardando, demos um adeus definitivo ao Brasil, mas não aos negócios. Eles permanecem, porém, sendo administrados por pessoas de nossa confiança: meu pai (que está com a saúde em dia e se arrependeu amargamente de não ter confiado em mim), Jules e Brandon (que se mudaram para o Brasil), e, pasmem, Saulo (o motorista de Bruno que tanto "invejava" a vida dele).

Eu criei a minha própria versão de morte da série Senhorita Pólvora, e Bruno recriou sua própria versão do romance de Romeo e Julieta. As duas coisas unidas têm conduzido nossas vidas desde então.

Felizmente as coisas têm sido boas no Brasil, especialmente porque a polícia está muito focada em combater a milícia, e com isso o jogo do bicho está deixando de ser o alvo principal.

Eu sigo sendo Maia, porém, lembra-se do Mendonça? É o meu novo sobrenome. E Bruno, trocou o Negrão por Cavalcanti, como no início de tudo.

Finalmente encontrei o príncipe encantado que busquei mesmo quando não estava procurando... é isso. Ele não veio montado em um cavalo branco, tampouco possui uma armadura brilhante. Esse príncipe aqui veio portando uma SR-1 diretamente do submundo da contravenção, pronto para matar por mim e foder comigo de todas as maneiras. E, mesmo que eu não me sinta confortável com excesso de sentimentalismo, preciso dar o braço a torcer e dizer que ele é o meu par. Tão clichê quanto se parece, nós fomos feitos um para o outro. Embora tenhamos trocado nossas identidades, sempre seremos Negrão e Galina, vencendo o ódio e unindo não apenas nossos corações, mas todo nosso império. Negrão e Galina agora são um só, a junção nos transformou em donos do maior território do Jogo do Bicho do Brasil. Respeitados, aclamados e, acima de tudo, TEMIDOS.

Bruno me pediu em casamento um ano depois que nos mudamos, de uma forma bastante romântica e inesperada. Fui surpreendida com uma chuva de pétalas de rosa jogadas sobre o jardim por um helicóptero, um jantar à luz de velas feito por um dos chefes mais requisitados de Meredith e um anel com uma ostensiva pedra de diamante. Também fui surpreendida por muitos vizinhos curiosos que quase compartilharam todos os momentos conosco. Foi a primeira vez desde o assassinato de Marcelo que eu pensei em pegar uma arma e dar alguns tiros para o alto, apenas para assustá-los.

Mas, nada disso combina com o adorável casal Mendonça Cavalcanti, querido por todos que moram nas redondezas.

Agora, quatro anos após o SIM, eu acabo de dar à luz a Romeo Mendonça Cavalcanti, o mais novo Herdeiro do Império, além de ser proprietário dos cabelos castanhos mais revoltos que já vi e dos gritos mais agudos que ouvi.

O nome Romeo foi inspirado no romance Romeu e Julieta, onde os protagonistas morreram por amor e tornaram-se inspiração para que Maia Galina e Bruno Negrão fizessem o mesmo – só que de uma maneira mais eletrizante, para combinar com a intensidade dos dois.

Que Romeo Mendonça Cavalcanti herde não apenas o império que seguimos construindo e cuidando, mas a vontade de viver intensamente e a fé no amor.

FIM

Agradecimentos

Meus agradecimentos são todos destinados a vocês, leitoras queridas, que estão comigo em todos os momentos e que deram uma chance para Bruno Negrão e Maia Galina (que fogem por completo do clã Albuquerque). Gratidão imensa pelo carinho, apoio e por confiarem em meu potencial. Que estejam comigo a cada nova história e que nossa parceria perdure além do mundo literário.

Beijos no coração.
Jussara Leal